摘藝西東

希臘　中國

自序

　　上世紀九十年代後期，臺灣的《聯合報》來港辦報，取名《香港聯合報》。當時香港浸會大學中文系主任陳永明兄認識《香港聯合報》副刊主編，他請永明兄寫方塊專欄，每天八百字，天天見報。永明兄是想在報章上寫點東西的，但考慮到行政事務忙，怕沒法天天執筆；便找到陳志誠兄和我商量，共同分擔，每人一星期寫二至三篇。志誠兄和我新亞中文系同屆畢業，永明兄中文系低我們一屆。分屬同門，我們覺得能力可及，於是答允永明兄。

　　副刊主編先生沒有要求我們寫甚麼，文章內容讓我們自定。專欄作者一般很自由，可以隨意縱筆。昨晚鼻孔忽然流血不止了，你寫；可以。路上有幾個男扮女裝的行人了，你寫；可以。我們三人可不想太過任情揮灑，當然也明白不適宜在報上板起面孔談學術；於是約略定下一個寫作方向：用淺近平易之筆寫各自的「雜學」，名專欄為《摘藝》。永明兄喜歡聽西方古典音樂，自言家藏唱片數以千計；準備寫西方音樂欣賞的方方面面。志誠兄留學日本多年，平日提及日本，無論學術民情都原原本本說起，聽者忘倦；他表示要寫他認識的日本。至於我，從小到大

喜歡看武俠小說，大學畢業後又在希臘留住了十年八載，便計畫以武俠小說和希臘作為寫作方塊的主調。現在的六十多篇關於希臘的方塊文字，就是從一九九二年七月到一九九五年十一月間發表過的。每題一般八百字上下，如果同題有上下篇甚或上中下篇，則字數是八百的兩倍或三倍。

我們寫「雜學」，倒不是輕視專欄文字所寫的內容。只因那時我們三人同在大學裏文科任教，不覺以工作從事的為主，把中國文學看成「正學」，如此而已。其實我在希臘讀書，多寫文字介紹或研究希臘種種，才是應有之義、才是正學正途。這裏幾十則文字儘管看來平淺，但是下筆擬稿，還是用上寫「正學」文章的態度，認認真真的。當中好些篇章不妨也可看成我在深一層認識下的成寸縮龍或者浮光掠影，背後其實有一條鱗鬣指爪具備的雲間真龍的。這就是我為甚麼在本書乙編特意引錄三篇拙作長文的緣故。讀者讀罷《先入為主》、《〈詩學〉中譯本》和《重讀周作人〈看雲集〉》，當會見出短文和長文之間縮伸淺深的脈絡。

雖然說寫「雜學」，可是積習難忘，「正學」文章其實還是寫的，而宜寫得不少。有時忽然想不到「雜學」的題目，或者有時碰到中國文化文學的一些問題，不無不吐不快之感，便寫給專欄充數了，本書第二部分一百幾十道

題目文章就是這樣寫下的。

　　當日方塊寫稿，沒有一根主線，想到甚麼便寫甚麼。希臘部分編輯在前，為清眉目，當時勉強分雜亂篇章為兩編三組。甲編第二組《關於翻譯》和第三組《述古說今》總算把「摘藝」之「藝」拉上關係，可說是學藝。至於第一組《生活行蹤》，似乎跟「藝」之一字疏遠了。可是幾篇東西畢竟下了點工夫寫作，不忍割棄，就說成寫生活的藝術吧。我想像《愛琴海》篇中寫島上騎驢、《穆薩加斯的濃香》篇中寫美饌品嚐之類，應該可以湊合。至於中國的文章雜亂更甚，編輯在後。為了配合希臘部分看似整齊的形式，也就勉強分成四組，各有歸屬，其實各篇歸類不見準確。總之希望讀者對此不必過於理會，反正各文單章獨立，互不關聯，大家只看文章本身便行了。

　　方塊字數有定，行文拖沓固然不妥，行文濃縮不暢也不好。要在一定字數內講明白話題，有時也得費點心。幸好當時未算步入老年，神智可以，還能稍作剪裁斟酌。

　　　　　　　　　　二零二二年四月二十三日病中

目錄

（三）述古説今

乙編：演義

中國部分
（一）一時放言

（三）小說　八股文

（四）人與書

希臘部分

生活行蹤

異域的詩境

　　中國詩歌受佛道兩教的影響很深，許多作品就是通過了藝術手法成功地表現出二教的境界而得到讀者的愛好的。我們讀王維賈島等人一些富於禪味的詩篇，每覺身世兩忘，萬念俱寂；我們讀郭璞李白等人一些涉及仙道的詩篇，又覺景物空靈，縹緲高舉。詩人就這樣通過他們的作品，把我們的心靈帶到另外一個世界去，感受到前所未曾嘗試過或者極少嘗試過的奇妙經驗。好比我們用眼睛看到了一場前所未見的電影，這自然是莫大的享受。

　　就思想而論，中國人是一個偏重於人文本位的民族，對宗教和超自然力量的觀念比較淡薄，對自己本身的力量充滿信心。西方的基督徒好像不是這樣，卑微的人類要依賴全能的真宰；失去了對真宰的憑依，人類也就不知所措了。一切和宗教有關的事物，像教堂、頌歌等，無不反映這樣的觀念。

　　我常常拿進教堂比作讀詩，因為同樣地心靈感受到另外一種前所未曾嘗試過的奇妙經驗。星期五耶穌受難的晚上，教堂裏的唱詩可以拿來做例子。在希臘求學時，教堂是常常去的，特別是復活節前一個星期——東正教徒稱為「偉大的星期」，我更是每晚必到。儀式儘管長達兩三小時，我一樣由始至終留在教堂內，從來不曾中途退出過。

　　教堂裏的我，無法不受歌詞和曲調的感染而泛起一種絕望的悲哀。那不是中國詩歌中常見的生離死別、去國懷鄉的悲哀；也不是國破家亡，生靈塗炭的悲哀；而是人類在救主死亡以後所感到的末路途窮、徬徨無助的絕望。這樣的心靈境界，我認為也是一種詩境，值得我們去體味。

　　希臘朋友見我不是教徒，偏是這麼「虔誠」，無不歡喜讚歎。說也奇怪，他們從來沒有問過我進教堂的原因——他們當然認為這是神的感召指引所致；也幸虧他們不問，不然，我的回答少不免要教他們大大生氣的。我進教堂，不是為了信仰；也不是為了平復一己的躁心浮心；而是為了要追求一種……詩境的享受。

詩的國度

我們中國人常說咱們中國是「詩的國度」。想到前人留下來篇章的數量以及詩歌形式的語言和文字在人們實際生活上所起的作用,「詩的國度」四個字肯定不算吹噓瞎說。不過話說回來,如果拿這幾個字移贈給其他歷史文化悠久的民族和國家,我看多半也合適管用。因為凡是歷史文化悠久的國家民族必定有深厚的文學積聚,而在文學積聚層當中,詩歌通常佔的成份最多。

別的民族不說,希臘人便頗有我們中國人的心態,對自己民族的詩歌輝煌傳統深感自豪。希臘人這樣的心態,我們自然不好說他們空想無根。因為不能否認:他們古代的敘事詩、抒情詩、悲喜劇等,多是足以永留天壤之間的作品。就是稍後的擬曲,中世紀以來的宗教讚頌或者民間風謠,今天看來,都極有藝術價值。至於一九六三年和一九七九年兩位希臘詩人謝菲里斯和埃利蒂斯先後獲得諾貝爾文學獎,起碼說明了希臘詩歌的長流不僅不曾乾涸,而且還大有活力,使希臘人興奮自傲。

希臘近代詩風仍舊旺盛的事實,我想在別人提到的種種證明以外補上一句自己聽過的話。我在希臘求學時,有一回到一家印刷廠去。廠房裏面堆疊着不少待釘裝成書的

詩歌散頁。管事的人告訴我：「我們這兒印詩集比小說散文集多。」他這句話我一直牢牢的貼在心窩裏，忘不了。這家也許是一家比較特殊的印刷廠，不過管事人的話似乎總能說明一點甚麼，可以讓聽者有所感觸和思考。

如果說中國和希臘都是詩的國度，不見得會錯。當然仔細辨別，兩國相同之中又有不同。中國先秦時期的詩篇就數量說，比不上同時的希臘。中國詩歌的極盛，我看要在漢代及以後。相對而言，希臘中世紀詩風的旺盛和成就程度，恐怕比不上中國。到了近代，希臘人雖然也向西歐學習，但是由於文化傳統和語言文字同源相近，希臘新詩歌好像不給人「橫的移植」的印象，一般人對現代詩歌還沒有過分遙遠陌生以至莫名其妙的感覺。我們中國人對當世詩歌是不是也有希臘人那樣的印象和感覺，倒是難說。至於「詩的國度」一語目前該提不該提，那更拿不準了。

愛琴海

愛琴海是地中海一個港灣，位於今天土耳其小亞細亞和希臘半島之間。在古代，愛琴海兩岸倒是希臘人活動的區域，也是文化發展蓬勃的區域。

我有時想：「愛琴海」一名的中文翻譯其實不錯。琴在中國是雅樂樂器，容易使人聯想到典雅的文化上面去。要是我們對希臘還稍稍多點認識，想起在愛琴海島嶼間出

我騎過不少回驢子來來往往

生的詩人和神祇，像女
詩人莎孚[1]和太陽神及
音樂之神阿波羅[2]等，
更會對此地悠然神往
的。

身穿黑衣頭披黑巾的老大娘

我很幸運，愛琴
海中大大小小的島嶼到
過不少。那段期間內，
除了若干個本來略經開
發過的或者政府有意闢
作旅遊點的島嶼外，大
部分海島都相當封閉落
後。在各島紆曲狹窄的
小路上，我騎過不少回驢子，來來往往。

島上的自然景色一般很美：明麗的陽光，潔淨的天宇，
無邊的大海，有時再加上山脈高下起伏的柔和線條，真教
人賞覽無盡。可是島上不一定籠罩着一片歡快，不少島嶼
缺水，土壤不宜種植，其他出產也不豐盛，丁壯者多半跑
到外地謀生。太陽西下涼風微起時，門前坐的往往是身穿

1　Sappho
2　Applo

黑衣頭披黑巾的老大娘，碼頭上凝望的往往是經歷過風霜
的老爹。真的，風物美不美，要看旁觀者怎麼看。農人種
地，可以看成一幅美好的田園圖畫，也可以想到「汗滴禾
下土」上面去。

　　不管怎樣，愛琴海諸島的確和希臘本土有所不同，於
是諸島人物風尚、土地景色，經常成為希臘作家筆下的題
材。我對一些作品中那種漠然空寂、隱然酸悲的描寫塑造，
印象尤其深刻，好像伊・萬尼司斯[3]短篇小說《海鷗》裏面
的環境和主角狄米特老爹，就是一例。我喜歡這樣的作品，
因為其中寫到的似乎跟我對愛琴海的整體感受深有契合，
使我有會於心。中國作品我看得不多，就涉獵到的說，似
乎還不曾有過那樣的描寫，那樣的氣氛，那樣的情感。想
起看完《海鷗》後，即時拈筆伸紙、立意要翻譯的激情，
雖事隔多年，卻還記得相當清楚。

3　H. Venezis

陣亡者的銅像

我在希臘期間，多次來往雅典和北部大城帖沙羅尼基[1]（即聖經中的帖撒羅尼迦）。車子從雅典北駛四個鐘頭左右，到達一處，右望是廣闊的海面，左望是不遠處山腳伸展開來的狹長沖積土。這時乘客也許稍稍喧動，說：「到了帖爾摩比列[2]了。」然後有人又向右方一個塑像指指點點：「看！那就是列安尼達斯[3]了。」

這個近人塑製的古代戰士銅像邁開步子，左手握盾牌，右手舉長槍準備刺殺；神態動作無疑勇武矯健，但不見得比我在希臘其他地方見到的塑像更出色。列安尼達斯是斯巴達[4]邦君，公元前四八零年，波斯王率軍入侵希臘，列安尼達斯統領希臘各地聯軍約七千人，包括三百名斯巴達士兵，據守帖爾摩比列隘口，阻擋敵人南下。古代帖爾摩比列的沖積面沒有今天的寬廣，通道狹窄，易守難攻，再加上希臘守軍的驍勇奮戰，波斯軍隊儘管人多勢大，最初卻全然佔不到上風，只有後來從間道突襲，才取得勝利。

---

1 Thessaloniki
2 Thermopylae
3 Leonidas
4 Sparta

帖爾摩比列的列安尼達斯塑像

列安尼達斯和許多希臘戰士，連同他的三百名子弟兵，都力戰陣亡了。

古代史家希羅多德[5] 記載：波斯王下令攻擊前曾派探子到希臘營地窺察，探子回報斯巴達士兵有些人操練，有

5 Herodotus

些人梳髮。波斯王對梳髮之舉大惑不解，知情者向他解釋：斯巴達人準備拼卻性命時，習慣是先修飾頭部的。每回經過帖爾摩比列，我總記起這番解釋，眼前彷彿浮現一個義無反顧、視死如歸、又似乎是好整以暇的場面；然後腦海中列安尼達斯銅像的留影似乎偉大了許多，美好了許多。

陣亡的斯巴達人戰後就葬在帖爾摩比列，後人在他們墓碑上刻上這樣兩行文字：

外鄉人，斯巴達人說：這裏我們躺着，照他們的囑咐。

言不詞費，遵令尚武，不計死生，確然是斯巴達人精神；而泉下人的風烈氣概，千載以後仍可追仰。在種種記載和傳說的教育及感染之下，山川文物的美好崇高形象往往會在人們心目中不斷提升；然則我有時暗誦碑文，腦海中列安尼達斯銅像留影似乎益發偉大美好，也就可以理解的了。

三過斯巴達

我們提起古代希臘文化的輝煌成就，焦點往往凝集雅典一地，因為無論是哲學家、歷史家、文學家、演說家或科學家，許多原來是雅典人；或者就算不是雅典人，卻在雅典從事學術文化活動，跟雅典關係緊密，還有他們的作品也大多用雅典方言寫成。雅典作為古代希臘文化中心，當時的雅典人已加肯定，譬如貝利克里斯[1] 便稱自己的城邦是「希臘城邦的教師」；就是當時的外地人對此也無異詞，譬如智士邑比亞斯[2] 便稱雅典為「希臘智慧的會堂」。然則今天我們一提古代的希臘，基於文化上的貢獻想到雅典，腦筋再不會轉向別處，倒是自然不過的事了。

如果從總體印象說，古人還不致把雅典看成代表全民族的唯一而別無他選的城邦；起碼還有份量很重的斯巴達可供考慮。公元前四八零年波斯人入侵，希臘各城邦開會商議組成聯軍抵抗，斯巴達被推為盟主，即使由大多數雅典戰船組成的海軍也歸本來不以海上力量稱雄的斯巴達指揮；這是一件事例。另外由公元前四三一年起雅典和斯巴

1　Pericles
2　Hippias

達發生武力衝突，開始了所謂「貝羅坡尼梭戰爭」。這場戰爭在公元前四零四年以雅典投降和城牆拆毀而結束。戰爭期間，雅典城內始終有一種親斯巴達意識若隱若現，這又是可作思考的一個事例。

公元前六世紀以後的斯巴達不與眾同的地方，在於極端強調軍事教育，城邦生活軍事化。公民要體格強壯，成為優秀的步兵和具備跟士兵相適應的德性。說到文化教育和文化建設，或者被壓抑到最低的程度，或者全不在意。政策推行的結果是：城邦武力強大，戰功赫赫，文化上的表現一片空白。

然而當斯巴達武力衰微、不再在歷史舞臺上活動以後，由於沒有典籍文物傳世，後人追慕之情漸漸淡薄，轉而把雅典看成希臘的唯一代表了。我曾三過斯巴達，印象之中只是一個尋常不過的近代小鎮，這裏追不到古人的鮮明蹤跡。每回我總想起北齊皇帝論梁武帝的話：「江南蕭翁，專事衣冠禮樂，中州士大夫望之，以為正朔所在。」能不能這樣聯想，我不知道，不過確是這樣想的。

塞浦路斯
和一位塞浦路斯同學

　　塞浦路斯這個地中海最東面的大島從古代到中世紀一直是希臘人生活的地區。十六世紀以後併入土耳其人建立的帝國版圖，土耳其人開始逐漸遷入。土耳其人的鄂圖曼王朝衰落，英國人佔領統治全島，到第二次世界大戰以後才撤走，把政權交還給塞浦路斯人。可是所謂塞浦路斯人，其實包括佔多數的希臘人和佔少數的土耳其人，不是單一的民族。土耳其人信回教，曾經是島上威風凜凜的主子；希臘人信東正教，絕不忘懷過去受奴役的恥辱。兩方矛盾本深，加上英國人撤離前也不見得作過妥善的化解安排；所以英國人一走，兩族紛爭連續不斷。我在希臘居留期間看到的情況就是這樣；現在事隔多年，民族間的緊張關係不曉得緩和下來沒有。

　　柯斯打斯是我在雅典大學認識的一位希裔塞浦路斯籍同學。那個年頭塞浦路斯希裔青年到希臘本土唸大學的人不少。塞浦路斯當時沒有大學，聽說當地人故意不辦高等教育，好讓學生回去祖國，加強跟祖國的聯繫。我在一個反土耳其的集會之後偶然認識柯斯打斯的，那時他是個文

學系三年級下學期的學生。他個子不高，膚色帶褐，架一副厚邊眼鏡。他跟一般希臘青年不大相同，老實率直，不大坐露天咖啡座，不會目光流動看女孩子，比較喜歡看書。我覺得他的學問基礎很紮實，我從他那兒得到的東西很不少。

他憎恨土耳其人，那不必說。他對本土希臘人也有意見，指說處事欠條理，生活散漫不積極，塞浦路斯人好多了。現在想起來，他有這樣的見解，可能跟受到英國人的影響、加上自己的觀察有關係。另一方面，當時希臘人叫「合併」的口號叫得震天價響，要求塞浦路斯回歸希臘。柯斯打斯在公開的場合不說甚麼，然而私下承認：塞島的希臘族裔對「回歸」不一定都抱積極的態度。不為甚麼，只因兩地經濟狀況高下不同，一旦「回歸」，害怕會把塞島的較高生活水平拉了下去。現在想起來，塞浦路斯人有這樣的顧慮，不管對不對，肯定是實實在在的。

水火相容

　　由於歷史的原因，民族之間往往存在仇恨，希臘人對土耳其人就是這樣。今天土其耳的國土，本來屬於以希臘文化為主的拜占庭帝國的領域；今天土耳其名城伊士坦堡爾，本來是拜占庭帝國的首都和東方正教的中心康士坦丁城。土耳其人（即我國史書上的突厥人）西來，滅國陷都，還把希臘人巴爾幹半島南端的本土吞併了。土耳其人是虔信而強悍的回教徒，可以想見，十五世紀中葉以後四百年間，信奉東方正教的希臘人亡國日子並不好過。

　　十八世紀以來，一方面是民族的覺醒，一方面是西歐列強的極力扶持，希臘終於在十九世紀中葉獨立了。可以想見，希臘人記起往日種種的恥辱和壓迫，肯定會對土耳其人懷着深沉的敵意和仇視的。在希臘期間，我有時聽到希臘人説「大心願」一詞，含意是還我河山，最好是收復今天土耳其整片國土，其次起碼也要收復伊士坦堡爾，重建為東方正教的中心。希臘人當然絕對不用伊士坦堡爾一名，那是土耳其人的叫法，他們一定稱作康士坦丁城，或簡稱「大城」；這跟我們有些人對琉球、沖繩、珠穆朗瑪峰、額非爾士峰隨意稱呼的無可無

不可態度，很不一樣。

復國獨立戰爭期間，希臘作家寫了大量激發民族氣節、揭露統治者殘暴和土希兩族之間矛盾的作品，不在話下。事實上十九世紀二十世紀之間，愛國文學是希臘文學的主流。十五世紀以來，土希兩族基於文化、宗教和政治地位的差異，的確存在尖銳的衝突，說是水火不容，也不為過。然而這種情況也非全無例外，特別在平民百姓之間。老百姓各謀升斗生活，接觸往來，互惠互利，許多時候彼此間已忘記了種族的分別，而在同一社會之中和諧共處了。我四過希臘東北部跟保加利亞和土耳其接壤的色雷斯[1]，那兒一帶有不少土裔希臘人，民族間的隔閡芥蒂情況誠然明顯，不過有時也能覺察出若干水火相容的現象。看來一些主流以外、描寫民族間和諧共處的文學作品的出現，還是有其事實基礎的。

我曾經應希臘朋友的邀請，到塞浦路斯住過六七天。塞浦路斯居民主要是希臘人和土耳其人。當時兩族關係緊張，雙方在聚居的地方圈畫範圍，武裝自衛，連首都尼科西亞也不例外。尼科西亞分成南北兩區，北面土耳其人區，南面希臘人區，彼此絕不聯繫往來。希臘朋友駕車載我出遊，到了北區邊緣，說：「不能再進了，

---

1 Thrace（此用通行譯名，據希臘語發音應作特拉奇）

否則別想再回來了。」然而也就是這位朋友一位親戚親口承認：在一些外國人的機構裏，還是有希臘人和土耳其人相處很好的。

有一回我路經色雷斯的戈莫迪尼[2]，踱進一間咖啡館子。跟鄰桌的咖啡客掀開話匣子後，好奇的夥計便不時過來聆聽，偶爾搭幾句腔。我付帳出門時，一名咖啡客帶笑指着夥計對我說：「他是土耳其人，穆斯林。」夥計點點頭，同樣帶笑說：「不錯，咱是土耳其人，穆斯林。」

這是我耳聞目見的事，我就是憑這類事例判定希臘文學作品中描寫民族和諧相處的情節並非嚮壁虛構。所以像列·亞力士烏[3]寫的《白萊蔭老爹的水喉》一類的作品，也算反映另一方面的真實。就以《白萊蔭老爹的水喉》這篇短篇小說為例，白萊蔭老爹和老伴是土耳其裔人，一輩子在希臘土地上生活。一九二三年土希兩國訂立居民交換條約，規定遣送對方族裔的居民離境。白萊蔭老爹夫婦在遣送之列，但是兩人跟許多土耳其裔居民一樣，都不願意走。不過條約歸條約，他們最後還是要離開。作者這樣寫送別的場面：「希臘人——尤其是

2　Comotine
3　L. Alexiou

女人們——都到碼頭送行。他們或是挽着對方手臂，或是舉起自己的孩子；每個人都想有所做作，有所表示，好讓對方留下記憶。船笛最後的響聲，混雜了悲愴的歎息和飲泣。」寫得倒是真切感人。

這誠然不是普遍現象。巴爾幹民族問題複雜，説彼此間仇視多於友善、爭殺多於和解也可以；特別在今天，我們似乎更容易傾向這樣的結論。不過我倒希望友善和解真個成為普遍現象，即使像小説描寫的那樣，充滿悲傷難過，還是比仇視爭殺好。

那一年復活節

　　希臘人信東正教，最重視復活節。節日假期，我喜歡到偏遠的鄉村度過，這是因為在那兒比在雅典更能感受節日的氣氛。朋友都明白我的心意，盡量設法安排讓我如願。十年之間，東西南北的鄉村到過的還算不少。

　　那一年跟一位同學到希臘西北部山區他親戚的家。親戚是個中年牧人，有妻子女兒和母親。好客原是希臘人深感自豪的傳統風尚，山裏人樸厚老實，對外地人尤其是對像我這樣當地從未見過的異族青年，自是益發熱情招呼。

　　節日前整個「神聖的星期」，老大娘和媳婦每天總要到村外的小教堂，對聖像畫十字架禱告；有時也帶孫女兒同去。我和同學沒事幹，每天早上喝過主婦燒煮好的新擠羊奶和幾片麵包，多半一同出門四處轉；其實也不過看變化生滅的浮雲，看險峻而又瘦瘠的崖谷，隨意打發日子。

　　星期五和星期天晚上的兩次彌撒是節日的正點子，男女老幼都到教堂去。我跟大家一起，自覺似乎也沉浸在宗教的悲悼和喜悅之中。

　　星期五深夜「聖塚」從教堂內擡出來，一列人手拿蠟燭在後面慢慢跟着。豆點般的燭光給微寒的夜風吹得搖晃不定，照在身穿黑服頭包黑巾的山鄉婦女木然的臉龐時，

烤羊

無法不想起上一世紀作家柯‧巴拉馬斯[1]在《一個年輕人之死》中所描寫的深沉的悲哀。唯一欠缺的是小說中提到的孩子清嫩歌聲：「可愛的春天，更可愛的嬰兒，你的美好在哪裏萎謝了呢？」

星期天午夜時分是另外一種樣子。人們從教堂喧鬧湧出，相互輕吻祝福。孩子惺忪睡眼開始睜大，直望前面空地上快要生火的爐子；再過不久便可以嚐到羊內臟、蔬菜、香草諸般東西燒成的鮮美濃羹了。我相信此際人人垂涎欲滴。這也難怪，守了七七四十九天的齋，腸胃實在淡得慌了。

次日中午，人們在空地上架起鐵架子烤羊，吃喝談笑。年輕的姑娘打扮整齊，手拉手唱歌跳舞。清悅的歌聲、妙曼的舞姿、真摯的笑容、健康的膚色，當年拍攝下來的幻燈片，每回放映，每回悠然神往，同時想起自己風華正茂的年代。

1　K. Palamas

想起小修院區

　　小修院區是雅典衛城之下一帶的舊城區，房子隘陋，街道曲折狹窄。雅典城市戰後逐步朝現代化發展，可是小修院區基本上還是二十世紀初期的老樣子。希臘政府顯然要保留此區的「古風」，好跟舉目可見的屹立衛城之上的巴爾特農神殿相配襯。

　　遊客遊罷神殿，自然信步下來這裏進食購買紀念品，於是這一帶又成為遊客區。希臘旅遊事業搞得不錯，所以本區經常遊客雲集，好不熱鬧。

　　紀念品多是手工或機製的工藝品：羊毛織物、皮革用具、陶器銅器銀器瓶子盤子等，不一而足；都具有濃重的民族風格。希臘文化雖說是西歐文化的源頭，但歷史上希臘跟東方的關係更深；這便使得民族工藝品特色跟西歐的大大不同。正因為大不相同，反而深受西歐人喜愛。

　　在小修院區的舖子內確能找到好些今天不大常見的東西，使人發其思古之幽情的。譬如說今天希臘人早已棄而不用的祖先用過的粗拙赤銅咖啡壺子，這裏可以找到。又譬如說以往山間牧人佩在身上的腰形革製水囊，這裏可以找到。區內還有好些舊品店，有空在店內左翻右看，不理會老闆拉長臉孔，運氣來時，也可以有所收穫的。有一回

我買到一個鑲銀的小壺子，刻上一隻雙頭鷹，那是拜占庭朝代的標誌。據朋友鑑定：雖然不是十六世紀以前的東西，卻也不是近百年內的製品。

小教堂區星期天上午遊人特別擁擠，說是水洩不通，絕不為過。我在希臘居留時，也喜歡星期天上午去瞎擠瞎撞，覺得挺有味道。可是一些希臘朋友不大願意去，有一兩個直說那兒見到的多是自己民族的落後面，教人不舒服。我雖然理解他們的心情，但總認為他們過於拘執；哪個城市遊客區的外貌氣氛不顯得有點特殊古怪？犯不着死心眼看不開。

現在我來了美國的三藩市，這裏的華埠紛亂嘈雜，說老實話我也不大願意去。不過有時去了，心頭倒是不跳不動，沒有異樣的感覺；只有一回我想起雅典的小修院區，想起一些從前拘執的朋友。

有牙齒的太陽

「有牙齒的太陽」是一句希臘俚語，意指氣候嚴寒，天上卻太陽高掛，陽光挾着凜冽寒氣嚙人肌膚。每種語言總有不少這類形象而生動的達意方式，廣東方言就是個絕好的例子，希臘話自不例外。這類話頭不必強記，講過兩遍便甩脫不了。無論在甚麼地方，每逢陽光普照的乾冷日子，我心底總浮起這句話。

在希臘的時候，碰上這樣的日子，如果剛巧是星期天或假期，我一定絕早乘車到衛城（Acropolis），好觀賞巴爾特農神殿（The Parthenon）和周圍的景象氣氛。我一定獨個兒去，即使事前跟朋友作好別樣的安排，也想法子推掉。

我在城上其實沒有幹甚麼，只是這個角落那個角落站一下坐一回，凝視或者顧盼。神殿一根根圓形石柱在透明的空氣中下鎮大地，上擎天宇，分外宏壯難名，而自己則似乎特別的渺小不足道；於是崇敬之心，蒼茫之意，油然而生，隱約間一切俗念驅逐淨盡。

希臘人少到衛城去，去的大半是慕名而至的外國遊客。不過冬天不是旅遊季節，遊客比較稀疏，一旦特別寒凝氣凜，人數益發銳減，有時見到的不過寥寥幾個人，可

是衛城的雄偉蕭穆，我認為這時候最能見出。夏天遊人蟻聚之際我也到過，當時感受倒不深刻。

　　直到現在，我始終懷疑過多的事物可能是美景的大敵。這種想法不見得走偏鋒。好比柳宗元《江雪》詩：「千山鳥飛絕，萬徑人蹤滅。孤舟蓑笠翁，獨釣寒江雪。」末二句的「孤」、「獨」二字如果改成「百」字和「共」字，整首詩肯定大為遜色。試想滿江面都是船都是人，等於在畫面上潑下無數墨點，還有甚麼清空曠遠之美可言？換一句話表示：詩中的清景這便給過多的事物玷染破壞了。兩三年前一個清秋佳日我登過泰山。登山路上，男女老幼，萬頭攢湧，人的喧鬧聲和收音機播出的流行歌曲聲混雜一起，盈耳沸天，再加上塵土飄揚，紙屑棄物鋪滿，氣勢景象也挺能教人訝異；然而我對岱宗喬嶽莊嚴氣象的專注與虔敬卻似乎因此而分減了，我竟然不生「仰止」之情！看來山川古蹟還得要等自然之神卡住多數人不讓出門，才能供我們親近領略，流連瞻仰。

破戒

　　我因為在希臘的時間相當長，頗沾染了一點「夷俗」，喝土耳其咖啡是其中之一。兩年前寫了一篇文章，提到由於健康的關係，已把咖啡戒掉了；可是說來慚愧，咖啡老早喝回來，儘管健康還是老樣子。有時下午留在家裏，親自燒上一小壺，慢慢品嚐那股原始而濃洌的香氣，十分陶然。

　　事情得從去年說起。去年夏天我到雅典，抵步以後，首先聯繫舊同學尼柯斯來酒店會面。幾年不見，他頭益發禿了，頰間鬍子更見灰白，加上圓鼻子胖臉龐，瞇眼看來，約略有圖片上蘇格拉底的模樣。我們高高興興談了一會，準備到外面去。起身的時候，忽然不約而同開口：「柯隆納基[1]。」接着相視大笑。

　　柯隆納基是雅典市的一區，有一個小廣場，廣場和四周都是露天咖啡座。由於環境情調不錯，所以整天坐滿顧客。特別夏天晚上七時以後，燈光初亮、夜風微生、人們沐浴妝扮完畢、紛紛出來蹓躂的當兒，要想在廣場找一張空桌子，有時還真不容易。

　　尼柯斯和我當年每個月總會到柯隆納基喝三幾回咖

1　Kolonaki

燒希臘咖啡的原始小銅壺

啡，日期時間沒有準，大家碰上面，興頭來了，便一起走過去。我們坐在帆布椅子上，偶爾拈起咖啡杯子，讓嘴唇舌尖隨便在杯邊沾一下，慢慢打發兩三個小時。面對來往諸色行人，可以想像青年人評頭論足，以至伸指揚眉、瞠目結舌種種浮薄的口吻和反應，在所不免。雖說這應該是臉紅的事，但當時實在覺得無比的愉快，好像極具情趣，確是調劑枯燥研習生活的法門之一。何況尼柯斯畢竟是學者型的人，胡扯之外，有時也會言而及義。他有興趣翻譯古籍為近代語文，話題也往往涉及到這方面去，聽後得益不少。八十年代以後，我三過希臘，他每回送我一種出版的古籍譯注：柏拉圖的《黎西斯》[2]、《埃夫提孚隆》[3] 和《埃夫迪摩斯》[4]。譯文和注釋的明淨簡當，我看真不作第二人想。

就是去年跟尼柯斯喝過土耳其咖啡以後，覺得再也無法抑制，離開希臘時，便索性買了三包咖啡粉，回港後喝上大半年。今年夏天去美國，又在希臘人開的土產商店買了幾包帶回。就這樣，徹底破戒了。

2　Lysis
3　Euthyphro
4　Euthydemus

先入為主

　　我對土耳其咖啡終於無法擺脫。幾回因為它過分濃烈對身體沒有好處，斷然戒掉；幾回又因為受不住它的濃烈香氣的誘惑，報然再飲。到了現在，索性不管一切，每天沖上一杯慢慢兒品嚐。

　　我弄土耳其咖啡的方法其實是從希臘人那兒學來的，喝的咖啡粉也是希臘製品；希臘人的方法和製品跟土耳其人的一樣不一樣，不大清楚。當年雖然到過土耳其，記憶之中可只有喝茶的時候，絲毫不曾留下喝咖啡的印象。也就是說：真正由土耳其人弄的土耳其咖啡，一回也未領略過。

　　那天在三藩市大街上漫步，赫然見到路旁豎立一塊寫上「土耳其咖啡」兩個英文字的木板，木板上還有一個箭嘴指向左轉的小巷。我於是拐進去，原來是一間小吃店。一個中東人模樣的夥計走過來招呼。我先跟他攀談兩句，弄清楚他是土耳其人以後，叫了一杯土耳其咖啡；心想好了，這回總算喝到土耳其人弄的真正土耳其咖啡了。

　　過了一會咖啡端來，放眼一看，有點失望。首先顏色不對，黑沉沉的，不像慣見的色帶金黃，光澤悅目。其次形相不對，杯面沒有一層稍稍凸起欲墜不墜的泡沫。拿起

小杯子喝一口，味道不對，苦澀之中帶煙火氣，不夠甘滑濃郁。偏生夥計還走過來問怎麼樣，我自覺似笑非笑，隨便敷衍他兩句。勉強喝完咖啡，付帳離開。

我最初心裏不大滿意，不過稍後想一想，也就心平氣和。口之於味，雖然像古人所說的有「同嗜」，卻也不排除「異嗜」的。東西味道好不好，不見得有一定的客觀標準，「先入為主」的影響作用很大。喝慣英式奶茶的人即使喝頂級特級的中國名茶，可能還是覺得不對勁。這麼說，我覺得真正土耳其咖啡不合口味，除了可能因為夥計的工夫確實不好以外，會不會因為我一向習慣了希臘式的土耳其咖啡的緣故？葉公好龍，一旦見到真龍，反而不能迎納；我好像就是這樣。想到自己竟然有點像葉公，不禁苦笑。

「穆薩加斯」的濃香

　　希臘日常菜式中，如果讓我挑選一種作代表，我挑選
「穆薩加斯」[1]。

　　這道菜我不會弄，只會吃，所以烹調過程中種種講究
和技巧全不曉得。表面看來，大概用薄切的洋芋片墊底，
微微炸過，上鋪一層牛肉末，再蓋一層茄子片，再蓋肉末，
最上面是稠而厚的奶油，撒滿細粒乾乳酪。一切弄好，便
推進烤箱內烤熟，切成四四方方的一塊塊上桌子。上述材
料之外另配各種各樣的香料跟油鹽茄醬，自不待言。

　　「穆薩加斯」端上來時，烤過的奶油凝固後略呈金黃
色，熱乳酪發散的濃香傳得遠遠的，大大刺激食慾。記得
到希臘不久，每天在居所附近的一家小館子用晚膳，一個
星期中總點這道菜三四回，跑堂的和掌櫃都知道我對這道
菜情有獨鍾。在希臘人眼中，「穆薩加斯」不算高級名菜，
正因這樣，一客的價錢不貴，一個大學生還能吃得起。

　　我到過土耳其，發現那兒也有同名的菜式。土耳其革
命以後，文字改用拉丁字母拼寫，因此往往能從餐牌上猜
出食品的讀音。我在伊士坦堡爾吃到的「穆薩加斯」和在

1　Mousakas

希臘吃到的各方面區別不大；這道菜應該就是從土耳其傳到希臘的。希臘被土耳其人統治了四百年，受土耳其的影響很深，飲食方面特別顯著。當然也可以懷疑這道菜本來源自希臘，不過真確性不會大。因為希臘字的名詞都有種種格、位、數的變化，「穆薩加斯」一字變不出，只有外來語才會這樣。

希臘人被土耳其人欺壓了四百年，痛恨土耳其人之情可想。獨立以後，總希望把國內一切土耳其痕跡抹去。某些方面可以辦得到，但是那些跟大眾生活已經牢牢地結合一起、而為大眾喜愛的東西、像音樂食物之類，卻是無從抹掉的，也沒有人願意抹掉。

香港最近有一個「土耳其美食節」，我去吃了一回，可是沒有「穆薩加斯」。聞不到「穆薩加斯」的濃香，心底有些失望。看來土耳其人不重視這道菜，所以不在國外介紹。然而我則由「穆薩加斯」引起若干的聯想，於是記錄如上。

關於翻譯

雜談伊西歐鐸斯作品的中譯

伊西歐鐸斯[1]是古希臘年代比荷馬稍後的一位詩人。他的兩首長詩《神譜》及《工作和日子》儘管無論在篇幅和名氣上都比不上荷馬的《伊利亞特》和《奧德賽》的巨大和響亮，不過由於內容和手法另具特點以及寫作年代的古遠，始終受到後人推重。

這兩首詩有中文譯本，一九九一年十一月大陸商務印書館出版，譯者張竹明和蔣平。書名作《工作與時日》和《神譜》，跟我的擬譯無甚分別；但是詩人的名字，張、蔣二氏作「赫西俄德」，據英語發音譯出，這便跟我據希臘語發音譯出的「伊西歐鐸斯」很不一樣。驟眼看來，不容易判定二名同屬一人。

譯本前頁上說明：譯者根據的是英國洛布古典叢書[2]和 A.W. 馬亞[3]的英譯本。洛布古典叢書的體例是：一頁希

1　Hesiod
2　The Loeb Classical Library
3　A.W. Mair

臘原文，一頁英文譯文。能不能假定兩位譯者從英文轉譯？我當然希望假定錯了，譯者根據的其實是希臘原文。不過退一步説，即使從英文轉譯，還是初步填補了西方古典文獻中譯本範圍內的一些空白點，畢竟大是好事。

原作是分行的詩歌體式，譯者改成散文，頁旁雖然在原文每隔五行處標出行碼，每行的大概起迄處，卻是看不出來了。譬如《工作和日子》第二八六行至二九二行，譯文是：「但是，我將樂於對你——愚蠢的佩耳塞斯説一些大道理。邪惡很容易為人類所沾染，並且是大量地沾染，通向它的道路既平坦又不遠。然而，永生神靈在善德和我們之間放置了汗水，通向它的道路既遙遠又陡峭，出發處路面且崎嶇不平，可是一旦達到其最高處，那以後的路就容易走過，儘管還會遇到困難。」哪一行是二八九行，或者哪一行是二九一行，實在不清楚。

古典詩歌的翻譯，現在相當流行散體的譯法；楊憲益先生譯《奧德修紀》（即《奧德賽》）就是例子。不過我覺得能保留原作一點面目，也不算壞事。上述七行如果由我譯，我會作這樣的嘗試：「我告訴你要緊的事情，愚蠢的佩耳塞斯：／ 醜惡很易抓到，數量無盡；／ 她的道路平坦，她住在附近。／ 但不死的神祇在前面放下德行的汗水，／ 通向德行，首先路途修遠峻峭，／ 崎嶇不平。及後到達頂峯，／ 儘管曾經困難，卻是容易了。」

柏拉圖著作和中譯本

　　柏拉圖一生寫下大量的作品，而且基本上都完好無損地保存下來。英國學者 A.E. 泰勒在他的《柏拉圖——生平及其著作》中說：「柏拉圖是古典時代著作豐富而作品似乎完整齊全流傳下來的唯一作家。我們在較後的古代，沒有在任何地方發現提到過一部我們至今還沒有掌握的柏拉圖著作。」（謝隨知等譯文）可是話說回來，完好無損是完好無損了，以柏拉圖為主名的著籍當中卻是真偽混雜。給柏拉圖作品辨偽一直是西方學術界的熱門工作。不管怎樣，即使左除右扣，現代學者無從否定其真實性的柏拉圖作品，起碼還有二十八種。

　　站在中國人的立場，柏拉圖既是西方大哲，他的作品就算再多，論理也該全部譯成中文，供國人參閱研究。可是事情實際上沒有達到這般理想的地步。根據我搜集到的譯本，大概佔柏拉圖作品的一半或者多一點，茲列出如下：《申辯篇》、《歐梯弗羅篇》、《克里托篇》、《斐多篇》、《政治家篇》、《巴門尼德篇》、《斐利布篇》、《會飲篇》、《斐德羅篇》、《拉該斯篇》、《呂西斯篇》、《普羅塔哥拉篇》、《曼諾篇》、《國家篇》、《伊安篇》、《大

希庇阿斯篇》[1]（中文書名譯法暫據近人范明生《柏拉圖哲學述評》中所擬），凡十六種，也許還有三數種搜羅不到。事實上我希望自己遺漏的愈多愈好，這表示柏拉圖著作的中譯本愈見趨近全集的數目。我所盼望的是：有一天柏拉圖所有的著作全譯成中文。

柏拉圖是哲學家，讀他的書當然首先注重書中的思想。不過一些像我那樣喜歡弄點文學的人，卻也往往從文學的角度去欣賞他的寫作的。人們極口稱許《會飲篇》的藝術結構就是例子。又好像在《普羅塔哥拉》中，他這樣寫普羅塔哥拉和他的學生：「每回普羅塔哥拉和後面的人轉身時，聽講者即時從這裏那裏從容而井然地分開，然後攏成一團，在後面列好整齊而美觀的隊形。」誰能咬定寫得不形象生動？

（作者按：王曉朝譯《柏拉圖全集》四卷，2003 年北京人民出版社出版。文中所盼已成事實。）

1　Apology, Euthyphro, Crito, Phaedo, Politicus, Parmenides, Philebus, Symposium, Phaedrus, Lachos, Lysis, Protagoras, Meno, Republic, Ion, Hippias Major

譯事難哉

　　《蘇格拉底辯詞》[1] 是柏拉圖著作之一，書中記錄蘇格拉底被誣告後在五百零一名審判人跟前答辯的話。本書是研究蘇格拉底的重要資料之一。古希臘典籍譯成中文的不算多，但是這本書似乎極受國人重視，竟然出版過幾種中文譯本：張師竹、張東蓀的《辯訴》、胡宏述的《蘇格拉底自辯篇》、嚴群的《蘇格拉底的申辯》和余靈靈、羅林平的《申辯》篇。我在八三年底也譯過此書，取名《蘇格拉底辯詞》。如果我能夠勉強具有追隨各位譯者之後的資格，那麼柏拉圖這本作品起碼有過五種中文譯本了。

　　翻譯家譯同一作品時，或者由於對原文理解不盡相同，或者由於行文方式各有好尚，譯文時見歧異，自屬必然；幾種《蘇格拉底辯詞》的中譯本也不例外，而且剛一動筆，歧異便已見出。張譯和胡譯起頭比較接近，分別作「嗟乎雅典人」和「嗟！雅典之士」；嚴譯為「雅典人啊」；袁、羅二人則譯作「尊敬的陪審員們」。

　　翻檢原書，原文「雅典人」兩字作眾數稱謂格形式，那是蘇格拉底開始答辯時先向審判人打招呼的話。可是譯

1　Apology of Socrates

文為甚麼加上「嗟」或「嗟乎」這種帶感歎性的字眼？推想起來，可能受了某些英譯 O Athenians 的影響，把「O」看成感歎字。實則這個放在「雅典人」之前的「O」是個用來表示稱謂格的冠詞，只有語法上的作用，不帶感情色彩的。至於「尊敬的陪審員」譯法，也許依據別的譯文比較自由的外國譯本。認真說來，嚴群先生的譯文相當接近原作，雖然「啊」字還帶點感情意味。不過話說回來，不用「啊」字，稱呼的口吻便不容易顯出。兩難兼顧之下，也就只能取而不捨了。拙譯作「雅典公民們」，雖然不帶感情成分，也像稱呼口吻，但是「公民」兩字儘管未算越出原文義蘊，總嫌稍稍引申外露，不能說是佳譯。我也曾考慮過「諸位雅典人」一詞，覺得不增不缺，相當切合原作，可是這幾個字唸起來好像不大自然，最後只好放棄。

　　譯事之難，於此可見。

《詩學》中譯本

　　亞里士多德的《詩學》是西方談文論藝的經典之作，人所共知；是書現存二十六章。據我了解，目下有四種中文全譯本，那就是一九二五年傅東華譯本，一九六二年大陸出版的羅念生譯本，一九六六年臺灣出版的姚一葦譯本，一九八七年臺灣《中外文學》刊載的胡耀恆譯本。全譯本之外，有些學者談論西洋文藝批評或美學時，往往作出節譯。據譯本的前言或後記，我們知道羅本從希臘原文譯出，傅本和姚本從歐洲文字譯本轉譯。胡耀恆先生開譯之初和我聯繫過一回，還託人寄來希臘文原本，提出過一些問題，我估計胡本可能以英文譯本為主，旁參希臘原文。

　　四位譯者下的工夫都深，貢獻極大。不過站在讀者的立場，我仍然懷有如下的希望。

　　第一，希望日後還會有更多的譯本。我不是說四位譯者譯得不好，然而就是最好的翻譯家，也會偶爾把握原意不準確和行文欠暢順明晰。譬如說原著第一章第一節，四種譯文不無差異，其中當有比較適合或不適合之別。新譯本如果能在前人的基礎上精益求精，譯文的準確性和可讀性進一步提高，使得逐漸跟原作拍合無間，自是佳事。

　　第二，希望學者編撰更詳盡的注釋。四種譯本雖有注

文或全書説明之類的文字，但分析如果更精細深入些，解説的資料如果更豐富些，這對一般希臘古代文史知識不太足夠的讀者，幫助無疑更大。我知道無論在希臘本土或者歐美各國，都有學者編撰極其詳盡的《詩學》箋注本，以便讀者的。

第三，《詩學》自十九章以下，往往舉引個別言詞文句為例，加以解説分析。例子譯成外文，特別是譯成方塊字的中文，原來的意義不易顯出，讀者無法弄明白。一些譯者雖然説言詞文句的分析解説與理論無關，不必過分着意；但我個人還是希望後來的譯者能夠慢慢想出方法來，盡可能讓讀者明白。這樣全部譯文便不致使人覺得有明顯的缺憾，而易於趨近理想了。

亞里士多德《詩學》
第一句中譯

　　我知道亞里士多德的《詩學》目前起碼有四種中文全譯本。各家譯本文字不無出入，本屬正常；但是像目前存在的那樣巨大的差異，到底使人驚奇。全書開始第一句便已立見途徑歧出，使人不易適從。整句句子比較長，我只引兩種譯文作例子。一是姚一葦譯文：「吾人之對象為詩，我所要提出說明者非僅屬一般的詩藝，而且關於詩的類型以及詩的諸種機能；關於形成一首好詩的情節結構；關於構成一首詩的部分的數量與性質，以及以同樣的研究方式來處理其他的問題。」二是羅念生譯文：「關於詩的藝術本身、它的種類、各種類的特殊功能，各種類有多少成分，這些成分是甚麼性質，詩要寫得好，情節應如何安排，以及這門研究所有的其他問題，我們都要討論。」

　　我們看到：兩種譯文，不僅在語句形式上有差別，就是句意和專門用語許多地方也不一樣。我這裏不準備談哪一家的譯文更加準確明暢，我沒有這個本事。我只想說幾句我看到這樣巨大的差異後引起的一些想法。

　　第一，據我所說，譯者依據的底本不同：有的從希

臘原文譯出，有的只從英文譯本轉譯，有的以英文譯本為主，旁參希臘文本。希臘文和英文雖說屬於同一語系，行文和達意方式仍舊很不相同。根據不同文字底本譯出來的中文，受到底本原來文字的影響，文勢語調自然有別。就是甲種乙種英文譯本之間面目也不能一致，從而影響到轉譯過來的文字。譬如羅譯「我們都要討論」六個字放在最後，那是希臘原文的位置。英文譯文如果放在句首處，轉譯者很可能照樣辦。

第二，譯者對《詩學》內容的理解和個人寫中文的行文習慣、以及使用文言或語體進行翻譯等等因素，肯定構成譯文歧異的一種原因。亞里士多德的文字一般認為及不上柏拉圖的明暢，這便給譯者帶來較大的揣想空間，結果是譯者或重譯者的造語遣詞有拉得開一些的可能。譬如姚譯「部分的數量與性質」和羅譯的「多少成分」「甚麼性質」的分別，似乎可以從這方面去考慮理解。

古希臘專名的中譯

海通以來，不少有心人抱着熱誠的態度向國人介紹西方文化。重點雖然放在近代，但追本溯源，有時畢竟提到古代去的；於是古希臘典籍便斷斷續續翻譯了一些，書中人物地域等專門名稱自然也譯成中文了。專名據原典音譯，自屬通例，不過事實上許多中譯本依據的不是原典而是英文譯本，中文音譯實從英文讀法而來。經過這麼一層轉折，中譯希臘專名唸起來有時跟原文很不對口。說是音譯，根本不是那麼回事。

希臘專名改成英文，基本原則是每個字母對寫，希臘文中有 a 字，英文放 a 字；希臘文中的 π，英文改成 p；如此之類。對寫後英文發音跟原文的發音按理不會距離太大，問題是英文有些輔音或元音可以兩讀或多讀，照拼音規則唸出來有時偏偏遠離原文的發音；中譯者如果死抱拼音規則，反而不妙。好像 Cyprus（塞浦路斯）一字，照規則 c 發 s 音，y 發 i 的長音，於是中文音譯作「塞浦路斯」。然而唸希臘原文時，c 該是 k 音，y 要讀成短音 i，整個字作 Kiprus 這樣的聲音才是。

所以希臘專名的中文音譯，要想比較接近原文，最好能夠根據原文轉寫。這方面已有可供利用的工具。剛去世

的希臘學前輩羅念生先生以前編過一個《古希臘語、拉丁語譯音表》，把兩種語言所有的音節表列出來，每一音節定出一個對應的漢字。就拿 Cyprus 這個字說，據表該中譯為「庫浦汝斯」，這總不像「塞浦路斯」那樣走音。

我看羅先生的《譯音表》，引發出一個問題：古希臘字母的擬音該持甚麼原則？古人已逝，他們嘴裏怎樣發聲吐氣，後人只能揣測。我看外國人譯中國古籍，專名一律據現代漢語的發音譯寫，絕不據「古音」擬出。羅先生是否同樣依據今音，我不無所疑。譬如希臘字母 b，現代希臘語的發聲近英文的 v，羅先生卻認為和英文的 b 發聲相同，看來別有所據。女神 Cybele，明言依據羅先生《譯音表》的《希臘羅馬神話詞典》的編譯者魯剛和鄭述譜作「庫柏勒」，我曾譯為「基維莉」。「柏」「維」之別，就是英文「b」「v」之別。

讀《古希臘抒情詩選》隨筆

《古希臘抒情詩選》一冊，水建馥先生據古希臘文譯出，一九八八年北京人民文學出版社出版，一九九一年再出第二版，兩次印數加起來接近二萬冊。出版社短期內再版，可能因為銷路不錯，讀者需求比較殷切。果真這樣，在庸俗讀物氾濫的今天，這未嘗不是使人高興的事。

比對前後兩版，版式完全一樣，文字也不曾作過修改。不同的是，第二版封面另行設計，原來幾幅瓶畫的附頁取消，墨色比較淺淡而不均勻；還有定價提高了一倍左右。總的說來，第二版的質量比第一版的差，所謂「精益求精」或者「後出者勝」的講法未見適用，只有定價是個例外。

我孤陋寡聞，不知道還有哪些出版過的古希臘短詩中譯本。我認為水先生的翻譯是極有意義的介紹工作。選譯的詩篇不算多，不過公元前三世紀以上的著名作者不少都有作品入選，這對想初步而比較廣泛地接觸古希臘抒情詩歌的讀者來說，肯定有所幫助。

詩歌翻譯是回吃力的事，翻譯時代越遠的作品，吃力程度恐怕越大。由於年代的長遠距離，要比較全面而深入去領會原作的境界、韻味和微妙之意，已不容易；何況領

會之後，還得想法子盡可能（實則沒有可能）原封不動搬過另一種文字去！翻譯古希臘詩歌的困難，譯者在序言中說得清楚，一是詩中多神話典故和歷史掌故，二是詩歌的獨特格律。關於第一點，希臘古人口耳相傳，神話歷史自是熟悉，聽人彈琴歌唱，自是津津有味。但是作為兩千多年後的異國翻譯者，一方面則要翻尋資料，弄清楚典故掌故的內容，作為注解向讀者介紹；另方面又要極力把充塞典故的詩篇譯成可以引起讀者共鳴的中文；付出的勞力很大。關於第二點，古希臘詩歌有配合語言本身特點的音步安排，有種種長短或短長的格律，音樂性原本非常的強。可是古代語言音樂特點的具體情況，今天已不易把握；即使把握住了，特點也非中文所有，譯文無法傳達，從而削弱了作品的藝術感染力。這方面該怎樣處理，很費躊躇。

我也算譯過一點古希臘的東西，水先生的話，我深有同感。

讀《古希臘抒情詩選》再筆

水建馥先生《古希臘抒情詩選》中選譯作品最多的作家是公元前六世紀的西摩尼得斯[1]，共十九首，佔全部譯詩的六分之一弱，比起曾經被周作人等人介紹過而為中國人比較熟悉的女詩人薩福[2]（許多人譯作莎孚）十三首譯詩還要多。

我注意到十九首當中有一首叫《致西科帕斯》。西科帕斯[3]是個青年人，有一回在四騎比賽中得了勝利，詩人於是寫這首詩相贈。在柏拉圖的《波羅塔哥拉》書中，智士波羅塔哥拉曾經引述這首詩的一些章句跟蘇格拉底討論。我翻譯《波羅塔哥拉》作注釋時，為了給讀者參考，注文中全詩譯出。由於這個緣故，我對這首詩的文句意義算是咀嚼尋繹過；自然談不上甚麼深入，不過多讀上幾遍，倒是事實。也由於這個緣故，我便帶着濃厚的興致讀水先生的譯文，想看看自己的和他的有甚麼不同，想看看他山之石會對自己的不如意的東西怎樣起磨礪改善的助力。

譯文永遠不會相同，同一段文字讓一百個人翻譯，保

1　Simonides
2　Sappho
3　Scopas

管有一百種模樣；翻譯詩歌，模樣的差異恐怕更大。然則
水先生的文字跟拙譯不同，那是尋常不過的事。其間稍覺
特別的：還不僅僅在於文詞相異，連詩節的先後次序彼此
都不一致。全詩分為四節，這是大家相同的，只是水先生
譯文的一、二、三、四節的次序在拙譯中變成一、二、四、
三的安排了。本詩各段各句的先後次序應該怎樣，學者們
說法向來不一致。顯而易見，大家根據的底本不同，譯文
於是隨之而異。水先生在書末列明依據的版本，主要是牛
津本和洛布本，我則基本上根據本世紀初一位希臘著名古
典學者的主張。

　　古代作品章句次序由於傳鈔、錯簡和其他的原因，
時有不同，引起後人爭論，其實相當常見。我說「稍覺特
別」，恐怕還未盡恰當。不要說西洋的上古時期，就是中
國的中古時期及以後，例子仍舊很多。著名杜詩注家仇兆
鰲便對杜甫《夢李白二首》的第一首的流行本子句序大有
意見，自己另作排列。連杜甫詩都出現這樣的問題，其他
更不必說了。

讀《古希臘抒情詩選》三筆

　　水建馥先生譯《致斯科帕斯》一詩，詩節次序跟拙譯不同既如上述。進一步觀察，每節的行數也不一樣。他在注文中明說每節九行，可是我所依據的是每節七行的版本。既然如此，每行字句多寡自然彼此參差了。譬如他譯的第三節前三行：「所以我從不把這有限的一生／寄託於空虛的希望，／追求不可能的事業。」拙譯是：「由於這樣，我從不把有生的時光，虛擲於不會實現的希望上，／找尋不可能成為真實的事。」就是說，我把水先生的前兩行合為一行了。

　　就文字作比對，水先生的譯文比較簡練明暢，應該認真參考吸取，上引的幾句已見一斑。「空虛的希望」和「不可能的事業」顯然不像「不會實現的希望」和「不可能成為真實的事」那麼囉唆不自然。雖然我也能說點自辯的「強辭」，不過到底還得先行承認文字功夫實在不足。倘使真要「奪理」，我的「強辭」大概會這樣：我在譯文中希望盡量保留作者的每個原有意念，那怕是極微小的意念；也希望盡量保留原來的表達方式和次序，非不得已時不作更改。自己雖然不主張直譯，但是翻譯古代及經典性的文獻時卻也不想過分自由處理。

另外一點，《波羅塔哥拉》一書中智士波羅塔哥拉和蘇格拉底爭辯時，頗涉及詩中動詞「經常是」（To Be）及「變成」（To Become）意義上的微妙分別。我看了書，先入為主，於是譯詩時對這兩個意義彷彿相等的動詞便不敢稍稍更動，原文用那個字就譯那個字。還有，個別在古希臘文中本來無甚要緊的字眼，蘇格拉底在書中偏偏拿來作揣測別人心意之用，這樣我又不敢隨便刪除。這也可能造成拙譯和水先生譯文不相同的原因之一。詩的第一節第一行是個例子。水先生作「人要真正完美很難」，文字流暢自然。拙作譯「變成好人倒真困難」，有點彆扭。所以用「變成」，因為原來的動詞是這樣。原文中副詞「真」字本來可以形容「好」（即水先生的「完美」）或「困難」，但是蘇格拉底極力論證只能形容後者，我當然不敢違背哲人的意思。至於保留的「倒」字，正是揣測別人心意之用的字眼。

古代希臘散文的介紹和翻譯

　　海通以來，我們介紹及翻譯西方作品，包括一些希臘古籍。不過對希臘古籍的介紹翻譯零亂沒計畫，數量也少，成績不理想。介紹及翻譯古代散文的成績更差，目中所見，結集成書的只有十年前大陸湖南出版社出版、由已故的羅念生編譯的《希臘羅馬散文選》。

　　這本小冊子專選古代散文。希臘的「古代」，書前具有長序性質的《古希臘羅馬散文概論》作出說明：從上古到公元四七六年西羅馬帝國滅亡。這是通行而可以接納的劃分方法，前後合計約有一千年之譜。悠長的「古代」又可以再粗略分成三個時期：公元前四世紀後半期以前的古典時期；公元前四世紀後半期以後到公元前二世紀中期——即由亞歷山大大帝建立帝國起到羅馬人征服希臘止——的亞歷山大里亞時期；然後是羅馬統治時期。一千年間散文數量十分驚人，然而本書只選譯了希臘文章六篇。要說選文不能反映出古希臘散文的大概（更不必說「全面」了）風貌和演進脈絡，應該是可以的。

　　所選的六篇是：呂西阿斯[1]的《控告匹翁涅托斯辭》、

1　Lysias

伊索格拉底[2]的《泛希臘集會辭》、狄摩西尼[3]的《第三篇反腓力辭》、柏拉圖的《蘇格拉底的申辯》、琉善[4]的《伊卡洛墨尼波斯》及《擺渡——僭主》。次序大致根據作者生活年代的先後而定，由公元前五世紀到公元前二世紀。《概論》還指出：古希臘羅馬散文有三個主要方面：歷史著述、哲學著作和演說辭，「其中演說辭佔的地位尤為重要。」演說辭通常又分三類：政治演說、訴訟演說和典禮演說。拿以上的說明看選篇，編者似乎把呂西阿斯和柏拉圖兩文看作訴訟演說，把伊索格拉底和狄摩西尼兩文看作政治演說。至於琉善兩文是對話體不是演說體，只能看成帶有歷史社會和哲學的性質。演說辭中的典禮演說付諸闕如。

希臘散文中其實有一篇典禮演說的名文，那是公元前五世紀時雅典當政者貝利克里斯[5]在悼念陣亡將士的葬禮上發表的演說，載在圖奇底第斯[6]的史書中。本書編者是知道的，但認為「內容不易為一般讀者所理解」，只好割愛。

總的說來，由於篇幅和其他條件的限制，遺珠不少。

2　Isocrates
3　Demosthenes
4　Lucian
5　Pericles
6　Thucydides

但讀罷此書，畢竟能像在山澗中舀起一兩盞清泉品嘗，大見甘美，到底是一種口福，一個不常有的機會。

如果作為一冊面向大眾的普及性讀物，本書倒是相當可取的；這主要表現在書中的解說文字特別詳盡一點上。書前的《概論》，書後的《編後記》和每篇之後的《譯後記》文字清晰，內容充實，這對增進讀者的知識和提高讀者的認識大有幫助。編者着重篇章的文學特色，《譯後記》往往有具體而細緻的解說和指引，譬如說到伊索格拉底的文風時，這樣介紹：「風格非常優美精緻。他講究散文的節奏，重視音調的和諧，避免前後兩個字的元音碰在一起，不採用有不好聽的輔音的字和難懂的字……對稱句、等長句處處可見。」又譬如說到琉善的文風時，這樣介紹：「琉善的風格清新、輕快、流暢、簡潔，語言生動優美，明白易懂，其中充滿戲謔成分，詼諧幽默，機智活潑，優美和機智是琉善風格的特色。」自然好些特點我們在譯文中已無從感領，不過有些還是能夠約略體味把握的。

本書選文的下限年代為公元前二世紀中期，那是說缺少了羅馬時期整整六百年的作品，這便使人想起周作人來。周作人承認比較喜歡亞歷山大里亞時期和羅馬時期的作品（《希臘擬曲序》），認為這時期的作品雖然沒有古典時期及以前的那樣宏壯深沉，可是細緻精美別具新貌處，另有可觀，很值得介紹。他既譯韻文，又譯散文。韻

文主要是擬曲和小詩，散文則集中在三名作家：琉善、朗
戈斯[7]和阿波羅鐸羅斯[8]；後兩人屬羅馬時期。朗戈斯的
中譯片段，主要從《達夫尼斯與赫洛藹》一書選出，共六
節，另加全書的《引子》。周作人欣賞這部長篇有清新優
美之氣（《陀螺・苦甜》）。阿波羅鐸羅斯的《書庫》是
希臘神話和英雄傳說的一種綱要，他全書譯出，但好像仍
未出版。不管怎樣，周作人翻譯後期作品，很能補本書的
不足。可惜譯文不曾輯錄一起，讀完本書去找，不大容易。

7　Longus
8　Apollodorus

一篇典禮演說的名文

前些時候我在專欄提到大約十年前由已故的羅念生先生編譯的《希臘羅馬散文選》，書中羅先生因為顧慮到「內容不易為一般讀者所理解」，公元前五世紀時雅典當政者貝利克里斯在悼念陣亡將士的葬禮上發表的《葬禮演詞》，割愛不譯。羅先生的顧慮或者有理，但是這樣的一篇名文不加譯載，特別是未經通古希臘文的翻譯名家如羅先生的細意斟酌翻譯，始終使人覺得遺憾。

要說這篇演詞沒有中文翻譯本，那也不是。我們知道：演詞本來載入古代歷史家圖奇底第斯的歷史著作中第二卷三十五至四十六節，他的書一九六零年由謝德風譯成中文，取名《伯羅奔尼撒戰爭史》[1]，商務印書館出版。全書儘管由英文轉譯，參考價值還是很大的。當然，上述幾節如果再由羅念生先生翻譯，我相信在某些詞語口吻之間的推敲，可能更見準確生動。可惜的是：羅先生已作古，再找同樣水平的人，一時恐怕不易。

這篇演詞在莊嚴的葬禮中發表的。從遙遠的古代開始，人們便相信死者屍體要是不葬，魂魄便無法進入地府，

1　History of the Peloponnesian War

只能成為幽靈在人世間東飄西蕩，悲慘莫名。所以在荷馬
《伊利亞特》中，死後不曾殯葬的巴多羅柯羅斯²託夢給
友人說：「快點埋葬我，讓我穿入地府之門；好些死者的
靈魂和幽影遠遠的阻擋著我哩。」（二十三章）這也就是
為甚麼年老的特洛城之主要跑到敵人軍營，向對方懇求讓
其領回兒子的屍體（二十四章）。公元前四零六年，雅典
人和斯巴達人海戰，雅典人獲勝；可是雅典將領沒有及時
拯救墜海的士卒。消息傳來，雅典民情激憤，執政團召開
大會，迎合民意，判處將領死刑。這回事我們看來，量刑
未免過重。士卒墜海死了，軍隊領導人即使疏忽有罪，卻
也罪不至死；何況作戰取勝，總要考慮戰功才是。然而古
代希臘人不這麼看，他們認為屍體下不了葬是極嚴重的事
情，負責人不能饒恕。我們有這番了解，才能明白雅典政
府為甚麼要舉行莊嚴的葬禮。

　　根據公元前一世紀時的演說家和歷史家第昂尼西俄
斯³的研究和歸納結果，葬禮演詞的內容一般要遵循一定的
法則撰寫。拿貝利克里斯的演詞跟法則比對，完全吻合。
演詞內容如下：

2　Patroclus
3　Dionysius

一、發端

　　貝利克里斯指出：一般人在這種場合講話，結尾時總是頌揚發表演說這種習尚；他不表同意，要頌揚的只能是陣亡者。

二、頌揚先人

　　先人包括遠祖、父親輩。他們既繼承了前人的事業，又擴張城邦領土，傳給後人一個自由的城邦。然後講者引到頌揚陣亡將士的心意。

三、頌揚城邦

　　首先稱許雅典的民主政制：權力操在全體公民手中，有才能的人都能發揮自己的本事，作出貢獻；這種政制成為別人的模範。其次指出雅典公民的精神和物質享受；有各種賽會祭祀，有豐富的外地和本地產品。其次肯定雅典的軍事教育訓練方式比斯巴達的優越；雅典人不必像斯巴達人那樣艱苦操練，但勇敢的程度不比對方遜色。其次列舉雅典人諸般超卓的品格，像愛美而不奢逸、愛智而不柔懦、運用財富卻不炫耀財富、幹個人私事卻不忽略政治等等。其他作概括說明：雅典是全希臘的教師，雅典人多才多藝。

四、頌揚陣亡者

　　死者生前不想失去自己光榮的城邦，所以奮不顧身，慷慨赴死。

五、激勵生存的人模倣死者

陣亡將士抵抗敵人，犧牲性命，光榮事蹟永遠烙在本土和外地人心上，生存者應以他們作榜樣。

六、慰問

向陣亡者的父母、兒子、兄弟和妻室慰問。

七、後語

貝利克里斯表示自己依照法律的要求，說了應當說的話。

貝利克里斯的講話充滿積極和發揚的精神，中間一大段主要就民主政制和在這種政制之下的教育、民生種種事項加以說明和推崇。內容充實，意義深遠，加上言語具備獨特風格，於是成為了一篇名文。還可以這麼補充：講詞其實是民主政治的頌歌。羅念生先生編書時，心中會不會還有一層未合時宜的考慮？他的「割愛」，其實不是由於他說出來的理由，而是由於說不出來的理由？

難以下筆

希臘古今語中，「女人」一字同時有「妻子」的涵義，也可作稱謂格使用。譬如一個人對妻子說：「女人，你看怎樣？」便是等於我們口中的「太太，你看怎樣」這句話。

翻譯希臘文作「妻子」解釋的「女人」一字為中文，在間接敍述性質的語句中好辦，直用「妻」或「妻子」便行；但碰到稱謂格形式時，卻不免感到困惑，因為好像找不到一個合適的漢語對應詞兒。最近一樁事例：克舍挪方《治家之道》[1] 書中有一大段文字直接記錄青年伊士賀麥賀斯[2] 教導他妻子的話。他說不到一會，便插入「女人」一字作為喚起對方注意和表明大段講話的對象之用。本來這個字即使不譯，不見得便影響了文意，相反還有讓文意更見緊湊的效果；我注意到一些英文譯本有時的確省去不譯的。只是我有一點個人的看法：翻譯具經典性質的古籍，如果可能，最好盡量保留原文的用字和語氣，使得在最大程度上足以露顯原文以及文中人物的風貌口角。既然這樣想，便嘗試不省譯講話時作稱喚聽者之用的「女人」這個字，

1　Oeconomicus
2　Ischomachos

或者嘗試起碼不全部省譯這個字。自知不曾受過翻譯專家指點，胡亂決定，是對是錯實在講不出；不過既然這樣想了，便「順其私意」作處理。

可是如此一來，頗覺難以下筆。今天我們當面叫妻子，一般可直叫名字，或者叫「太太」，大陸上了年紀的人叫「老伴」，我們廣東土話叫「老婆」，也有順孩子的口吻叫「媽媽」的；至於洋派人士用英文的一些叫法不算在內。仔細比量，跟古希臘文「女人」一字稱謂格恰當相配的好像沒有。「太太」和「老婆」兩個詞兒比較可以考慮，但前者放在古書中總覺太新太現代化；後者又未免太俗，而且是個方言詞，最好不用。中國古書裏誠然也有些稱謂可供考慮：譬如達官顯宦叫「夫人」，書生叫「娘子」，民間叫「媳婦兒」之類。可是「夫人」由一個普通雅典公民說出，自是不倫不類；「娘子」或「媳婦兒」不無可取，就是太中國化了。譯書完全失去異域情調，看起來像宋人語錄或明清人小說，也不是挺理想的。

由四百年前
《伊索寓言》中譯說起

　　戈寶權先生是著名翻譯家，學術界和文學界的人都知道，不必多說。戈先生除了主要翻譯俄國和蘇聯的作品以外，還寫過不少中外文學關係史和中國翻譯史的文章，一九九二年選編成《中外文學因緣——戈寶權比較文學論文集》一書，由北京出版社出版。這本書內容分兩部分：「中俄文學之交」和「中外文學因緣」；每部分下列若干章。我對書中第二部分第一章《翻譯史話》最感興趣。這一章分成五目，其中第二到第四目探研古希臘的《伊索寓言》在中國翻譯的過程更是我興趣的焦點。戈先生考證：早在明神宗萬曆年間，歐洲來華傳教的耶穌會士利瑪竇在他的《畸人十篇》中已引用了伊索（利譯「阨瑣伯」。平心而論，利譯比較接近希臘語發音）寓言幾則，作為幫助闡釋意見之用；同時對伊索生平作簡短的介紹。跟利瑪竇約略同時和稍後的西洋傳教士像龐迪我、金尼閣等都曾筆譯或口述多則伊索寓言。從此以後，歷清代、民國以至近代，翻譯《伊索寓言》的人不下十來家；最晚的數到一九五五年出版的周啟明全譯本和一九八一年出版的羅念生等四人的全

譯本。

戈先生的文章資料豐富，辨議精審，開卷閱讀，全是聞所未聞的東西，就像即時接觸到一個全新的世界，使人驚異讚歎不盡。中文翻譯《伊索寓言》竟然有這麼長久的歷史了！戈先生另有一篇《近四百年來中譯〈伊索寓言〉史話》，載在香港商務印書館一九九一年出版的《翻譯新論集》上面。題目中「四百年」三字，雖使讀者感到意外，卻是真確無誤的。

西洋傳教士徵引西方作者和典籍的，除了伊索和《寓言》，還有希臘其他的作者和著作，這在戈先生的論文中也載錄了一些；譬如利瑪竇引過束亂（今譯梭倫Salon）、瑣格勒德（今譯蘇格拉底），龐迪我引過亞利思多（今譯亞里士多德）就是。我想：如果有機會通讀各人的集子，一定會發現還有其他的介紹徵引。如果利用這些材料，寫一篇《明末西洋來華傳教士作品徵引古希臘作者及言論考述》之類的文字，倒是極有意義的，不曉得已經有人寫過沒有？

有一個小問題我想提出：傳教士口中筆下古希臘專名——像人名地名之類——的中譯跟今天流行的譯名往往不一樣，我們得從彷彿的發聲去猜測就是今天譯名的甚麼人、甚麼地方；譬如束亂今天作梭倫，便是例子。既然這樣，便不排除有猜測錯誤的可能。

　　利瑪竇《畸人十篇‧君子希言而欲無言》中引述希臘
古賢責暖一項行事：「有大都邑，名曰亞德那（即雅典）。
其在昔時，興學勸教，人文甚盛……責暖氏者，當時大學
之領袖也，其人有德有文。偶四方使者因事來庭，國王……
大饗之，而命諸名俊備主賓之禮，責暖氏居首。責暖終席
不語。將徹，使問之者：『吾儕歸覆命乎寡君，謂事何如？』
曰：『無他，惟曰：亞德那有老者，於大饗時能無言也。』」

　　戈先生認為責暖即色諾芬（Xenophon，我譯作克舍挪
方）。但從上引故事看，責暖是不是今天流行的譯名色諾
芬，很有可疑，因為情事跟色諾芬的生平配不上。第一，
色諾芬三十來歲時離開家鄉雅典（即利氏的亞德那）後，
不一定再回過去。第二，色諾芬其實是被雅典人放逐的，
因為雅典人認為他投敵叛變，對自己的城邦不忠心。然則
在雅典人眼中他是個叛徒，說不上甚麼「有德」，更不會
受雅典主政人物的尊重，邀請參加盛大的外交宴會。第三，
他從來不曾辦學施教，當然不會是「大學之領袖」。第四，
「責暖」和「色諾芬」的發音雖說不無相似，「暖」和「諾
芬」畢竟還頗有距離的。

　　我懷疑利瑪竇書中的「責暖」即今天的譯名「芝諾」
（Zeno）。我於是翻檢公元二三世紀間的第鄂湮尼‧拉耳

底奧[1]的《著名哲學家生平和傳說》，第七卷《芝諾傳》的第二十四節果然有一段像利瑪竇引述的記載，懷疑這便證實了。至於古今譯名中「暖」「諾」之異，大抵因為今譯是從英文 Zeno 轉過來，而舊譯則從逐字對照原文的拉丁文寫法 Zenon 轉過來的。有沒有最後的「n」字，影響到整個字的唸法。中譯的根據如果各自不同，選字自然有分別，「暖」字顯然是配合「n」字而定的。

1　Diogenes Laertius

利瑪竇記希臘古賢芝諾
（責暖）補說

　　上篇我提到芝諾（也有譯作「齊諾」的）其人，首先想澄清一下：第鄂渥尼‧拉耳底奧書中《芝諾傳》的傳主是公元三四世紀間，屬於所謂斯多噶學派的塞浦路斯籍哲學家，不是其他時代其他地區的同名者。希臘古代以「芝諾」命名的人不少，翻開任何一冊稍有規模的《古代辭典》一類的書可以見到。眾多「芝諾」之中，還有一位很有名氣的哲學家：公元前五六世紀間埃利亞人。第鄂渥尼‧拉耳底奧寫的可不是他。

　　利瑪竇記芝諾的一段話，我再據《芝諾傳》原文用現代語言大略譯出來：「在一個宴會中，芝諾保持靜默。他被問及原因，便請賓客稟告國王，說有一名出席人曉得閉口不言。問話的人原是普托拉密[1]王朝的使者。他們到雅典來，想從他那兒學習到一些東西，好向國王回報。他被問到該怎樣對付他人的詈罵，說：『沒甚麼，使臣奉命出使，不必回話。』」可以見到：拙譯和利瑪竇的引述雖稍

1　Ptolemy

有參差，但兩處的內容以及運意大體相同，要說不同出一個源頭，還真不容易說得過去。

芝諾著作多已散佚，但原來十分的豐富，《傳》中列出達二十種（四節）。他在雅典教學，很受雅典人尊崇，《傳》中記載雅典人因此向他頒贈雅典城門鑰匙和一項黃金冠，同時給他豎立塑像（六節）。利瑪竇篇中所謂「有德有文」，正好從這些方面去理解。色諾芬既不教導後進、行事不為後進楷模，對城邦又不忠誠；儘管「有文」，「有德」則無由說起的。

我忽然生出奇想：利瑪竇講芝諾行事，文意文辭跟原著這般接近，看來不可能單憑記憶。他和別的傳教士到中國來，行囊中一定有不少備作參考的西方希臘和拉丁文典籍。當年的典籍可惜今天都見不到了，如果一旦在中國發現，應當是一件有意義的事；因為這些十五世紀的版本，很可以拿來作校勘之用的。譬如利瑪竇文中有「老者」一詞，今本只作「一個人」。究竟是利瑪竇為了行文順暢達意改動的呢，還是他所據的本子其實就有「老者」一字，不免教人感到興趣。能找到他用過的書，一切自然明白。

譯述與「異國情調」

　　講英語的人往往用「Oh，my God」來表示驚異讚歎之情。這三個字譯成中文，可以作「噢，神呀」，也可以作「噢，老天」。前者照原來的用字，後者改為中國人的習慣口吻。以譯文的自然順暢、讀者容易入目言，後者為勝；因為中國人口中一向沒有像前者那樣的表達方式，文中用了，雖說存「信達雅」之「信」，畢竟生硬不尋常，說得好聽是「異國情調」。

　　譯者對這幾個英文字有權選用自己認為恰當的譯法。倘使有人問我選哪一個，我會回答如果無礙文意，我喜歡前者。我的意見是：這好比拉一個洋人過來，洋人既然是高鼻深目，就讓他以原來面目在我們跟前呈露好了，不必大事「整容」，弄成我們的模樣。我們正是見到他的高鼻深目，才生新鮮之感，才有深刻的印象和認識，「整容」以後，印象和認識反而模糊了。

　　以上的念頭，我讀利瑪竇中文譯述《芝諾傳》中一小段文字時再次浮現。譯述的文字十分古雅，除了人名和地名以外，中國化十足，能把讀者帶到中國春秋時代的歷史空間。這是因為這段文字寫的是宴饗外邦使節，宛然便是春秋時代列國士大夫賓主酬答的場面。再說行文組織和用

字遣詞，特別是像「寡君」之類的字眼，也讓人立刻聯繫到《左傳》去。不過如此一來，所謂「異國情調」便淡薄到幾乎不存在了。

我不期然聯想起唐人景淨的《大秦景教流行中國碑》這篇文章。景教是基督教的一支。文章不是譯文，但該是根據基督教典籍或是教中人士的口述撰寫的。然而像這樣的句子：「判十字以定四方，鼓元風而生二氣。暗空易而天地開，日月運而晝夜作。匠成萬物，然立初人；別賜良和，令鎮化海。」寫的無疑是基督教的事，但讀起來卻感受不到濃重的宗教氣味情調。文字表達方式太過中國化會不會是一項影響因素？《金剛經》中長老須菩提對佛說：「希有世尊，如來善護念諸菩薩、善付囑諸菩薩。」撇開譯名不談，像這樣用幾句句子去形容一個人物，中國古代似乎罕有。讀者讀後會覺得新異，不會覺得事情會在中國某時某地發生的。

重讀周作人《看雲集》

手裏拿着一冊周作人的《看雲集》，扉頁上有自己寫的「五五年九月購於澳門」幾個字，原來三十多年過去了！家裏人很久以前把這本書帶來美國，閒中尋舊書，無意中見到。

一九五五年我在中學唸書，那時喜歡看點新文學作品。周作人名頭響，於是買他的書看。時日儘管隔得遠了，卻還隱約記起當年閱後的感受：看不懂，體會不出好處。

今天再看這本書，我明白當年感受的理由，那該是正常的結果；因為集內的文章不是僅具中學程度的讀者能夠看懂和體會出好處的，特別是讀者還只有十來歲。理由起碼有兩點：

第一，作者以學問為文。集中幾乎每一篇都直接或間接徵引中外的舊籍新書，也就是我們所稱的「掉書袋」。作者涉獵廣博，識解融通，往往在一篇之中甚或一段之內把古今中外的載錄調和地湊合一起，有時寫中國，有時寫希臘羅馬，有時寫英德西班牙，有時寫日本韓國。說到題材，或者跟社會學有關，或者跟神話學有關，或者跟文學有關。總之讀者的一般學問基礎如果稍差，肯定顧此失彼，跟得上這個，斷掉了那個，沒法子自始至終迎附文意看下

去的。就以《啞巴禮讚》文末第二段為例，既引中國春秋時代楚王和息夫人的故事作發揮，又拿近世歐洲作家易卜生《玩物之家》一劇中女主角娜拉的話去說明，最後還直接引述金古良《無雙譜》對隱士焦先的贊題下結論。

第二，文章內容有些十分的專門，一般讀者即使大致看懂文中徵引的資料，也還半明不白，無法深入理解體會。好像《論八股文》這一篇，作者對八股文持有獨特的見解，可是讀者如果對八股文沒有一定的認識，也就只能含含糊糊，絕對沒有拍案激賞大呼高明或者推卷而起嗤之以鼻的反應。

附帶一談，《看雲集》是周作人中年文字的結集。文章寫人情物理，不管微加嘲弄、偶感無奈和明白指點，都充滿成熟的世故和況味，入世不深或者根本不曾入世的人領略不到箇中妙處，自屬必然。

周作人懂得古希臘文字，那是他年輕留學日本時在一家美國教會學校學到的。他回國後斷斷續續搞「希臘學」，直到晚年，貢獻很大。他是著名散文家，這個早有定論；如果說他還是清末以來著名的希臘學學者之一，也是事實。希臘學學者之名，他當之無愧。

《看雲集》涉及古希臘的文字一共八篇，佔全書四十篇文章的五分之一，比例不算很低。當中四篇以古希臘的人物、作品和情事為中心題材，另外四篇在論述其他問題

時連帶引出。

　　周作人介紹古希臘，重點放在文學而不在哲學上，這跟他本來就是文學家看來有關係。《希臘古歌》和《古希臘擬曲》兩篇望題知義，講的當然是歌詩之類。《薔薇頰的故事》一篇主要記述女詩人莎孚的生平傳說、跟她有關的人物以及她的一首作品。書中收錄了古希臘路吉亞諾思《論居喪》的中文譯文。《論居喪》有點像我們諸子的篇章，「蓋以立意為宗，不以能文為本」（《文選序》）；但周作人在譯文之後加上一段《附記》，承認《論居喪》的原文是「一種堅硬而漂亮的智慧，但沒有情分」，那便是從文藝的角度去衡評了。其他散見的單段短章，有的談到修辭演說及其演變，有的提到小品文在文學發展上的次序，還是屬於文藝的範圍。

　　周作人論述古希臘文學，固然十分看重亞里士多德以前的作家和作品；譬如他在書中討論過荷馬詩句的文字、分析過智士的辯學、翻譯過莎孚的詩作，就是例證。可是除此以外，他的目光還注視到亞里士多德以後的希臘文學，《論居喪》和《古希臘擬曲》兩篇最能說明問題，兩文都是古典時期以後的作品。人們開口閉口談荷馬的敘事詩、三大劇作家的悲劇或者柏拉圖的哲學散文，這不算錯；可是柏拉圖等人之後希臘文學仍舊繼續發展，文體文風一直創新變化，然而人們談的似乎不多。周作人向我們介紹

前所未知的《擬曲》，擴闊我們古希臘文學知識的領域，讓我們欣賞另一嶄新的文學品類，幹了別人沒有幹的有意義工作；別的不說，這一點應該表揚。

翻譯柏拉圖著作的嚴群先生

近半世紀專門致力於希臘古典著作翻譯的大家，人們都推重羅念生先生，這是事實；只要看看羅先生全集編輯委員會開列和準備出版的書目，不能不敬佩羅先生的貢獻。

羅先生以外，嚴群先生也應該是一位極有貢獻的希臘古典著作翻譯家。兩位先生不同之處是：羅先生集中譯文學作品，嚴先生專譯柏拉圖的書，偏向哲學層面。

我知道嚴先生的名字，是在八四年中買到他翻譯的柏拉圖三種作品的時候。三種作品為《游敘弗倫》[1]、《蘇格拉底的申辯》[2]，和《克力同》[3]，一九八三年九月大陸商務印書館合成一冊出版。當時我在香港恰巧也出版了《柏拉圖三書》，其中「兩書」就是嚴先生選譯過的。因為這個緣故，我便寫了一封信給嚴先生，以後學的身份向他請教。我根據嚴先生在七九年七月寫成而印在書前的《譯者序》，信寄到嚴先生任教的杭州大學去。後來才知道，嚴先生那時已經去世了。他大概是在八十年代初期逝世的，

1　Euthyphron
2　Apology of Socrates
3　Crito

我的信事實上寄了個空。

不過我現在還弄不清信到底寄出了沒有，因為近日在「存件」中赫然又發現了這封信，也不曉得沒有寄出去呢，還是當時另外謄抄一份，作為底稿留下。

我想在這裏抄一段信中的文字：「前日在書店中，購得尊譯柏拉圖著作三種共一冊，欣悅無似。柏拉圖為西方思想界重要人物之一，無論其學說本身價值如何，其在歷史上之影響固有不容忽視者。乃柏氏之著作，近十多年間，鮮見國內學人翻譯，恆以為憾事。一旦得見尊書，始知神州之中，仍有孜孜兀兀者在。古人云：『逃虛空者，聞人足音跫然而喜。』先生之書，其足音乎？」信用文言文——也不曉得像不像文言文——寫成，這是我的「陋習」，不必深究。現在回想起來，寫這封信時，心底其實是有一些意念的。意念的引發，主要由於在過去的一個短暫時期內，人們對拒絕接受的事物所採取的態度。

那個時候，人們心所不容的東西，那怕在歷史上其實起過重大的作用，一律閉眼不看。自己不看，也不許別人看。有時因此變得認識淺狹，觀察判別物理時會出現不同程度的謬誤。柏拉圖的學說可以不加肯定，甚至可以抱極大的否定態度，但他的書總不能不看不理，否則所謂認識或批判西方歷史文化云云，談不上了。

回頭說我寫給嚴先生的信，看來畢竟是寄了出去的，

因為我收到杭州大學西方古代哲學研究所的一位先生回信。這位先生是嚴先生的學生，繼承嚴先生從事西方古代哲學研究。一九八八年人民出版社出版《希臘哲學史》第一卷，四位著者當中，其中一位正是當年覆信的先生。我就是這樣知道了嚴先生去世的消息；也從信裏獲悉：嚴先生還譯了不少柏拉圖的書，只是由於客觀環境的限制，未能出版。

信裏的話我絕對相信。從《游敍弗倫》等三書合冊的《譯者序》中，我知道嚴先生在六四年已出版了兩種柏拉圖著作譯本：《泰阿泰德》[4] 和《智術之師》[5]。一九九三年北京商務印書館又出版了嚴先生譯本《賴錫斯》[6]、《拉哈斯》[7] 和《費雷泊斯》[8]，三書合冊。到此嚴先生的柏拉圖譯書已經有七種面世了。剛才提到的《譯者序》說：「拙譯《泰阿泰德》與《智術之師》合冊之《譯者序》末句有云：『平生素抱盡譯柏氏全書之志。假我十年，容以時日，庶幾有以成斯舉。』如今十五年過去了，我已七十三歲了，此志不渝。猶盼假我十至十五年，黽勉從事。斯願能遂與否，則非我個人精神上的意志所能決定。」從這段文字推

4　Theaetetus
5　The Sophists
6　Lysis
7　Laches
8　Philebus

想，嚴先生好像還不曾譯出柏拉圖的全部著作，不過譯出的總有相當數量，大概不止於已出版的七種。推論倘使是事實，目前客觀環境已大為改觀，我十分希望仍未出版的儘快出版，讓這位可敬的學者含笑於九泉之下。附帶說一句：我說過「嚴群先生也應該是一位極有貢獻的希臘古典著作翻譯家」。嚴先生的譯作如果全部面世，那麼句中「應該」兩字，就不是無根之談了。

羅念生先生

　　羅念生先生是中國近代古希臘作品的著名翻譯家，幾年前在北京逝世了。我開始對羅先生有深刻印象，是在我動念翻譯亞里士多德《詩學》的時候，我翻閱了三種《詩學》中文全譯本，包括羅先生的譯本。相較之下，覺得還是羅先生的譯文最明白詳細。後來讀到羅先生較多的譯著，對他有進一步的認識，同時也在某種機會之下跟他通了一兩回信討教，便對這位畢生從事古希臘文學作品翻譯的名家大為敬佩了。

　　羅先生的譯作，我手頭上的不多，除了《詩學》，還有《埃斯庫羅斯悲劇集》、《歐里庇得斯悲劇集》和《古希臘羅馬文學作品選》（與人合譯）幾種。我知道還有別的。我這樣認為：光憑兩位悲劇名家的翻譯，成績已十分的可觀，何況還有《詩學》？我知道周作人在四九年後也翻譯了好些希臘古代作品，很想比對一下兩人的總體貢獻。只是自己生性散漫，始終抽不出時間去弄明白周作人的翻譯目錄，設想當然無法實現。不管怎樣，羅先生在翻譯工作上已作出重大的成績。

　　我知道羅先生還有其他的翻譯作品，我可不知道作品的數量原來這麼多，遠超出我所知道的數量。最近北京中

央編輯出版社準備出版羅先生的著譯全集，組成編輯委員會，發信向認識羅先生的人徵集羅先生的書簡文字。信中初步擬出《羅念生全集》的目錄。我一看「目錄」，才知道另一位悲劇家索福克勒斯[1]的作品，羅先生也翻譯了。這就是說：希臘三大悲劇家的作品他全譯過；此外還譯出喜劇家阿里斯托芬尼斯[2]作品六種。應該補充的是：信中還提到羅先生直接從希臘原文用漢語詩體譯出荷馬的《伊里亞特》。此書我至今未見，也許沒有出版；這應該是極為艱巨的工作。荷馬的文字古奧，譯成中文已不容易，何況還作詩歌形式？信中還列出羅先生的許多譯著，像《伊索寓言》、《琉善哲學文選》、《古希臘碑銘體詩選》、《古希臘詩》、《論古希臘戲劇》、《古希臘羅馬戲劇理論》、《格律詩談》、《希臘漫步》等等。羅先生的重大貢獻，真個值得我們敬重。

1　Sophocles
2　Aristophanes

Horon Phos

羅念生先生是我國翻譯希臘古籍的老前輩，前幾年才逝世。他譯過的悲劇和喜劇、以及亞里士多德的《詩學》等等，凡是留意西方古代文學的中國學者，沒有人不知道的。

我又記起羅先生，那是最近動念重拾舊業，譯一點甚麼東西的緣故。想到翻譯，羅先生舉過的 Horon Phos 的例子自然浮上心頭來。

一九八八年我把拙譯古希臘克舍挪方的《追思錄》寄給羅先生求教，他回了一封信，內附一篇一九八二年他在錦州師範學院的《語文教學與研究》上發表的長文《翻譯的辛苦》。他在文章中歷述自己學習和翻譯的過程、以及對翻譯的體會和意見，具體真切，許多地方使我留下深刻的印象；Horon Phos 的舉例是其中之一。

這兩個字不是英文——我們碰到洋式寫法，總是首先想到英文去——，而是兩個希臘字的拉丁字母譯寫樣子；直譯為「看見陽光」，正意是「生存在世」。羅先生說他翻譯時「力求忠實於原著，以保留一點『異鄉情調』」。他寧可用「看見陽光」作直譯，讓讀者「想一想才能懂」，不用直接明暢的「生存在世」。

　　我對羅先生的處理方式深表同意。譯文明暢易解，卻又跟原文吻合無間，當然最是理想的事。不過假如二者不能兼備，我的傾向是：在不致過度影響讀者理解譯文意義的情況下，不妨嘗試對原文的表現方式作最大的保留。翻譯者不應該是個自由自主的創作者，不應該讓譯筆過分縱橫馳騁；他到底只是一名介紹人，有義務把被介紹的原著的樣子盡可能如實地呈現給讀者看的。特別是經典作品的文字，介紹時更要慎重，不適宜任意改改頭換換面。

　　自己反省：最初翻譯古籍時，要是碰到了 Horon Phos 這兩個字，大抵採用「生在世上」的譯法居多；因為我那時十分着重譯文的明暢自然。不過後來看法漸漸改變，終於有些兒走進像羅先生所説的「異鄉情調」的道路了。我修改柏拉圖《波羅塔哥拉》[1]一書的譯文，把「一定要這樣做的」這樣一句自然的句子改成「不可能不這樣做的」，似乎是改變的明證。

1　Protagoras

中國和希臘的古籍今譯

　　中國大陸近來古書語譯的風氣很盛，這從新書目錄中語譯本之多可以推知。先秦典籍像《詩經》之類，以及稍後的史籍像《史記》之類譯成語體不必說了，就是更後的作品像《顏氏家訓》以至明清人的雜著筆記，也紛紛譯成語體出版。這表示有一個客觀需求的市場。由於時代的距隔，今天的語言文字和古代的不同，一般讀書者接觸古書，了解不易；語譯本的出現，無疑對讀者大有幫助。

　　記憶之中，古書語譯的工作，臺灣二三十年前首先開始。主其事的人訂定一個「古籍今註今譯」計畫，每書註譯完畢即行出版，作為推行中華文化復興運動的一個步驟。目前大陸的專家抱着甚麼目的譯書，我不曉得。不管怎樣，方便讀者接觸古書，實質上便起着推行民族文化的作用了。

　　我不由想到希臘去。希臘和中國一樣有悠久的歷史，有豐富的古代典籍。希臘人一樣也從事古籍今譯的工作，而且這項工作開始得比我們早。我手頭有一冊柏拉圖《戈爾以亞》[1]今譯本，一九二九年出版。這本書該不是最早的

1　Gorgias

譯本。要說從上一世紀末、至遲從這個世紀初以來，希臘人已經從事古籍今譯的工作，推想不見得不合理。

希臘人對語譯的看法跟我們也許不同。我這樣了解：我們肯定古書語譯對弘揚傳統文化有貢獻，但語譯本身的學術價值想到了沒有，我不敢說。海峽兩岸或本港的大學教師，申請升級時，要是只提交古書語譯本作為學術著作，評審委員會能不能承認接受，頗成疑問。希臘人對語譯本倒是比較看重的。我有一位在雅典大學任教的朋友，他的「學術」計畫就是要重譯若干他認為原有譯文不理想的古籍。語譯不受重視，他不會這樣幹的。

為甚麼希臘人更推崇語譯？道理我想不出。可能會是這樣：歐洲人十分重視本國文字翻譯希臘古籍的工作，希臘先輩學者多是西歐留學生，接受了重視譯本的觀念，帶回祖國去。中國先輩學者不留學外國——現在則最好留學外國，因此沒有外國人的想頭。

《一個人的死》讀後

一九六三年和一九七九年，兩位希臘詩人約‧謝菲里斯[1]和奧‧埃利蒂斯[2]分別獲得諾貝爾文學獎。十六年內，南歐小國希臘的文學家兩膺殊榮，實在很不容易。這使我們明白到近代希臘文學原來仍舊充滿生命力，而且有極高的水準。儘管目前中國人懂希臘文的人不多，同時歐美流行文字的希臘作品譯本也不是隨手可得，所以我們介紹和翻譯希臘近代文學的工作，還不能說已有良好的開展。不過由於諾貝爾獎名氣的推動，兩位得獎作家的部分詩篇給譯成中文了。據我所知，不久前還有一本希臘長篇小說譯成中文，那是尼‧卡山札基斯的《希臘人左巴》[3]，也不曉得是否因為荷里活改編過此書拍成電影，才引起翻譯家的注意。

不管怎樣，我們近年介紹和翻譯希臘近代文學的步子要比六十年代以前邁開了一些。海通以後，中國人通過歐美人認識希臘。歐美人重視古希臘，影響所及，我們的目光也集中在古代。就文學作品的翻譯說，公元前一世紀希

1　G.Sepheris
2　O.Elitis
3　N.Kazantsakes : Zorba the Greek

臘化時代終結前的一些詩歌、劇作、散文、擬曲之類翻譯了，周作人比較能超越風氣，還譯過時代稍晚的東西。不過總的說來，希臘中世紀文學和十八世紀以來的新文學，由於歐美人講的不如古代的多，當時中國便聽不到甚麼應聲。大家一提希臘文學，焦點好像就擱在古代。

《一個人的死》是上個世紀末希臘作家卡・帕拉瑪茲[4]寫的一篇短篇小說，五六十年前沈餘先生譯成中文，前附《帕拉瑪茲評傳》長文，一起收入商務印書館《漢譯世界名著甲編》內，這是我讀到僅有的一篇中譯希臘短篇小說。我想讀者看了以後，既能從評傳中初步認識作者本人和希臘當時文壇狀況，又能從譯文中接觸到跟古代文學作品所呈現的不盡相同的人物和世界，實在挺有意義。沈先生在人人談古代而且似乎只懂談古代之際，選譯這樣一篇近代著名的作品，可謂別具識見，自是教人佩服。

4　K.Palamas

（三）

述古說今

泰勒斯的智慧

　　泰勒斯[1]（嚴格説來譯音應為塔里斯）是公元前六七世紀間的希臘著名智者。當時另有六位極具智慧的人，後人連同泰勒斯合稱為「七智者」（或譯作「七賢」），合稱時大抵以泰勒斯的名字居首。如果排名先後也顯示意義，像我們今天在某些政治場合上或電影宣傳海報上見到的那樣，則泰勒斯在人們眼中可能是更具高超智慧的智者了。

　　據古籍記載，泰勒斯學問廣博精深。他能預計日蝕，能提出好些幾何定理；他又是希臘第一位哲學家。他的「水是萬物本原」的主張，從古到今，學者們一直在討論。所以說他是智者中的智者，畢竟還是有道理的。公元三世紀時第鄂湮尼‧拉耳底奧斯[2]在他的《著名哲學家生平和學説》[3]一書中的《泰勒斯傳》裏引錄了泰勒斯墓碑上的兩行

1　Thales
2　Diogenes Laertius
3　Lives and Opinions of Eminent Philosophers

文字：「這兒一座小墳，泰勒斯躺着，╱可是他智慧的名聲，上達高天。」立碑的人無限推崇景仰之意，流露無遺。

第鄂湮尼・拉耳底奧斯寫書時，盡量錄下能夠搜求到的跟每個傳主有關的資料。正因這樣，讀者接觸到的，除了嚴肅學術思想和內容外，還有不少傳聞軼事。從一個方面看，全書取材未免蕪雜；但從另一方面說，卻能增加閱讀的趣味。再說即使是奇怪可笑的傳聞軼事，有時也能側面映襯傳主為人行事的特點的。

《泰勒斯傳》我算是看過，很受一些短言瑣事所吸引，覺得津津有味。譬如常被學者引用的一則便挺有意思：一個老婦人有一回帶泰勒斯到屋外觀望星辰，泰勒斯不慎失足掉到溝裏去了，需要老婦人幫忙拉起。老婦人於是說他連眼前的東西都看不清，怎能觀察星空？至於另一則記載，我看後更是「若有所思」。別人問泰勒斯甚麼是他見過的最新奇事物，他答道：「年老的獨裁者。」按說近世民主觀念流行，世人信從和接受民主思想，並對政自己出而戀棧權位的人有異樣的感受和看法，自然可以理解。但是二千多年前的人對這回事好像也有所注意，這便使人驚異了。泰勒斯的智慧，從他的答話似乎也能見出。

伊西歐鐸斯點滴

伊西歐鐸斯[1]是生活在公元前七五零到六五零年之間的希臘詩人，比荷馬稍後。以名氣論，他比不上荷馬；其實他的兩首長詩《神譜》[2]及《工作和日子》[3]一樣十分的有特色。一位西方搞古典的學者說：「除了荷馬，還有伊西歐鐸斯。」言下之意，兩人好像雙璧，不妨並列。

上古的作品神話氣味濃，就是寫到人事，也偏重上層社會和頭面人物；荷馬的歌詩就是這樣。伊西歐鐸斯的《工作和日子》不循這種格套，寫的基本上是詩人自己、詩人和兄弟的爭執、一年四時的日曆和行事等等；偏重人世間事，而且是一般民眾的事。伊西歐鐸斯務農為主，根據本身的生活經驗寫詩，雖然不像專寫神祇戰士的作品那樣雄奇變幻，不過公元前七八世紀間希臘真實的田園面貌因此得到相當充分程度的展示。

這首詩稱頌正義和工作，充滿訓誡的作意。訓誡方式除直接提命和神話譬說外，還使用寓言借喻。譬如二零一行到二一二行蒼鷹對夜鶯的講話便是帶有諷刺性的寓言。

1　Hesiod
2　Theogony
3　Works and Days

希臘寓言，誰都知道公元前六世紀伊索的撰集。計算起來，伊西歐鐸斯寫寓言比伊索還早一個世紀。

《神譜》把眾神的世系事跡介紹清楚，是有關希臘神話的極重要文獻。我讀這首詩，有一點深感興趣，那是詩人對神祇普羅米帖夫斯[4]（或譯普羅米修斯）的態度。普羅米帖夫斯從宙斯那兒盜取了火，帶到人間，使得人類生活大大改善；後世人對他感激愛重，同時又為他因此給宙斯懲罰而難過。宙斯這樣懲罰他：把他綑在石柱上，白天派一隻鷲鷹啄食他的肝臟，晚上肝臟復生，翌日鷲鷹又來啄食（五二一一五二八行）。詩人寫這回事時，對普羅米帖夫斯全沒有同情的傾向，跟後世人很不一樣。詩中雖然也提到後來伊拉克里斯[5]殺死鷲鷹，可是不曾補充說明普羅米帖夫斯獲得釋放。一些學者這麼推論：伊西歐鐸斯似乎希望普羅米帖夫斯永遠受綑、永遠受苦。要是這樣，他為甚麼有這樣的態度，倒是值得研究。

4　Prometheus
5　Heracles

講故事的希羅多德

　　希羅多德[1]是古希臘第一位歷史家，公元前四九零至四八零年間生於小亞細亞，寫過《歷史》一書。書一開頭，他表示計畫從兩方面撰述：首先是記錄自己民族和亞洲民族的過往活動，其次是記載希臘人和波斯人衝突的經過。後者指的是公元前五世紀初波斯軍隊兩次入侵希臘，受到希臘人奮勇抵抗，終於敗退的史實。

　　在他的時代，歷史還不曾成為一門科學、跟一般的講故事形式嚴格區分。希羅多德到過埃及、兩河流域和更遠的亞洲腹地，就是說他到過了當時所知世界的大部分，真的像太史公司馬遷那樣經歷了名山大川。他在各地收集不少資料，歷史素材之外，還有民情風尚、野談傳說。所有的資料他都盡量納入作品之中。後人用後代的眼光看，他的書作為一本歷史，頗嫌不夠謹嚴，因為一些不準確不必要的東西也寫了進去。這便遠比不上比他稍晚的圖奇底斯所寫的《貝羅坡尼梭戰史》[2]了。

　　然而這樣的「缺點」，從文學的角度看，恰恰也就是

1　Herodotus
2　Thucydides：The Peloponnesian War

可取之處。因為如此一來，全書便具有濃厚的文學成分和趣味，教讀者欣賞咀嚼。譬如第一卷講沙爾第的統治者，附載了不少如詩似謎的神諭，求問者和讀者最初同樣不解，及後事情發展，於是恍然，就是例子。另一方面，希羅多德大抵是個不拘謹而快活的人，這樣的性格在作品中反映，便是文筆靈活輕鬆，娓娓而談，使讀者親切忘倦。英文的企鵝叢書譯本《簡介》中有幾句話倒是說得挺對的，大概是這樣：讀希羅多德的書，等如受到邀請，一邊跟他步行，一邊聽他的聲音，看他臉上表情的變化：由嚴肅到怡悅，由驚奇、畏懼和讚賞到懷疑或高興，只覺他熱情地注視諸般奇異的事情，有時揚眉，有時有意說說謊。

　　我第一回看《歷史》，除了浸沉在趣味的傳說和故事，還對第四卷中有關在今天黑海北岸一帶活動的斯基提人[3]的描寫印象特別深刻。斯基提人以頭顱為飲器、妻後母等風尚，使我不期然想起我國史書上記載漢代匈奴人的習俗。

3　Scythians

蘇格拉底教子

　　蘇格拉底有三個兒子，也許由一個母親所生，也許由兩個母親所生，古書記載紛紜矛盾，弄不清楚。蘇格拉底看來年歲很大才成家，一般估計在五十歲以後，我是根據柏拉圖的《蘇格拉底辯詞》推算出來的。書中的蘇格拉底以七十歲的高齡在審判人跟前申辯時，説自己的三個兒子「一個已是少年，其他兩個還是小孩子」（34D）。「少年」則不足十八歲，「小孩子」更小了；更見蘇格拉底是晚年得子的。

　　古今中外的人都注意兒子的教育。孔子便曾當面吩咐兒子孔鯉要學詩學禮，因為「不學詩，無以言」、「不學禮，無以立」（見《論語》）。從現存文獻資料考察，古代雅典有好些「私塾」式的學校，這表明雅典人對孩子教育的重視。人們除了通過日常生活指導訓誨孩子，還讓孩子進學校接受體育、音樂和語文的訓練，使孩子的品德修養和文化知識水平進一步提高。蘇格拉底不是個沒頭腦的人，沒有理由不管兒子的教育。然而我們把無數有關蘇格拉底的資料翻來翻去，總找不到他有過送孩子入學讀書的記載。柏拉圖《辯詞》中蘇格拉底承認：他四處跑動，對別人進行查詢和研究。「因為忙於這種事情，以致騰

不出時間來，對城邦政治或家庭私事作過好好的貢獻和處理。……結果則一貧如洗。」（23B）這或許是理由：經濟不充裕，付不出學費；整天外頭活動，疏忽了兒子上學的「家庭私事」。不過也不能說蘇格拉底對兒子真個全不理會了，起碼在日常生活行為上還是適時教導的。克舍挪方《追思錄》二卷二章記載了他教導大兒子藍波羅克里的話。藍波羅克里有一回生母親的氣，蘇格拉底耐心向他解釋：受人恩惠，應當回報，父母給孩子的恩惠最大。做母親的對兒子嚴厲，不是懷着壞心腸，所以兒子應加敬重。克舍挪方最後不曾補充藍波羅克里到底聽父親的話沒有。亞里士多德說蘇格拉底的兒子「庸鈍」（《修辭學1390^b30》），倘使藍波羅克里聽不進父親的話，不足為奇。

孔子和蘇格拉底是東西方的聖哲，垂教萬世，但兩人的兒子都不怎樣成大器。所謂「雖在父兄，不足以移其子弟」，有時真個是無可如何的。

文學家柏拉圖

　　柏拉圖是西方哲學的宗師，西方學者談論他的哲學的文字數量驚人。中國雖然基於種種客觀條件，未能引發論述柏拉圖哲學的熱烈風氣，不過近年來還是出版了若干有指引和啟發作用的著作的；臺灣方面是這樣，就是確認柏拉圖是「唯心論的集大成者」的大陸也是這樣。

　　可是我要談的不是柏拉圖的哲學，我想轉個方向強調另外一點：在尊崇柏拉圖為哲學宗師的同時，最好也能明白他在古希臘文學史上的重要地位，了解他也是偉大的文學家。

　　這本來不是奇怪的事。古代文學概念不獨立，學術文學不分家，學術作品不時具備文學性質，可以作文學作品看待。中國先秦諸子儘管「以立意為宗，不以能文為本」（《昭明文選·序》），但是像莊子、孟子、韓非子的文字，都被後人推許為文學散文的典範的。柏拉圖一生寫過的作品，連同主名可疑的在內，超過四十種。寫作動機雖然在於探論哲學問題，但是在記載探論的整個過程中有意無意間所作的種種安排和描述，在作者的文學天才無形推運之下，往往便達到了藝術上難以企及的地步；從文學的角度看，就是文學傑作。

　　我國一些治古希臘文學的前輩學者談到古希臘文學時，也不是完全不提柏拉圖的文學成就，我只是覺得提得不深入不具體。譬如王力在《希臘文學》（萬有文庫本）一書中用了五頁共九段文字的篇幅談柏拉圖思想，到了最後一段才說「文字間富有談話雅趣」這麼一句，勉強算是跟文學評論沾點邊。又譬如王煥生在《希臘羅馬散文選》（一九八五年出版）書前寫的《古希臘羅馬散文概論》一文中，說柏拉圖著作「對話生動自然，耐人尋味」、「富有文學趣味」，也嫌浮泛不切實。兩位前輩學者可能受作品的體要所限，未能進一步發揮也不一定；然而除此以外，我又見不到其他深入而詳盡地介紹及論析柏拉圖文學成就和地位的中文文章或專著。我見不到，希望只是由於一己的孤陋寡聞；這類著作倘使真的沒有，那便只能等待學者們在這方面多加注意和探討了。

一齣間接轉述的戲劇

　　《會飲》[1]是柏拉圖「真」作之一。像大多數的柏拉圖作品那樣，書中以蘇格拉底為重心人物，跟朋友們一起探討某個哲學論題。《會飲》主要寫對愛神的讚頌，也就是談論關於「愛」的種種。書中講的「愛」，讀者自能看出，不是男女之間相互牽繫之情，而是男性之間的情愫關係。從後世的道德觀點看，即使講得怎樣高潔，總認為不值得肯定的。不過哲學或思想上的問題不是這裏準備評論探究的對象，可以暫且按下；我想說上幾句的只是本書的藝術結構方式。

　　英國學者 A.E 泰勒在他的《柏拉圖——生平及其著作》第九章介紹分析《會飲》時劈頭便說：「《會飲篇》也許是柏拉圖作為一個戲劇藝術家所有成就中最富於才華的作品。」後來又補充，指出本書「形式上是一齣間接轉述的戲劇」（山東人民出版社出版，謝隨知等譯）。我於是生出了興趣，如果看成一齣戲，那麼戲中的情節次第怎麼安排？演員怎樣子出場和怎樣子演出？

1　Symposium

　　公元前四一六年，詩人阿加頓[2]在一項戲劇比賽中獲得勝利，邀請朋友晚上到家裏飲宴。希臘人習慣：主客吃完東西洗過手，同時讓下人打掃過場地，便開始喝酒，一面談天喧笑，一面觀賞僱來的藝人表演。不過阿加頓這回的飲宴不全是這個樣子，有人提議各人喝酒不妨隨量，送走準備吹笛子的女郎，改為一起談問題。在座的人都表同意，「愛」的話題就是這樣子定下來的。

　　書一開頭，柏拉圖不是依照慣常的方式，以作者身分交代飲宴的緣起和記錄每人的發言。他自己隱藏起來，把整個過程編成故事模樣。那就是：宴會過了許多年以後，一個年紀不大的阿波羅鐸羅斯[3]向朋友講述當日的情事。阿波羅鐸羅斯事實上不曾參加那次宴會，只從另外一個當年與會的人那兒聽回來。不過他曾經把部分聽到的話向蘇格拉底求證，蘇格拉底承認不假。所以全書所載雖然以當年與會的人作第一人稱、通過阿波羅鐸羅斯口中間接敍述，可信性還是相當高的，起碼柏拉圖有意這樣強調。

　　發表意見的人，書中記下了七個。要說全書是一齣戲，那麼主要演員便是講話的七人了。令人不無意外的是：第一場拉幕時，七名演員不是已經在臺上排排坐好，露面

2　Agathon
3　Apollodorus

的只有五個。書中第六名發言人蘇格拉底原已「盛裝」赴
宴，該趕得上開場時間；誰想半路上他忽然停下腳步，愣
愣的思索問題，耽擱了好一會，等到食物吃過一半才進門。
至於書中第七名講者阿奧基維阿第斯[4]這時還在別處喝酒。
到了宴會快完、連蘇格拉底都講了意見時，他才醉醺醺的
闖進來。

講話的過程和方式的安排變化靈活，令人覺得富於戲
劇效果。舉一個例子：按照次序，第三應該輪到喜劇家阿
里士多芬尼斯發言，不想阿氏打嗝不止，只好對當醫生的
埃歷克斯馬克賀斯[5]提議，或是醫好他的打嗝，或是代他先
講。醫生的回答也挺妙：兩樣都做：既代他先講，也給他
醫治。這樣阿里士多芬尼斯便由第三個發言者變成第四個
了。再舉一個例子：由第一到第四人發言，基本上都是連
接而下，長篇大論，人們在兩次發言之間談話的機會不多。
第五個發言者輪到主人阿加頓。這時蘇格拉底開始插嘴跟
他對答，好一會才被人制止，讓阿加頓能夠完整地發表他
那篇充滿智士風格的講話。阿加頓之後輪到蘇格拉底，蘇
格拉底也沒有即時接下去，他再一次要求跟阿加頓作一番
簡短的交談然後開始。從藝術的角度看，老聽長篇大論的

4　Alcibiades
5　Eryximachus

演說，精神不免緊張疲乏；加入簡短對答，無疑會起鬆弛調劑的作用的。

蘇格拉底的講話同樣不採用直接演說的形式，他通過覆述他跟女巫師兼預言者狄奧蒂瑪斯[6]的對答過程去表示意見，他的講話應該是全書的精神所在，講完以後結束全書未嘗不可。然而作者柏拉圖還安排醉酒的阿奧基維阿第斯闖進來，無所顧忌的大大讚頌了蘇格拉底一番，這顯然有加強推許蘇格拉底為人的偉大和識解的超絕之意。蘇格拉底不能自己讚自己，讚語只能出自別人口中。阿奧基維阿第斯向來欽佩蘇格拉底，加上帶有酒意，自是讚頌的最佳人選。

6　Diotimas

兩部《蘇格拉底辯詞》

公元前三九九年，蘇格拉底被三名雅典公民控告，指他不信奉城邦所相信的神祇，而引進其他新的神靈；又指他敗壞青年德行。三人提議蘇格拉底罪該處死。經過公開聆訊，審判團最後裁定蘇格拉底罪名成立，接納控告人的量刑提議；一位哲人就這樣喪失掉生命。

蘇格拉底事件在他的友人和追隨者圈子中引起極大的震動，混合被誣與哀痛的反應。蘇格拉底死後，一些人或者出於懷念之心，或者抱着洗刷罪名之意，紛紛執筆寫以蘇格拉底為主角的作品；審判期間他發表的辯詞是當中的一類。追錄蘇格拉底辯詞的人不少，今天大都亡佚，只有柏拉圖和克舍挪方的書仍然完好。蘇格拉底本人沒有寫過東西，這兩人既然追隨過蘇格拉底，了解必深，於是他們的記錄便成為後人研究蘇格拉底為人特別是這場官司的最重要文獻資料了。

不過兩部《蘇格拉底辯詞》很不相同。以記載的詳明和內容的充實論，克舍挪方的書比不上柏拉圖的；篇幅自然也比不上了。兩書譯成中文後，柏拉圖的《辯詞》超過兩萬字，克舍挪方的《辯詞》才四千多，相差很遠。這是由於兩人寫書時重心不盡相同的緣故。柏拉圖把蘇格

拉底的話由頭到尾記下來，顯然有詳盡記錄全部講話的用意。克舍挪方似乎沒有這樣的打算，書一開頭便說：「別的人寫過他，所有人都提及他大言炎炎；顯然他真個是這樣說的。不過他相信對他來說死亡要比生存是更好選擇這一點，人們沒有交代明白；使得他的大言顯得理性比較不足。」然則克舍挪方其實只是想把蘇格拉底故意大言炎炎和從容面對死亡的理由說清楚，其他部分別人既然說得明白，倒是不必詳盡覆述了。

　　兩部《辯詞》還有一點不同，那是蘇格拉底的形象。差別同樣存在於兩人以蘇格拉底為主角的其他著作當中。柏拉圖的蘇格拉底高明睿智，克舍挪方的蘇格拉底比較平實。究竟「真」蘇格拉底該是在極大程度上屬於其中的一種形象；還是兩人筆下的都不是真面目，只是各據原型，依順兩人不同的氣性才華塑造的結果；這是後人一直討論不休的問題。

Symposium

　　眼中最近接觸 Symposium 這個英文字是前幾天的事。前幾天整理舊文件，看到一九九零年大陸南京大學寄發的「唐代文學討論會」的通知書，「討論會」的英譯作 Symposium。當時一閃而過的反應是：大陸其他地方舉辦的許多會議好像都使用這個英文字。跟着又隱約想起：香港許多時候好像用 Conference 一字代替。接下去心頭跑了野馬：怎麼這個蘊含生活情趣和生活藝術的字眼到頭來解作學術討論會，使人覺得乾巴巴的，嚴肅僵硬？

　　Symposium 原是個希臘字，「共飲」「會飲」之意，指的是晚上一群相熟的人在某人家裏吃喝談話的整個過程。這一群人自是指男性而言。古代希臘婦女在家庭中和社會上沒有地位，不允許男女雜坐，和男性會飲。古代沒有後世的會所、咖啡館之類，朋友會集，便只有晚上共飲一途。

　　會飲過程如下：主人家先行在廳內連接若干大牀，作長方形但是缺去一邊的排列，每張牀前擺一張矮几。客人到後，上牀，左肘支撐牀上的高枕，半靠半躺的樣子，右手隨意拿起几上簡單的食物像蔬果、乳酪之類進食。這是第一階段。吃過東西，奴僕給客人遞過水盆洗手，移去矮

几,打掃乾淨地面;這便開始第二階段也是主要階段。主客兩方這時以飲酒、看表演和交談為主。酒是摻進清水的飲品。希臘人認為喝純酒是異族人的行徑,不是文明的希臘人的習尚。也正因為酒中混進清水,酒質淡薄,久飲不醉,使得會飲時間可以拖長,甚至拖到天亮。說到表演,主人家大抵出錢僱幾個藝人到家裏來,說說笑話,彈琴唱歌,或者跳舞耍雜技。

可以想像,不同層次的人做不同的事。一般人不過吵吵嚷嚷,能夠滿足口腹之欲和極盡視聽之娛便算。至於層次境界高的人,像蘇格拉底和他的朋友,特別重視交談這一環節;因為一些人生問題和哲學問題,往往就是在這種場合下進行探索的。看來今天用 Symposium 作「學術討論會」的英譯,大抵是這樣子來的。不同的是:今天的學術討論會不是輕鬆的交談,缺少了古人會飲時的情趣。

古希臘的「樂教」

我們都知道中國古代人們看音樂不光停留在藝術性的層面上，還重視音樂對個人品性修養和對社會風氣移易的作用；也就是我們所說的「樂教」。這只要翻翻《樂記》或一些先秦典籍，便會明白。

音樂由於表現方式的不同和由此引致的積極和消極的效果，有「德音」和「溺音」之別。就是樂器的聲響，因為由不同的製造材料發出，性質各異，也被認為可以使人聽後產生種種的聯想及反應。

古代希臘人對音樂的觀點看來跟中國人的有幾分接近。這算不算無獨有偶，算不算東海西海此心同、此理同，我不敢說；不過事實似乎就是這樣。他們相信音樂對人心具有巨大的感染力，足以使人趨善或向惡，這便是音樂的道德力量，音樂的教育功能主要是從這方面說的。柏拉圖在《理想國》中寫道：「節奏和諧調會入據和牢附靈魂的深處，賦予雍容氣象，並且使受到正當教育的人的靈魂優雅。」（410D，侯健譯文）公元前五世紀中葉的達蒙[1]相信通過歌唱和彈琴，孩子不但有勇敢和謙遜的表現，還有

---

1 Damon

公正的表現。作為一名音樂家，他這樣説：「心靈開始活動時，歌唱和舞蹈便開始出現了。自在和美好的歌曲及舞蹈模鑄自在和美好的心靈，反之亦然。」（逸文 37B·6）至於音樂怎樣具體地「感染」心靈呢？智士波羅塔哥拉以為是這樣的：人們習慣了音樂韻律的和諧以後，心靈便隨之而和諧，性情心態顯得溫和平衡。波羅塔哥拉指出的是正面的和積極的效應，他的意見其實可以引出反方向的推論：音樂韻律如果狂亂急激，必然同樣影響人們的性情心態。

希臘人論樂教，還不只是從聲音韻律講，他們同時着重樂詞。古代「音樂」一字，從教育的角度看，指的是歌唱──主要是抒情詩──和彈奏。既是歌唱，便有歌詞。在古人心目中，歌詞最能直接明白表達道德教訓，理當是樂教的組成部分。柏拉圖《律法》中説：「能夠深入心靈以達致道德完美的歌唱行為，我們稱為音樂。」（673A）可見「歌唱」這椿事很重要。事實上古人談到樂教，一般不從「空弦」立説，而是聲詞並舉的。

希臘人生活的土地面積儘管不大，但是由於山川阻隔，交通往來不易，再加上居民的種族不同，某些地區音樂也就逐漸形成獨特的色彩，有自己的律調和風格；這就是所謂「土風」。古希臘主要有五種土風：伊昂涅土風、鐸利以土風、腓力以土風、埃奧利土風和黎第土風。土風

風格各異不在話下：或則舒緩輕柔，或則嚴肅莊重，或則悲哀柔靡，或則緊張險急，對人的影響有好有壞。從「樂教」的立場看，人們最肯定的鐸利以土風那種嚴肅莊重的風格。柏拉圖所謂：「我要的是雄武的一種⋯⋯符合英雄在危急或堅毅不移時，所志瀕臨失敗時，將遭傷亡或其他災禍時，以及遇到這類危機，卻以堅定的步伐、堅忍的決心，來面對命運的打擊時，所嘯出的音符。」（399B）他指的正是這種。儘管柏拉圖還對腓力以土風有所肯定，不過滿意這種土風的人不多。亞里士多德在《政治學》中說：「一般公認杜里調（即鐸利以土風）最為莊重，特別適於表現勇毅的性情。」（1342B.12，吳壽彭譯文）他明白指說肯定腓力以土風是不對的。不管怎樣，這樣的說法很容易教我們聯想起《樂記》中對一些國風的評語，甚麼「鄭音好濫淫志，宋音燕女溺志，衛音趨數煩志，齊音敖辟喬志」，又聯想起對雅頌之聲的評論，像「曲直繁瘠廉肉節奏足以感動人之善心」之類。

　　布魯塔爾賀斯[2]在《希臘羅馬名人傳・阿奧基維阿第斯[3]傳》中提到阿奧基維阿第斯少年時候拒絕學習吹笛子，只願意學習彈琴。阿奧基維阿第斯所持的理由是彈琴可以

2　Plutarch
3　Alcibiades

配合唱歌，使人心中和諧，吹笛子時樂器塞滿口腔，再也不能講唱。而且鼓氣吹奏之際，臉部肌肉扭曲，變得惡形怪相，十分的不雅。亞里士多德還給否定笛子多加一項理由：笛聲高亢激越，不能表現道德品質，對培養心性沒有幫助。柏拉圖明確指出笛子不應該進入他的理想城邦。可見古人推重的樂器只是屬於絃器類的琴。中國古人有沒有對哪種樂器特別反感，我一時想不起；不過推重琴瑟，倒是不必置疑。古人拿琴瑟教學生，也就等於肯定這類樂器的教育功能了。

房東先生談樂

　　希臘人像世界上大多數的民族，有自己的民族音樂。逢時過節，飲宴慶會，希臘人唱歌奏樂，高下曲折，急激悠揚，聽來很有意味。只是近世以來，在歐風美雨的侵襲下，民族音樂日受忽視，這頗引起一些「國粹之士」的慨歎。我居住希臘時的第二位房東先生也有點國粹派的樣子；不過他儘管慨歎，對我倒是大興知己之感的。由於我抱着入境問俗的意念，喜歡向他諸般請教，也有涉及希臘音樂的時候；這便使他心頭又癢又樂，每回總得滔滔不絕談上好一陣子。

　　希臘今樂和古樂一樣，都分成不同的地方性音樂，文雅的說法叫作「土風」；每種土風各有獨特的旋律和風格。大概說來，克里地島[1]、貝羅坡尼梭半島[2]、愛琴海諸島、東部濱海地帶和西北部內陸是幾種重要土風的發源地。房東先生是貝羅坡尼梭半島上的斯巴達人，十分的「樂其土風」，對家鄉的音樂大大的推崇，說是最健康可取，別處的音樂沒法比得上。我猜他大概唸過一點書，湊集一些書

1　Crete
2　Peloponnesus

本知識，於是牽古以合今發揮一頓。古人不錯肯定音樂的教化作用，重視各種土風的道德性質和正面負面的影響。貝羅坡尼梭半島的土風（古代稱為「鐸利以[3]土風」）的確被認為有嚴肅莊重的風格，極具教育價值，還被斷定為「唯一的希臘土風」。但古代是古代，拉舊說談新事，也許不合時宜；再說現在的土風是不是由古代的土風直接延續下來，還是一個問題。

　　就表面看，希臘今樂受古樂的影響程度還待探索分析，不過受中東音樂的巨大影響似乎無可懷疑。我曾在土耳其東部靠近邊境的一個小鎮茶館內親眼見到幾個土國青年圍着唱機聽希臘唱片聽得入神。他們費盡氣力向我表示：唱片的音樂跟土耳其音樂差不多。想到從古代直到十八世紀，希臘人主要跟中東地區接觸；如果說希臘音樂不沾染中東色彩，反而不合情理。

　　我始終不曾向房東先生提過土耳其小鎮的事。他要是知道自己的民族音樂不那麼純，心裏也許不好受。令人難過，大可不必。

3　Dorii

演劇

一九九一年美國芝加哥大學出版社出版了英國學者格拉哈姆[1]的一冊小書《古希臘劇場簡介》[2]，去年來美時回港前一天買到。只是那天收拾行裝，紛紛亂亂，購後不能翻閱。最近住在美國比較清閒，才能從書架上抽出來看一遍。

作者的重點放在介紹古劇的實際演出情況，探究像劇團組織、劇本撰寫過程、古劇場原來樣貌、演員和歌舞隊的作用、面具服飾和道具使用等等問題。既名「簡介」，文字當然不長。談論時知之為知之，不知為不知，倒也坦率清晰。作者強調用現存古劇的文字為主要資料；拿劇本講演戲，容易扣得緊些。書中的論述其實也不全是作者的獨得之見，作者的本領，在融匯群言之餘，參證古籍，去取補足，排比集中，而又要言不繁，算是起到簡單介紹的作用。

西方學者談希臘古劇的專書專篇汗牛充棟，分析議論和說明考證的性質都有。一般說來，前者的文字更富可讀

---

1   Graham Ley
2   A Short Introduction to the Ancient Greek Theater

性。這是因為課虛論議，可以縱橫，可以層遞析探，容易顯得精彩；徵實考論，一下便蹈入板重瑣細、興味淡薄一途。不過本書簡單明白，看時倒不使人發悶；再者我自己也喜歡多看點這類徵實的文字。書中指出海倫[3]在埃夫里比第斯[4]的同名劇作中更換過服飾和面具，作為悲哀的表示。原來劇中同一人物可以這樣改動去表達內心的特殊感情，這是我從前不曾留意到的。看罷說明，心頭立時浮現求知之後極大的愉悅滿足。

最近看看《儒林外史》，四十九回寫秦中書請友人來家裏看戲。貼旦才唱了一聲，大門口忽然棒鑼聲響，一個戴紅黑帽子的人吆喝進來；眾人都疑惑戲怎麼有這個演法的。原來這人不是演員，他是縣裏的官差，前來抓人。就小說的文字看，古代戲服跟日常服飾好像沒有分別。但到底有無分別，我看書少，不知道。改天如果讀到像上面《簡介》一類的書，弄個明白，那麼心頭的愉悅滿足，肯定也是極大的。

3　Helen
4　Euripides

《徐光啟集》

　　《徐光啟集》上下冊，王重民輯校，大陸中華書局一九六三年出版。書出版了三十多年以後，我才從圖書館借出來翻閱。

　　徐光啟是晚明跟西洋傳教士交往、接受西洋宗教學術的中國士大夫之一。他翻譯或編譯了好些西方科學典籍，像《幾何原本》、《測量義法》、《勾股義》等等，是西學東漸過程中的重要人物。

　　我把集子和書前王重民的長《序》及《凡例》瀏覽一遍，初步浮現了幾點意見：

　　一、從現存集子看，徐光啟是個重科學重實用的人。他翻譯西方科學典籍，強調曆法的重要性，想通過科學技術對武備水利等等作出改良，都是例證。他推許利瑪竇的學問：「大者修身事天，小者格物窮理。」「修身事天」該是宗教上的事情，「格物窮理」則是學術上的事情。他明白表示先進行後一項，而且還是後一項廣大領域中的「象數」範圍。他在《刻紫陽朱子全集序》中反對佛道二教，因為「二氏者果無用於世」。

　　二、他雖然信奉天主教，但是集中宗教性的文章不多，而且顯示不出強烈的宗教熱誠。據本書《凡例》，有

的《徐文定公集》（即《徐光啟集》）載有宗教性文章像《耶穌像贊》之類，但王重民或以為偽託，或以為可疑，都給刪掉。同時進一步指出近百年來，帝國主義者利用教會為工具，侵略中國；而教會則利用徐光啟的名譽地位作宣傳，作出種種改竄和歪曲，造成惡劣的影響。我完全了解王重民編書時的思想和立場。個人認為：有根有據的偽託文章，刪去無妨；至於可疑而未能下絕對判斷的文字，放在《附錄》裏似乎比較適當。

三、從現存的集子看，徐光啟接受西洋的東西，基本上限於形而下的科學工藝。說到宗教，他不像對西方的「象數」那樣屢屢稱頌。至於西方另一源頭的文化，即希臘羅馬文化，看不出他曾經涉獵。我有一個感覺，他在相當程度上是個「中學為體，西學為用」的先行者。如果推想不大錯，則他的態度，中國開明的士大夫一直保持，直至清末。

希臘「通書」裏
的中國故事

　　希臘有一個出版社每年出版一本通俗小冊子，詳列每個月內的宗教性節日，個人名字紀念日、農民牧民每月內的大致行事、教會的歷史和故事之類。此外還有國內外種種民俗風尚、趣聞軼事和生活小知識的介紹摘錄等等，每年不同。因為有點像我們的通書，我也就套用「通書」兩字稱這本冊子了。

　　我在希臘的時候，有幾年也買來翻翻；這對知道多一點希臘人的生活情況倒是不無幫助的。只是這類非學術性的書，我從來不曾有存藏的念頭，翻完扔過一旁便算。可是奇怪！前些時在舊書堆中竟然發現了兩年：一九七一年的和一九八四年的。前者大概屬於棄擲之餘，後者大概是重過希臘時買回來的。

　　舊書重看，別饒趣味。我注意到一九八四年的一冊中有一則希臘人寫的中國故事，題目是《婦人的忠貞》，副標題作《中國的傳統》。內容大概這樣：幾千年前北京城外有夫婦兩人，妻子年輕美貌，丈夫是個聰明同時懂得法術的中年人。一天丈夫問妻子愛不愛他，妻子矢誓愛心生

死不渝。那曉得話未説完，丈夫即時倒斃於地。與此同時，屋外來了一個俊俏青年，對婦人極表讚慕之意。婦人招呼他進去，兩人情愫迅速滋長，終於一起擁抱。便在這時，俊俏青年的臉孔漸漸變化，變成丈夫的樣子；原來前來的青年是丈夫的化身。婦人大是羞慚，衝出門外發狂唱歌，如來佛於是把她變成夜鶯，以後在丈夫園子裏經常地唱。

看罷這則「傳説」，不覺失笑。我懷疑中國是否真有這樣的傳説。就常情論，情節不很合理。不要説中國婦女，就是其他國家的婦女，自己深愛的丈夫剛死，總不會像故事中的妻子那樣做的。這樣寫會讓讀者對中國有所誤解。希臘人寫法國或英國傳説，應該不會這般的脱離實際。這似乎表示一般希臘人對中國仍舊十分的陌生，所以描寫中國的人情事物時，下筆多恣意想像。

故事不長，我試譯成中文：

幾千年前的古代，北京城外住着夫妻兩口子。丈夫四十歲左右，妻子哈莉‧迪妮約略二十五歲，十分美麗，一朵真正的金菊花——她的名字本來就是「金光」的意思。

丈夫叫陶梭德（近似的音譯），眼睛大，鬍子濃，正當剛冒白髮的年紀。他有智慧，有法力：可以變形，還可以假死和復活。

一天，丈夫坐在陽臺上欣賞園裏鮮花和傾聽鳥兒歌唱，對妻子説：「哈莉，妳知道我多麼的愛妳。我想問：

要是我死了，你會惦念我嗎；還是立刻忘掉，改嫁別人？」

妻子倒在他臂彎裏，像鳥兒鳴囀般回答：「絕不，我寧願死去，咱們升上天堂，永遠相依相愛。沒有你，阿陶，我活得沒意義了。」

這位智者突然轉過頭去，死了！

不一會，園裏出現一個修長俊美的青年。他好像太陽，踏着王者般的充滿主宰而高傲的步伐慢慢走過來。他在哈莉跟前停下，說：「美麗的夫人，真正的花朵，謹向您致意。這兒住着全國以至全世界聞名的陶梭德嗎？」

哈莉注視着他，內心滿是激動和掙扎。他像神祇！最後她吃力地回答：「不錯，可是剛過去了，佛陀召喚他到天堂去了。」

兩人對立相望，然後她向青年人說：「幫忙搬他到地窖去。」

他們搬動屍體和入棺，返回客廳，相互擁抱。

哈莉‧迪妮說：「等待你很久了。」

「我也是。我走遍全世界，就是要找一個像妳這般美麗的女子，一個美麗超過地上所有最鮮潤最美好的鳥兒、聲音勝過所有鳥兒鳴囀的女子……。」

時間過去，兩人沉醉在甜言蜜語的喜悅中。青年人忽然昏迷倒下，哈莉‧迪妮俯身抱緊他，說：「我不想失去你。」

　　青年人的臉形慢慢轉變，變成陶梭德的樣子。妻子站起來望着他，他柔聲對她説：「這就是妳的忠貞？當然，妳是女人⋯⋯。」

　　哈莉再不聽下去，狂喊一聲，衝出屋外，失去蹤跡了。她發瘋似的在林子裏轉，唱歎她的不幸和不貞。

　　佛陀憐憫她，把她變成一隻夜鶯。就這樣每當月夜，陶梭德會聽到一隻鳥兒到他園子裏唱歌，為的讓他記起哈莉·迪妮，也記起婦人的不忠貞。

通書的封面及封底

觀劇隨想

提到古希臘戲劇，人們無不極力推崇。希臘詩歌和散文的藝術成就其實不見得比戲劇遜色，只是其他歷史悠久的民族古代不一定有戲劇創作，詩文則是常見。從這個角度看，古希臘戲劇的出現是一椿異數，值得特別稱道。

戲劇既是前人留下來的瑰寶，希臘當然不乏有志之士，抱着發揚的用心，熱中於改編上演。他們翻譯古文的劇詞為現代語言，給歌舞隊的新唱詞作曲配樂，以及策劃其他種種有關的工作。儘管這樣，古劇的演出大抵還只能限於每年七月到九月政府旅遊局舉辦的雅典節期間內，別的季節比較罕見。

希臘人自從公元後改信基督教，對古代文化逐漸疏離了；這跟教會對古代文化的消極甚至抨擊的態度不無關係。由於基本觀念不同，古人的思想行為和生活目標取向，今人不易理解，也不易認同。另一方面，古劇題材多半來自荷馬詩歌，古人熟悉荷馬，看戲容易有興味；今人一般熟悉聖經，荷馬變成了偉大而遙遠的影子，似乎只適合讓學者去追尋，人們看戲時弄不清故事來龍去脈，難以投入。試想在這樣的情況下，那能指望有數目龐大的觀眾，足以支持整年演出？中國一些演舊劇的劇團據說近年也陷於解

體的危機，我想人們對傳統文化逐漸陌生和疏離，沒興趣
看戲的人增多，入座率相應下降，恐怕會是其中一項原因。

　　我本來習慣在故紙堆中翻弄，同時也想有點實際經歷
體會，所以每回有古劇上演，都去捧場。眼看一萬幾千名
本土和外國觀眾坐在雅典衛城之下的古劇場扇形石階上屏
息靜氣注目觀賞，有時不免引起思古之幽情的。演出的劇
目以悲劇為多，有時也演亞里士多芬尼斯[1]的喜劇。遺憾的
是：多少年來，總不見演他的《雲》劇。我們知道，阿里
士多芬尼斯在《雲》劇裏把蘇格拉底描繪成崇奉異神、研
究星象的智士，大加嘲弄。想起幾十年前有人演林語堂的
《子見南子》一劇，由於劇中孔子的形象有欠莊重，惹得
曲阜人告到官府裏去。希臘人看了蘇格拉底被歪曲醜化的
形象後反應會是怎樣，我實在想知道，可惜始終無法如願。

　　《雲》劇不上演，劇團難道真個有甚麼顧慮？

1　Aristophanes

吳剛和西西弗斯

吳剛和西西弗斯[1]分別是中國和希臘神話中的人物，兩人故事的主要部分大是相似，一併談談，倒是很有意思。

唐代段成式《酉陽雜俎》記載吳剛「學仙有過」，被貶到月宮砍桂樹。可是砍下一斧，拔斧出來時，樹身缺口隨即生合如初。桂樹永遠砍不倒，任務永遠完成不了。希臘荷馬《奧德賽》記載西西弗斯本為邦主，不曉得甚麼緣故，天神宙斯罰他到地府把一塊大石頭推上高山，可是剛到山頂，石頭必然脫手滾下，他得下山再推；就這樣子周而復始。

兩人幹的都是絕望無結果的事，處境的悲哀可想。就處境的好壞論，吳剛似乎比西西弗斯幸運些。首先，吳剛住在瓊樓玉宇的月殿，明光一片；西西弗斯則身在黑沉沉的地府，不見天日。其次，從有關記載的資料窺測，西西弗斯只能永遠不停地幹苦活，而吳剛儘有鬆一口氣的時候。唐人李賀詩：「吳質不眠倚桂樹。」注家說吳質即吳剛。看！他可以倚樹歇息，欣賞「露腳斜飛濕寒兔」的幽景。近人寫吳剛，有的甚至想像他可以暫時拋開本身工作，

---

1 Sisyphus

捧酒奉客，跟訪客對答應酬。

　　兩人的故事不尋常而富有意味，所以後世中西方文學作品中屢見分別徵引。外國人討論哲學問題時，也會引用到西西弗斯的事例，然則西西弗斯在西方現身的領域，比起中國的吳剛基本上規限在文學層面內，更見廣泛。

　　我對中國希臘神話的異同，有時喜歡作吳剛和西西弗斯那樣的左思右想。我相信兩方神話故事之間並沒有內在的相關因素。不管相同或相異，都只能看成偶然的巧合。我的種種隨意比對，有時也感到欣然有興味，但自知全屬皮相之談，不會也不能談出甚麼深意的；這和他人嚴肅的文學或文化比較研究大不相同。我當然也希望通過這麼左思右想說點有道理的話，可惜我對「比較學」的理論和方法完全不懂。雖然看過一些舊籍，還記得若干個故事，然而這絕不足夠，不在話下。

此心此理

　　荷馬是希臘上古的遊吟詩人，傳世的《伊利亞特》和《奧德賽》兩部長詩，據說是他編寫的。他一直受到後世希臘人極大的崇敬，作品為所有人習誦。蘇格拉底受人誣告在審訊中自辯時，屢屢引荷馬詩歌幫助說明，當然估計到由五百零一名雅典普通公民組成的審判團熟悉荷馬，引述了會於事有補的。

　　柏拉圖稱荷馬為「希臘的教師」，這恐怕不是他一己之見，而是講出了多數人的看法。然則荷馬在哪些方面對希臘人有所教導呢？一本古書中的一個青年人說：「我父親要栽培我成為好人，強迫我學習全部荷馬敘事詩。現在我還能夠背誦整本《伊利亞特》和《奧德賽》。」這個年青人還說，要想成為一個善於管家的人，或者成為演說家和將領，都要學習荷馬。

　　我國古人對我國最早一部詩歌總集《詩經》的看法，好像跟希臘古人有若干相近之處。孔子概括《詩經》的特質為「思無邪」，足以感發讀者成為溫柔敦厚、德性堅定的人；另一方面，他又指出讀《詩經》還有「多識禽獸草木之名」等等好處；這便跟做好人、學知識有關係。看來東海西海，倒真有點此心同、此理同了。

　　進一步比對，還能看出東西方的古人都不提詩歌的文學性。據學者研究，「文學」這一概念的出現和獨立是比較晚的事。我們用後世的觀點讀上古的詩歌，當然可以；不過古人的態度和取向，知道一下也無妨，起碼可以幫助我們對古人的認識和了解。我知道有些人對不純從文學角度讀古代詩歌不以為然，認為舊說已是過時落伍，不宜再提了。希臘人今天讀荷馬的詩歌，固然也從文學的角度去欣賞，只是對舊觀點好像不曾耿耿於懷，不忌諱提出來。看來東海西海，此心此理，倒又不盡相同了。

太陽的神話

　　大家都說希臘神話豐富多姿多采，話當然不錯；至於中國神話，我們大抵認為比不上人家。比得上比不上我沒有想過，我只覺得中國一些神話故事跟希臘的很不相同，比對之下，有時會引起心中種種疑問猜想。

　　就拿太陽的神話來說，中國古書有「后羿射日」的記載。據說太陽本來有十個，都是羲和的孩子。羲和每天駕車載一個孩子經過天衢，一向相安無事。可是到了帝堯時候，不曉得甚麼緣故，十個太陽竟然同時在天空出現。如此一來下界樹枯稻焦，金石銷熔，百姓無法活命，堯最後只好命善射的后羿射下九日，讓他們墜下海水洩處的沃焦，宇宙人生才恢復原來的樣子。跟太陽有關的故事很多，像「魯陽揮戈」之類，倒也不必一一細表。

　　希臘太陽神阿波羅的故事，人所共知。阿波羅不僅是光明之神，又是音樂、藝術、醫術和預言之神。他幹過不知多少不尋常的事：誅殺巨人，降伏魔怪，施計求愛，不一而足；每樁事都充滿了奇趣。

　　然而自己有時不免稍感訝異。阿波羅無疑是一個凸顯的和備受讚頌的形象；中國太陽神連名字好像都沒有，再加上十個給射殺了九個，那麼看成是受制抑和受支配的形

象未嘗不可以。一直到了後世，唐代盧仝寫《月蝕詩》還拿「九日妖」的傳說大加鋪敍，對太陽神大大的不敬；相反，十八九世紀間英國詩人雪萊寫成《阿波羅之歌》，則對神恩神力極盡熱情歌頌讚美之能事。

我有時還這麼想：帝堯雖說是聖王，畢竟是一介凡人，怎有力量去對抗而且終於除去降災人間的神祇？這不是說人竟勝天？據荷馬詩歌記載，阿波羅在特洛城[1]的攻防戰爭中一直站在希臘的敵人特洛城的一方。他屢屢幫助特洛人，很跟希臘人過不去，但是希臘人無可如何。怎麼後世的希臘人對曾經降禍給自己民族的神祇，不但不記舊怨，反而崇敬有加？

我沒有解答疑問的本事，不知道曾否有人就此解答過；如果有，我真想找到學者的著作，看看怎樣分析。

1　Troy

希臘新文學史的開端

希臘人寫的《希臘新文學史》一類的書通常從公元十世紀左右講起，着眼點在於具有現代希臘語特點的作品最初在這個時段出現；見解跟中國新文學史家不大相同。

公元前六世紀到三世紀雅典是希臘的文化中心。從文學的角度看，這時湧現大批的作家，他們的作品用當時雅典人說話的阿提基方言[1]寫成。隨着馬其頓人征服希臘本土、中東和北非，在各地建立王朝，希臘文化和語言（阿提基方言）在地中海周邊地區傳揚散播。希臘語本來複雜多變，不過由於語言本身的演化，由於客觀環境的實際需要，由於後來使用者多半不是以希臘語為母語的人，公元前後的希臘語走向比較簡單化，無論是句式結構或語法變化都不例外，形成一種當時一般人基本上可以掌握的「普通話」——這是個希臘本已有之的詞兒，也成為政府公文、學者撰著、文士創作、教徒傳教的書面語言。自然「普通話」也分比較高雅和俚俗的層次，前者見於官吏文士筆下，後者出自「引車賣漿者流」口中；同中有異，自屬必然。可是「普通話」作為書面

1　Attic Dialect

語的主要趨勢則是當時的歷史真實。

公元五世紀以後，拜占庭帝國逐漸希臘化，東正教會早已建立和鞏固。拜占庭本是宗教色彩十分濃厚的帝國，奇怪的是：朝廷和教會卻摒棄使徒寫《新約》時用淺近「普通話」作書面語以利傳教的精神，反而盡量使文字向雅化的道路發展；甚至眼望古代，極力謀求書面語言跟公元前古典時期像柏拉圖等人使用的語言接近；同時對當世的「俗言俚語」大加排斥譏嘲。拜占庭帝國千把年間，上層人物的崇古擬古心態十分嚴重。

事實上口頭語言不斷地演變的，拜占庭人口中講的話跟柏拉圖講的話相差不知多遠，只是一段長時期內沒有以作品的形式把活生生的語言記錄下來吧了。這種情況直到長篇敍事詩《邊卒狄延尼斯》[2] 的出現才改變。這首流行於帝國東疆的詩歌正是用當時的民間語言撰成。學者們認為：詩中的語言和今天希臘話相當的接近；既然這樣，新文學史便不妨從詩歌創作時期開始講。

2　Digenis Akritas

希臘的書面語

　　希臘是西方的古國，書面語言在不同歷史時期中呈現變化，或者由此產生這樣那樣的問題，自屬必然。某些歷史現象，別的民族也許一時不易理解，中國人倒容易弄明白；因為中希兩個民族同樣古老，同樣有深厚的傳統文化，歷史現象有時相似，並不出奇。

　　中國人目前使用的是記錄口頭話的語體。我們叫五四以前的流行書面語做古文做文言。古文或文言，隱含不直接記錄口語的意思。古文或文言系統中也有本身的演變；先秦文字艱深難懂；漢魏文字比較容易掌握意思了；明清文字，一般清晰易讀。回看希臘書面語，情況大同小異。最近二三十年，語體終於取得合法的地位。前此的書面語大體可稱是古文，荷馬或古典時期的古文最是艱深，到了《聖經・新約》時代的「普通話」，結體相對地簡單了。至於十八九世紀以來的「潔淨體」，則是梁啟超式的文言，好懂得很。如果真要提不同之處，也許可以這樣說：希臘古典時期的書面語是當時的白話，柏拉圖是「我手寫我口」的；中國戰國諸子的散文集算不算口頭語的直錄，一時之間我說不出一個肯定的答案。

　　另一方面，中國近世有文言白話之爭；革新派提倡白

話，守舊派緊抱文言，然而只經過一場短暫的交鋒，革新派取得了勝利。五四以後，白話的地位很快得到肯定。到了今天，中國人尤其是大陸的中國人，再沒有幾個寫文言了。文言白話的問題，希臘人從上一個世紀已開始爭論。由於國內保守勢力比較強，同時語言問題最後居然和政治聯結起來：主張白話的被認為是非法的左派；這樣一來問題複雜化了，不好解決了。三十年前學生寫論文，大家都不敢用語體，免招麻煩。不過麻煩從七十年代末期以後，逐步消失，希臘書面語言白話化運動，現在算是成功了。

中國文學史上，我們見到一些後世作家極力模倣古代文字風格，進行創作；明代有些作家提出「文必秦漢」的口號，就是例子。無獨有偶，希臘中世紀拜占庭作家之中，也頗有些人唯古是尚，眼睛向着古典時期，以致寫出來的東西，比亞里士多德的還古還難明白。

希臘來信

收到希臘朋友寄來一封信，信內文字仍然用舊式寫法。

舊式寫法的意思是：一個字的第一個字母如果是元音，需要在左上方（大寫時）或上方標示吐氣或不吐氣的符號。另外一些元音分屬長音和短音，或者根據和其他元音的聯結關係而長短變化；如果處於重音的音節上，也需要在左上方（第一個大寫字母）或上方標示不同的相應符號。這是古人根據當時語言的實際發音情況制定的一套樣式，目的在指明每個字的正確聲音。只是語音隨時代的推移而改變，到了近代，希臘語已經消失了吐氣不吐氣以及長音短音的區別，於是元音的上頭或旁邊加寫符號變得沒有意義。人們雖然還是照老規矩寫字，然而由於無法從口中的語言找到根據，該加甚麼符號便只能出於記憶一途。強記容易出錯，使人大感困擾不便；何況每個字多加一兩筆，自然拖慢了書寫的速度，缺點明顯可見。

早在百十年前已經有人主張取消不起作用的符號，不過改革始終無法推行。原因之一是教會的有形及無形阻力。希臘東正教會以維持中世紀拜占庭傳統自居，碰到改變傳統的事情，態度一般勉強消極；可是教會在民間的影

響力最大。原因之二是社會上的謬誤心理：認為凡是主張
寫法改變的人就是左派，就是被政府列為非法組織的共產
黨黨人或其同情者；這樣的人政治上麻煩很大。為了明哲
保身，誰也不敢輕言寫法改變，以免招來誤會。

　　不過上述的壓力近些年已相對減弱或者不存在。五、
六年前我再過希臘時，報章雜誌的文字已一體刪掉了原有
的附加符號，只在發重音的元音上頭點上一點作標記；就
是本來極右派的刊物，也不例外。

　　我的朋友在大學任教，不是頑固守舊派。文字書寫形
式不改，他這樣解釋：寫了幾十年，寫慣了，沒有甚麼不
方便。還有，總覺得新體光禿禿的，不美。我心中一動，
中國字目前繁體簡體並存，似乎聽過有些在大陸投資的商
人強調要用繁體字寫招牌，理由是莊重些好看些。不管對
不對，商人和大學教師的意見，儘可相提並論。

寫作方式

　　《古代希臘生活》一冊，希臘文本，我到希臘不久後購得，轉眼二三十年過去了。偶然重閱，若有所思。

　　本書有個副標題，叫做「一份關於古代希臘人日常生活的動人報導」。全書分八章：女神雅典娜之城、一個雅典公民一天的生活、婦女的生活、雅典的市場、雅典的奴隸、第昂尼梭斯[1]劇場、建築的韻律、神話專名表。除了最後一章帶有資料和索引的性質，前面七章確能把希臘人特別是希臘的雅典人生活上主要的有關方面寫出。如果要挑剔，可以指說雅典人的生活不完全等同其他各地希臘人——譬如說斯巴達人——的生活，不該用一個城邦去代表全國。話雖如此，雅典畢竟是古希臘的文化中心，這點連古人也承認，拿雅典作為希臘代表，還是可以說得過去的。

　　本書雖然給人「普及性讀物」的印象，內容其實充實精到，那是指包容範圍的寬廣和論議的專深而言。作者根據大量原始資料詳盡鋪展，敘述以外，有些段落作考訂，有些段落作論證，部分說法和觀點很有獨創性和啟發性，

1　Dionysus

相當可喜可取。然而作者的寫作方式不大像常見的學報寫作方式，「普及性讀物」的印象也許就是這樣引生的。作者對原始資料不是接二連三直接徵引，而是把資料先行消化、過濾、組合、再用自己的文字寫出，文字時帶自己的口氣，自己的感情。就是列舉事例，也比較着重挑選生動有趣味的分析。有時引證古籍，也不是直引原文，而是一律改為現代語體。這麼一來，讀者便能通過文章的娓娓道來感到興味。換句話說，本書有很高的可讀性，副標題中「動人」兩字，不妨從這個角度去理解。

　　我有個感覺，一些學院派的人可能不盡以這種寫作方式為然，認為寫得輕鬆不謹嚴會影響到著作的學術水平的。其實寫比較「硬」的題材時，文字帶點感情、帶點藝術色彩，好增加文字的魅力和吸引讀者，會不會真個削弱作品的學術水平，我不敢說；雖則此時此地絕對肯定會削弱的人為數不少。

審閱制度

　　許多嚴肅的文學或學術刊物設有來稿審閱制度。那是說編者把稿件先行送給一兩位對稿件相關範圍深有認識的名學者看過，根據寫回來的審閱報告，決定刊登與否。這種制度的好處顯而易見：不夠份量的稿件逃不過名家學者的法眼，剔除不載，從而保證了刊物的格調和水平。

　　事情同樣顯而易見：這種制度一定要建立在這樣的假設之下：審閱者具有判別來稿優劣的能力；這便理論上認定審稿人的水平總體而言要比投稿人的高。事實上編者送稿子出去，自然以為已經找到一個居高臨下、足以進退取捨的人物了。在正常情況之下，事實大抵等同上述的假設。但是情況總會有特殊，不排除投稿者有時會比審閱者高明。投稿者或創用新藝術手法，或論證新學術觀點，成為某一特定範圍內最前列的人。審閱者讀後知道欣賞欽重，向編輯推薦刊載，自然最好；就怕審閱者拘舊守常，一時跟不上「新變」，反過來認為來稿不可取，阻撓發表，於是良法美意一變而成帶負面性質的關限了。

　　柏拉圖《波羅塔哥拉》書中有一段情節（三三八）：蘇格拉底和智士波羅塔哥拉討論，有所爭持。朋友中有人提議推舉一名仲裁人，斟酌平衡兩方的講話。蘇格拉底不

贊成這種做法，說道：「如果他（指仲裁人）比我們低劣，那麼讓低劣者監督優良者，當然不對。如果他跟我們相等，那也不對，因為他做的會跟我們所做的一樣，推舉他毫無作用。或者有人會想到推舉一個比我們強的人出來。然而事實上，我認為要推舉一個比波羅塔哥拉更有智慧的人，那是不可能的事。假使大家推舉一個完全比不上波羅塔哥拉的人，卻堅稱比他好，像要為一個平庸的人推舉監督一樣，那麼這番推舉就是對波羅塔哥拉的侮辱。」

我不是說蘇格拉底的話對目下的審閱制度有甚麼意義，只因有過這樣真實的聯想，於是記下來。說實話我還是支持審閱制度的。「孤明先發」的人畢竟很少，犯不着因為偶然可能失準而取消經常帶來好處的規矩。況且孤明先發的人受時人的嘲笑否定，自古已然，向來是無可如何的。

「國際化」與論文

　　希臘古代有過光榮的歷史，近古史卻不輝煌；希臘人提起來，就算不悲憤填胸，心裏總不好受，因為那是一段恥辱的時期。一四五三年土耳其人——也就是我們史書上的突厥人——攻陷君士坦丁堡即今天的伊士坦堡爾，標誌維護希臘文化的拜占庭帝國徹底滅亡，也標誌着此後四百年間東正教徒的希臘人備受回教徒的土耳其人壓迫奴役的開始。到了十九世紀中葉，希臘人在西歐列強的扶助下，才能從土耳其人的鄂圖曼帝國手中取回部分故土，建立起自己的政權，恢復自己原有的文化。

　　經過四百年不同文化背景的異族人統治，希臘人除了宗教以外，對自己過往的璀璨文化，特別是古典時期的文化，認識已是不多了。另一方面，西歐自文藝復興以來，掀起一股研習古希臘的風氣。到了十九二十世紀期間，幾百年累積的希臘研究成果十分可觀：層面廣闊，探論深入，遠非希臘學者所能比擬。不妨這麼說：「希臘學」這時不是掌握在希臘人手中，而是掌握在外國人手裏。

　　在這種情況下，有志於學習和弘揚自己文化的希臘青年人只能到外國去進修深造；當時主要到德國去，因為德國人整理和研究典籍的成績特別顯著。他們學成回國，

不少到大學任教。六十年代中期我進入雅典大學，文學院中的教師很多就是德國留學生，我的先後兩位指導教授也是。

我作為學生，自是經常向老師請益，見面談話機會有的是。言談之間，老師們對外國人希臘研究所達到的水平仍舊十分推重，對本國人研究本國傳統學問的不及之處仍舊坦率承認。儘管這樣，我反覆思索追憶，始終不曾覺得他們像今天一些人那樣，腦際盤旋「國際化」的念頭。他們不要求論文用英法德三種歐洲流行文字的其中一種寫成，以便跟「國際」學術界溝通接軌；他們再三勉勵我學好希臘語文。當然，雅典大學根本不容許提交用外國文字寫成的論文是一個主要原因；然而也可以反過來看：大學當局不容許，正是包括教授們在內的多數人總體意見的具體執行。

希臘朋友和我的弟弟

尼柯斯（全名用拉丁字母對譯應寫成：Nicholaos M. Scouteropoulos）是我的一位希臘友人，就是他立下重譯若干希臘古籍的志願。在雅典大學一段時日裏，我們十分稔熟，相處很好。前些時提到古籍語譯，我自然想起他來，同時把他送給我的幾種譯本像柏拉圖的《黎西斯》[1]和《埃夫提孚隆》[2]等等再翻看一下。他的希臘語體文寫得好，很受朋輩稱贊，真可當得「文體省淨，殆無長語」（鍾嶸《詩品》評陶淵明的話）八個字，極有可讀性；就文字論，講的比舊譯高明。

他有一個習慣，每年夏天暑假，盡量安排自己或和家人一起到德國去一趟；別的西歐國家興趣不大。這也許跟希臘學術界傳統有關係。老一輩的希臘古典學者絕大部分去德國留學，情繫德國，或者不免。尼柯斯倒沒有出國唸過書，卻有可能受老輩的影響，同樣情有所繫。他雖然沒有去德國留學，但是通過一己的努力學習，德文的造詣很深，並且對十九世紀以來德國人在希臘古典學術上研究的

1　Lysis
2　Euthyphro

成就和貢獻深表欽佩。每次提到西方其他國家，他的書生獃氣來了：皺眉搖頭，頗有不以為然的模樣。

過去二十多年，我口頭給他提過幾次，又在信中提過一兩回，邀請他來東方一行；每次得到的總是不肯定的回應。我心中明白：他連德國以外的西歐都不想走，東方更不必說了。我不知道他腦海中浮想的東方圖畫怎麼個樣子，想來大抵不很美妙，所以他止步不前。

尼柯斯的反應和我弟弟以往的反應有點相似。弟弟在香港上了三年中學，便移民到美國去，在美國讀書工作，三十年一直不曾回來香港。我屢次提議他來看看，他總是諸般推阻。上一個月，他隨一個美國教授團訪問北京，在北京演講兩回，然後南下香港，在我家住了幾天。言談之間，我發覺他一改以往的態度，居然表示希望短期內再來。我想這可能因為他開始了解到從前對東方浮現的落後畫面不完全正確的緣故。我想一個華裔人士對東方還會有認識不足的時候；洋人如尼柯斯，不無誤會，不想接觸，自是不足為奇。

由盜印説起

九年前我據希臘原文譯了三種柏拉圖的作品,在香港出版,銷售情況不算理想。這本來是意料中事,首先當然要承認自己的翻譯不高明,引不起讀者購買的興趣;其次在這個時候,即使英法等國的古籍中譯,人們不見得都願意看,何況是疏遠而不熟悉的希臘古書?可是奇怪,一九八八年我去臺北,一天在一家小書店隨意翻閱,竟赫然發現一冊拙譯盜印本。我心裏發笑,便買下來留作紀念。

一九八八年我又譯了古希臘作家克舍挪方[1]的一種作品,分別由香港和臺灣的出版社出版。克舍挪方這個名字在中國讀者心目中比柏拉圖陌生多了,要說銷售情況很好,應該沒有人相信。我早作心理準備,書出版了以後,絕不詢問,絕不掛懷。

可是奇怪,春節前收到一位素不相識而目下在臺灣一所大學研究所肄業的青年朋友來信,信裏說他在美國唸大學時修習英國和古希臘文學比較課程;又說因為見過我的克舍挪方中譯,希望在春節來港時能跟我見面談談。所謂空谷足音,我那裏會拒絕?春節過後不久,他果然找上我

1　Xenophon

辦公室，還帶來一冊臺灣版的拙譯，封面咖啡色。我大感驚奇，因為我手頭上的臺灣本不是這樣顏色的。一看之下，原來又是盜印書。我心裏再一次發笑，便請他把盜印本留下，補回一冊正版的。

我心裏所以發笑，主要笑盜印的商人全沒眼光，居然看上這類冷門中之極品的貨色，看來非虧大本不可。希臘古代文學或學術太過不切實用，中國人接觸的沒有幾個，一般社會心態大抵也勸人不要接觸。不要接觸意味不要買書，沒有顧客的生意怎麼做？不過事後有時再想：商人頭腦最活，市場調查一般很準，吃虧的事絕不沾手的，他們這麼一次兩次盜印，是不是當中其實有利可圖？如果這樣，那便表示總還有相當一部分人不隨波逐流，對歐洲文化的根源有了解或探索的興趣；這對一個時感寂寞的翻譯工作者來說，未嘗不是天大的喜訊。但願真個如此，不是假象，不是瞎猜。

新研究方向

我最近到浙江大學哲學系訪問了一回。浙大哲學系即原來杭州大學的哲學系，只因兩校最近合併，杭州大學的名稱取消了。浙大哲學系有一個研究希臘古典哲學的傳統，最初由嚴群先生主持。嚴先生通古希臘文，繙譯過幾種柏拉圖作品。嚴先生去世後，他的學生陳村富教授留校，繼承事業；跟其他學者和學生合力編著四卷《希臘哲學史》，已出版了三巨冊，受到學術界高度重視。在過去幾十年艱難歲月裏，陳教授等堅守本份，默默從事像古希臘哲學這種容易招來粗暴批判的冷僻（實際上十分重要）學問，使人欽佩。

我在那裏注意到一樁事實：古希臘研究室目前有一個總方向，研究古希臘晚期（公元前後）哲學思想和基督教的關係。研究室內有一兩位先生本來治柏拉圖和亞里士多德的，也把注意力放在探討兩位偉大哲學家學說中那些足以跟教義連接融合的成分。這是個十分有意義的研究範圍，中國學者以往對此不曾認真探討過，我深信日後的研究成果一定極具學術價值。

但我同時也隱約感到：學者們把研究時期集中在公元前後，除了考慮到填補學術空白點外，好像也有為研究資

源着想的意思。不容否認，搞古典哲學，誰也不理會，研究者連買書錢也弄不到；搞跟宗教有關的項目，容易得到境外宗教團體物質上的援助。我想：諸位學者製定新研究方向，如果完全自發，那當然沒有甚麼，倘使其間不無順應時勢、因利乘便之意，那便不免教人有點難過了。

演義

土耳其咖啡的浮想

　　我曾經在古老的希臘連續生活了九個年頭，也喝了九年土耳其咖啡。即使在離開宙斯的國土以後，還是有機會不時品嚐，始終接觸到那種略帶原始風味的濃烈香氣。直到前兩年，才由於健康的關係決心戒掉。妻去年夏天清理廚櫃時說：「你看，土耳其咖啡杯子碟子在哩。啊！土耳其咖啡燒壺還光亮得很。」當時聽了，心底雖還冒起絲絲悵惘，但深信隨着時光的流逝，最後總會把土耳其咖啡忘記淨盡的。前兩星期左右和妻外出，途中妻說乏累，我們便進入附近一家咖啡專門店略坐歇息。翻開飲品牌，赫然見到上面列有土耳其咖啡一項。一時不知怎的，竟然鬆弛了戒喝的決心，叫了一杯。味道說實話不那麼理想，可是喝起來但覺滿心慰足，像是碰上了分隔多年的老朋友。我對杯凝神，忽聽妻說：「看來你真個忘不了土耳其咖啡了。」妻的話像一絲電閃灼了我一下心窩，我不禁聳然，回家後獨自反覆思量：難道我真個忘不了土耳其咖啡了？

　　幾百年來，希臘人稱自己民族喝的咖啡做土耳其咖啡，那是因為經過土耳其人傳來的。其實咖啡雖以土耳其為名，土耳其人喝的好像不很多。我也曾在土耳其境內轉

了兩回，印象之中，土耳其人喝茶遠比喝咖啡普遍，也不知道是否受了原居西域的祖先喝茶習慣的影響。希臘人一向倒沒有先入為主的慣常性飲品，所以咖啡一來，香氣迅速迷倒整個民族。經過幾百年，他們還逐漸照顧到不同口味的要求，在燒煮過程中加上若干變化，使得煮咖啡頗帶一點技巧成分。我有時這麼想：演進到今天，論「咖啡道」──這裏且據「茶道」一名杜撰新詞──的水平，希臘人和土耳其人相比，雖或不至青出於藍，但齊驅並駕，同列正宗，應該是可以承認的事。

初到希臘時，住在一戶希臘人家。我有心入鄉隨俗，吃喝生活諸般事情能跟的都跟。咖啡在抵步後一個星期左右便開始嘗試了，一嘗試便喜歡。不消兩個月，我已由女主人端過來才喝的被動反應轉為暗示她下廚代煮的積極表現了。以後我學會自己弄，別人說弄得還算不錯；這便跟土耳其咖啡結上了緣，直到兩年前才戒掉。

土耳其咖啡不算難煮。主要工具是燒壺，那是一個長柄高身而束腰的銅壺子或鋼壺子。形體不必大，常見的約略有一般咖啡杯大半杯水的容量，這是因為希臘人喝咖啡慣用小杯子，而每一杯咖啡要求最好單獨燒煮的緣故。倒水入燒壺，水面通常在束腰以下，用文火加熱。壺水將沸微微冒泡眼兒的時候，立刻加糖，舀進適量咖啡粉，用長柄小匙攪動幾下。這三項動作要快捷連貫，乾淨利落，才

算可取。因為咖啡粉一放進去，受壺內熱氣擠逼，會連粉帶水呈泡沫狀向壺口衝出。小匙攪動幾下，既可降溫，平伏冒升的泡沫，又可增加咖啡粉的溶解比例。燒壺腰身收束，恐怕也有阻擋水和粉外衝的用意。待得泡沫上升，咖啡連粉倒進杯內，便算大功告成。

　　這裏的幾下攪動，無疑是功夫所在。一杯完美的咖啡，杯面應該浮上一層稍微凸起的金黃色泡沫。要達到這個標準，就得講究攪動的次數和時間的拿捏了。次數少時間短，涼空氣注進不足，泡沫從壺口外溢，這當然不行。如果次數多時間長，泡沫都給壓下消失了，倒進杯子裏平平有欠雅觀；而且火候一老，咖啡氣味既差，顏色也轉呈深黑難看。只有泡沫在壺口欲升無力，卻又聚而未散的剎那間，壺水剛沸，咖啡生熟恰宜；這時倒出來，無論色澤氣味，都具備最誘人的魅力。

　　說到用糖，甜度自是隨人喜好而異，有甜、中、淡之別，也有人根本免糖的；這要對煮咖啡的人先交代清楚。另一方面，咖啡雖以生熟恰宜為理想，但口之於味，不必盡有同嗜，喜歡喝略生或略熟咖啡的人不是沒有；然而也得交待清楚。火候稍過則熟，咖啡味偏焦苦；火候不足則生，咖啡味帶生澀。不管怎樣，三種生熟程度和四種用糖甜度交錯配合，便有種種變化，弄咖啡的人都要掌握得好。總之聲入心通，圓熟無礙，做到各如所好，便能皆大歡喜了。

咖啡粉不能全部溶解，杯中總有薄薄的沉澱渣滓，喝到最後，少量的咖啡粉難免呷進嘴裏；這時人們習慣喝口清水伴送下去。所以咖啡端來時，一定還附帶冰水一大杯，一來用作漱口，二來預備作咖啡代用品。希臘人喜歡聊天，幾個人在一起邊喝咖啡邊談話，花上三幾個鐘頭不算甚麼。往往咖啡喝完，談興未盡，於是繼之以水，喝一口水便發表一番議論；直至最後連水杯裏也涓滴無存，才怏怏而散。

我對土耳其咖啡算是相當熟悉，撫心自問，恐怕真個難以忘懷。這不全因為燒煮過程的別有意趣和氣味的另具馥郁，也因為這九年之中，不少值得追記的事情都和它牽上關係。譬如說希臘一些小地方的咖啡館子和裏面喝咖啡的人，就是其中一個例子。

我喜歡遊覽，名勝古蹟和通都大邑以外，還特意到一些小鎮邊縣和山村海島之類的小地方。那裏往往能聽到有趣的傳說和故事，看到特別的風尚和習慣，以及接觸到坦誠樸厚的居民；這使我有一種暫時擺脫現代社會的乏味、齊一和虛偽的感覺。說來慚愧，在那塊文化深厚的古老大地上雖然度過了漫長的歲月，由於自己不珍重顧惜，到頭來一無所得。如果非要提收穫不可，那麼某些地方的耳聞目見也許能湊個數。在這件事上，咖啡館給我的幫忙最大。

小地方的咖啡館陳設平凡簡陋不在話下：一間光線陰暗

的屋子，門外髹個招牌，裏面隨隨便便擺放桌子椅子。不過也不是全無特色可言，人們也許會注意到椅子數目奇多，和桌子簡直不成比例。通常一張兩尺左右寬三尺左右長供兩人分坐兩旁的桌子，圍攏的木椅起碼六張。一名顧客佔用三四張，事屬尋常：一張坐的，一張腳踏的，一兩張扶手的。據說愈「粗俗」的人愈是這樣手足分張；大都市大館子裏的咖啡客比較「文明」，坐態便收斂規矩得多了。

咖啡館是男人聚集和消息交流之地。那個後生對那個閨女有意思了，這裏講；雅典政壇最近有甚麼傳聞了，這裏講。所以這兒是大眾會堂和資料中心。我每到一地，第一要事便是到咖啡館坐一回。我想多知道一點風土民情，還想重複領略那對我永遠具新鮮感的作客奇趣。

一踏足入咖啡館，裏面即時投射出一束訝異的目光。這也難怪，那些年頭東方人到歐洲去的本來比較少；希臘僻處一隅，拐彎經過的更不多。就算去希臘，落足點大抵限於雅典；偏遠無聞的小地方，幾曾有黃膚黑髮的人過訪？我進門之後，盡可能找一張空桌子坐下。這時耳畔照例傳來陣陣私語：像詢問，像解釋，又像爭論。我知道人們開始對我作諸般揣測了。接着夥計走過來，一隻手微微上揚，臉上露出和善而無奈的笑容。手部動作是招呼的表示；和善笑容是希臘人好客的美好象徵；所以無奈，因為彼此言語不通，不曉得要怎樣達意。在這種情形下，我會含笑回報，然後說：「咖啡兒一杯，淡的，謝謝。」

此言一出，夥計多半愕然，笑容凝住了。他想不到眼前的外國青年叫咖啡的口吻十分道地。「咖啡」一字加個「兒」尾巴，日常話頭的味道十足。不過笑容很快又活起來，高高興興的應聲退下。就是夥計這種瞬息變化的神情，最使我回味咀嚼不盡。

館內其他人自然也大感意外，興致益發高了，好奇心益發大了。人們有點喧動，漸漸有人移坐到旁邊的桌子來了，最初是一兩個，接着是三四個以至更多。我心裏好笑，有時故意不理會逗逗他們，只慢慢品嚐夥計送來的咖啡。我明知一定有人忍不住要開口的。通常咖啡不待喝完，總有人探過頭來發問。打開話匣子的不外是「您會講希臘話」、「您是日本人」、「您從哪裏來」等問題，問我是不是中國人的不很多。我據實回答，於是交情便拉上了。我回答他們，他們也興高采烈地滔滔不絕爭相向我提供資料；因為我感興趣的問題正是他們最熟悉的東西。

每回我總帶着極大的饜足離開咖啡館。

想到土耳其咖啡，便想到過去生活的點點滴滴。好像咖啡館中那些好奇然而善良的人，每回記起，他們的聲音容止彷彿還在耳畔眼前，縈迴晃動。

是的，我忘不了土耳其咖啡，也忘不了小館子和裏面喝咖啡的人。

亞里士多德《詩學》中譯本六種簡介及其譯文舉隅評述

（一）

古希臘亞里士多德的《詩學》中文全譯本（幾近全譯本也算），我收集了六種，分別是：

一、傅東華譯本（以下簡稱「傅本」），一九二六年商務印書館出版，一九六七年臺灣商務印書館重印，編入「人人文庫」之中。

二、繆靈珠譯本（以下簡稱「繆本」），大概在二十世紀五十年代以前譯成（具體年份待考），收入一九九八年中國人民大學出版社出版的《繆靈珠美學譯文集》第一卷。單行本未見。

三、羅念生譯本（以下簡稱「羅本」），一九六二年北京人民文學出版社出版。

四、姚一葦譯本（以下簡稱「姚本」），一九六六年臺灣國立編譯館出版，取名《詩學箋注》。

五、胡耀恆譯本（以下簡稱「胡本」），刊載於

一九八七年九月在臺灣出版的《中外文學》第十六卷第四期內。胡譯後來有沒有單行本出版，我不知道。

六、陳中梅譯本（以下簡稱「陳本」），一九九六年北京商務印書館出版，編入「漢譯世界學術名著叢書」之中。從書末所附參考書目審察，最晚的出版於一九八八年，可見譯文完成必在一九八八年以後。

《詩學》應該還有一種中文全譯本，那就是羅念生在他的《行動與動作釋義》一文注文中提到的天藍譯本，可是我目前找不到。《行動與動作釋義》一文大概是上世紀五十年代中期寫成的，所以天藍本該是五十年代中期以前的譯本了。以下討論，我只根據我手頭上的六種譯本進行，天藍本暫時擱置。

中譯本所依據的版本文字，大致有三類。第一類據希臘原文譯出，如羅本和繆本就是。第二類似是以一種西歐文字——如英文、德文——譯本為主，再對照參比希臘原文譯出，如胡本和陳本就是。第三類則根據英文譯本譯出，如傅本和姚本就是。不同英文譯者對原文某些地方的理解可能不同，加上行文方式有別，從而影響到中文譯文的內容和文字，自在情理之中。傅本據布乞爾（S.H.Butcher）英譯本，姚本據拜華忒（I.Bywater）英譯本，情況正是這樣。就是依據原文，也是不無問題的。亞氏原文頗有疏略、訛脫或經後人插補之處，因此後世學者作過種種校訂工

作，而彼此間又不盡相同。中文譯者如果根據不同的校訂原本，按理中文譯文也會有所不同的。羅本據拜華忒校訂本原文，胡本和陳本參比卡色爾（R.Kassel）校訂本原文，應該就是個例子。

以下簡介一下六種中文譯本：

傅本。　傅本用文言譯出。譯者在序言中表示：根據《詩學》一書的風格，似乎用文言翻譯比較方便。全書分《提要》、《譯文》和《讀〈詩學〉旁札》三部分。《提要》是把現存《詩學》的二十六章，每章寫幾句話說明該章的主要內容。譬如十四章的《提要》：

> 申論布局，論悲劇中哀憐恐怖之情緒，宜由劇情之本身喚起之。若必依賴布景及設境之助，是為違反悲劇精神。

至於《讀〈詩學〉旁札》，則就七項問題作簡略說明。傅本沒有注釋，譯者希望通過《讀〈詩學〉旁札》去「發明《詩學》的義蘊」。七項問題是：一、《詩學》產出的時代和現在的版本；二、《詩學》的背景；三、《詩學》時代的希臘詩體；四、甚麼是「模倣」──解《詩學》的第一個問題；五、詩與史；六、希臘戲劇起源考略；七、《詩學》引例考略。第一到第六項問題要講的內容，一看即明白；至於第七項，也許需要補充幾句。

亞里士多德在《詩學》中徵引了不少的神話故事和

傳說。譯者指出：其可考的主要來自荷馬兩部篇幅巨大的
敍事詩《伊利亞特》和《奧德賽》，以及希臘三大悲劇作
家——埃斯庫羅斯、索福克勒斯、歐里庇得斯[1]——的作
品。《考略》中把被徵引過的四人的作品名稱依次列出，
再綜合被徵引過的故事內容，分成九點作簡單介紹，以期
對讀者閱讀《詩學》時有所幫助。這九點故事內容為：一、
尼俄柏[2]故事；二、俄狄浦斯[3]故事；三、美狄亞[4]故事；四、
特洛亞[5]戰爭故事；五、希臘遠征軍返國故事；六、俄瑞斯
忒斯[6]和厄勒克特拉[7]故事；七、俄底修斯[8]歷險故事；八、
海怪斯庫拉[9]故事；九、斐尼基人故事。

1　《伊利亞特》（傳譯《伊利亞德》、Iliad）。《奧德賽》（傳譯《奧逖綏》、
　　Odyssey）。埃斯庫羅斯（傳譯「愛斯齊拉斯」、Aeschylus）。索福
　　克勒斯（傳譯「沙福克雷斯」、Sophocles）。歐里庇得斯（傳譯「歐
　　力披達士」、Euripides）。希臘名詞中譯，各書不同，本文用羅念生
　　所定譯名，以求統一，方便閱讀。也不是說羅念生所定者最理想，而
　　是他所定譯名在中國大陸似乎比較通行使用。個人認為：希臘譯名似
　　以根據現代希臘語發音定出為合適。好像「歐里庇得斯」一名，如果
　　譯成「埃夫里庇迪斯」，更為接近近代希臘語發音。
2　傳譯「奈阿皮」、Niobe。
3　傳譯「愛狄潑斯」、Oidipus。
4　傳譯「米地亞」、Medea。
5　傳譯「推來」、Troy。
6　傳譯「奧雷斯脫斯」、Orestes。
7　傳譯「伊拉克脫拉」、Electra。
8　傳譯「尤利雪斯」、Ilysus。尤利雪斯是《奧德賽》詩中主角俄底修斯
　　（Odysseus）的拉丁文稱謂。
9　傳譯「雪拉」、Skylla。

繆本。　　繆本用文言夾雜語體的文體譯出，但略去論
語法的第二十章、論詩的詞藻和隱喻的第二十一章和論風
格的藻飾的第二十二章不譯。全文沒有《引言》或《後記》
之類，譯文之後，附了四十條注釋。另每章之前，譯者加
上一句概括全章大意的標題，分別是：論摹擬的手段（一
章）；論模擬的對象（二章）；論摹擬的方式（三章）；
詩的起源與發展（四章）；論喜劇（五章）；論悲劇（六章）；
論情節的完整與規模（七章）；論情節的統一（八章）；
再論情節（九章）；三論情節（十章）；論逆轉與認識（十一
章）；悲劇的組成部分（十二章）；論悲劇人物（十三章）；
論悲劇場面（苦情）（十四章）；論性格（十五章）；認
識的種種（十六章）；論創作實踐（十七章）；再論創作
實踐（十八章）；論才智與措詞（十九章）；論史詩（二十三
章）；再論史詩（二十四章）；論批評（二十五章）；史
詩與悲劇的比較（二十六章）。

羅本。　　羅本用語體譯出，附相當詳盡的注釋。譯
文主要根據拜華忒校訂的《亞里士多德的詩學》希臘原文，
一九五五年牛津本；另外還參照了其他好些本子。實在說
來，前五章是繆靈珠的譯文，由羅念生作修訂；這點羅念
生承認了。後面二十一章譯文則全出羅念生之手。

全書結構：首先是譯文，每頁下附注釋，然後是一篇
長文《譯後記》；然後是兩個簡單的《人名索引表》和《作
品索引表》。長文《譯後記》內容，大抵可分成以下幾點：

一、亞里士多德的生平和《詩學》在歐洲美學史上
的重要地位。

二、《詩學》可以分為五大部分。每部分包括的章
節數目和大概內容。

三、《詩學》針對柏拉圖的哲學思想和美學思想，
就文藝理論上兩個根本問題作了深刻的論述。第一
個問題是文藝對現實的關係問題，第二個問題是文
藝的社會功用問題。

四、在說明上項第一個問題時，譯者論述了「摹仿
說」的意義。在說明上項第二個問題時，譯者論述
了「卡塔西斯」（Katharsis）一字的意義。他列舉
前人六種說法，認為都不能使人滿意，最後判定這
個字應譯作「陶冶」。

五、對悲劇的定義和悲劇的六種成分加以說明。

六、西方文藝復興時代，學者提出戲劇要遵從「三
整一律」進行。所謂「三整一律」，指「情節整一
律」、「時間整一律」和「地點整一律」。這是說
全劇情節是一個有機體的組織安排、劇中情事發生
的時間要在一晝夜或十二小時內、劇中情事須發生
在同一地點上。有人認為「三整一律」是根據《詩
學》而製定的，但譯者以為「時間整一律」和「地
點整一律」在《詩學》中找不到根據。

七、簡介《詩學》一書流傳情況和翻譯所據的本子。

　　姚本。　　姚本用語體和文言夾雜的文體譯出，好像以下幾句，便見一斑：

　　人之優於動物，即因人為世界上最善模擬之生物；

　　人類的最初之知識即自模擬中得來。（第四章）

本書前面有一篇近於「前言」的文字，名為《關於亞里士多德及其〈詩學〉》。文分三節：《關於亞里士多德》、《關於〈詩學〉》、《關於我的翻譯及箋註》。接下去是正文翻譯。譯文之後是一篇短短的《後記》。以下就《關於亞里士多德及其〈詩學〉》文中，提出兩點作簡單介紹：

　　第一、《關於〈詩學〉》一節內，姚氏從三方面作論述：《詩學》的版本，《詩學》的內容和《詩學》的影響。其中《詩學》的內容一段相當明白扼要，有助於初學者對全書的認識。他把現存《詩學》二十六章，歸納成五大類，每一大類包括若干章：

　　甲、將「模擬」作為詩、音樂、舞蹈、繪畫、與雕刻的一般原理，從而討論悲劇、敘事詩與喜劇的主要模擬形式。

　　一章：自模擬媒介物來討論詩之諸貌。

　　二章：自模擬的對象來討論詩之諸貌。

　　三章：自模擬的樣式來討論詩之諸貌。

　　四章：論詩之起源及其發展。

五章：論笑之原理並簡述喜劇之發展；敘事詩與悲劇之比較。

乙：悲劇之定義及其構成法則。

六章：悲劇之定義及悲劇之六要素。

七章：論情節——情節之完整及其長度。

八章：續論情節——情節之統一非人物之統一，而係動作之統一。

九章：續論情節——詩所陳述者為普遍真理；事件發展應符合必然的或蓋然的因果關係。

十章：續論情節——單純的情節與複雜的情節之區別。

十一章：續論情節——「急轉」、「發現」與「受難」之定義。

十二章：續論情節——情節之量的部分。

十三章：續論情節——自悲劇之效果論情節之選取與避免—論悲劇英雄。

十四章：續論情節——自悲劇之效果論情節之選取與避免—論悲劇之行為。

十五章：悲劇人物之性格原則；運用舞臺機關的注意事項。

十六章：續論情節——「發現」之諸貌。

十七章：結構悲劇的其他注意事項。

十八章：續前章。

十九章：悲劇之思想與語法概述。

二十章：論「語法」——一般語言之探討：詞性以及其他文法上之事項。

廿一章：續論「語法」——論名詞及名詞之諸態。

廿二章：續論「語法」——論詩中語言之性質及其妥當性。

丙：敘事詩之構成法則

廿三章：敘事詩應構成動作之統一。

廿四章：論敘事詩與悲劇之區別。

丁：批評法則

廿五章：論對敘事詩與悲劇之批評及其答辯。

戊：敘事詩與悲劇之評價

廿六章：論悲劇在藝術上高於敘事詩

第二，本書每章譯文之後，分列「箋」「註」。「箋」的部分其他譯本沒有，那是「悉依原作之段落，逐項加以說明」。也就是說，每章箋文旨在疏通整章大意。與此同時，譯者還標示幾項原則。

一、引錄亞里士多德在別處說過相同或相近的意見，對照補充，並加闡述。

二、考證書中論點的源流，特別注意說明亞里士多德和他的老師柏拉圖觀點的異同。

三、略論某一觀點的影響。

胡本。　　胡本發表的時候，沒有序言，沒有注釋，只在譯文後附上簡短的《譯後記》。不過譯者在《中外文學》第十五卷第九期——也就是譯文發表的前一期，另外發表了一篇文章，名曰《〈詩學〉的版本及其主要英文翻譯》。把這篇文章看成為所譯《詩學》的《前言》之類，其實也説得過去的。

陳本。　　陳本用語體譯出，在各種譯本中篇幅最大。全書編排如下：《引言》、《説明》、《內容提要》、《譯文二十六章》、《附錄》、《正文索引》（包括《人名索引》和《作品索引》）、《引言注釋和附錄索引》（包括《部分人名及神名索引》、《內容索引》和《希臘詞語索引》）、《部分參考書》、《後記》。由《附錄》以下，佔去全書五分之二強的篇幅。無論是正文譯文，或者是譯者自己的論説文字，每章之後都有注釋。

本書最突出之處，應該是接近一百頁之長的《附錄》，其中分成十四個標題，每項詳細討論。十四個標題是：一、Muthos（羅譯「情節」）；二、Logos（羅譯「語言」「言詞」等）；三、Phobos kai eleos（羅譯「恐懼與憐憫」）；四、Mimesis（羅譯「摹仿」）；五、Hamartia（羅譯「錯誤」）；六、Katharsis（羅譯「陶冶」）；七、Tekhne（羅譯「藝術」）；八、史詩；九、悲劇；十、喜劇；十一、狄蘇朗勃斯（羅氏意譯為「酒神頌」）；十二、歷史；十三、柏拉圖的詩

學思想；十四、詩人、詩、詩論。由第一到第七幾個標題，作者不用中文譯名，只用拉丁字母轉寫，大概因為這幾個名詞，諸家說法紛紜，中譯很難準確之故。這七個詞正是《詩學》中七個最重要的概念。能不能夠比較準確地把握七個名詞的內容含意，對理解《詩學》一書有絕對重要關係。陳本分項逐一討論，對讀者無疑很有幫助。

本書的《內容提要》同樣就每章內容作概括說明，不過文字比姚本多一些，說得具體一些；譬如第十四、十五章的《提要》：

> 應通過情節本身的發展，而不是令人恐怖的劇景引發憐憫和恐懼。能引發憐憫和恐懼的事件以及處理此類事件的方式。
>
> 刻畫性格所必須注意的四個要點。不要依靠「機械送神」處理情節中的解。描繪人物，既要求相似，又要把他們寫成好人。

比對姚本，可見兩者的同異。

（二）

六書的譯文彼此不同，不在話下；但是要把六書譯文作通盤比對、考察和評論，那是一本書而不是一篇文章的事。我這裏只想舉一個例子，舉《詩學》第一章中所有譯者定為第一段的文字作說明，看看從翻譯的角度，觀察一

下各譯者怎樣對翻譯三準則「信」「達」「雅」的努力追求以及當中可能偶然出現或者值得斟酌之處。

以下先行列出六種譯文：

一、余擬論述詩之本體與其各體，而細審各體之重要性質；並擬討究凡詩之佳者，其布局應如何；凡詩所由構成之部分，應有幾何，性質若何；此外凡屬同此範圍以內之事，亦悉加類似之討究。茲依性質之順序，請先論首要之原則。（傅本）

二、關於詩的藝術和種類，每種詩有何功能，如果是好詩其情節應如何安排，詩的成分有幾，性質若何，乃至本文所應研究的其他問題，我們都要討論，依照自然順序，先從基本原理說起。（繆本）

三、關於詩的藝術本身、它的種類、各種類的特殊功能，各種類有多少成分，這些成分是甚麼性質，詩要寫得好，情節應如何安排，以及這門研究所有的其他問題，我們都要討論，現在就依自然的順序，先從首要的原理開頭。（羅本）

四、吾人之對象為詩。我所要提出說明者非僅屬一般的詩藝，而且關於詩的類型以及詩的諸種機能；關於形成一首好詩的情節結構；關於構成一首詩的部分的數量與性質；以及以同樣的研究方式來處理其他的問題。讓吾人依照自然的順序開始第一步的陳述。（姚本）

五、關於詩的藝術，我不僅要說明詩藝本身，而且也及於詩的類別和各類特具的功能。此外還要說明詩要寫得美好，情節該如何安排；一首詩構成部分的數目和性質，以及其它諸如此類的問題。讓我們依照自然的次序，從頭開始。（胡本）

六、關於詩藝本身和詩的類型，每種類型的潛力，應如何組織情節才能寫出優秀的詩作，詩的組成部分的數量和性質，這些，以及屬於同一範疇的其他問題，都是我們要在此探討的。讓我們循着自然的順序，先從本質的問題談起。（陳本）

接下來我想這樣進行探討：一、嘗試依據希臘原文（一九六五年牛津本）直譯：盡量照原文句子次序，盡量不加減意義字句。二、根據直譯文字轉成意譯文字，要求符合漢語語法和習慣，要求把原文意思明白講出。三、嘗試擬一份正常的譯文。四、稍稍闡述亞里士多德這幾句話的用語和含義。五、回過來綜合檢察各種中譯，略加個人評論。

直譯如下：

關於詩的本身和它的類別，每一類別有哪些功能；和怎樣應該安排情節，如果詩作要好的話；還有哪，有多少和哪些成分；另外同樣關於其他屬於這種方法的一切；我們會講的。根據自然，從前頭中最先一點開始。

意譯如下：

> 我們會討論：一、詩的本質是甚麼？二、詩有哪些
> 類別，每一類別有甚麼功能？三、詩要創作得好，
> 該怎樣安排當中的情節？四、詩由多少成分和哪些
> 成分組成？五、關於其他屬於相同範圍的項目。我
> 們會根據自然順序，從最先最先一點開始。

我把「直譯」和「意譯」兩段文稍作整理，同時參照
原文，弄成一個初步的「定稿」。處理的原則是：盡量遵
照原文的行文次序和表達方式、字數和文意不增不減，卻
仍算是規範的漢語書面語：

> 關於詩的本身和它的類別，每一類別有哪些功能；
> 和該怎樣安排情節，如果詩作要好的話；還有詩由
> 多少成分和哪些成分組成；同樣關於屬於相同範圍
> 的一切；我們都要討論。依照自然次序，從前頭中
> 最先一點開始。

本段屬綱領性文字，對全書的內容和結構作出了扼要
的說明。以下試就兩點作補充：

第一點：「直譯」或「定稿」中「詩的本身」，「意
譯」改為「詩的本質」。直譯難明，意譯好懂。亞氏所謂
「詩的本質」或「詩的本身」，希臘學者 I.Sykoutres 在他
的《詩學》注譯（雅典學院本）中認為指書中第一章到第
五章論「詩具模仿性質」而言。至於「詩的類別」，則指

第六章以下論及悲劇敍事詩等等。不過從原文看，「本質」二字之意不曾明示。

第二點：「意譯」中所謂「關於其他屬於相同範圍的項目」，那是說在本質、類別、情節等基本項目以外，其他跟詩有所牽涉的項目；譬如書中十九、二十章提到的語詞、語法問題，二十五、二十六兩章提到的文學評論問題之類。

我對原文的理解不一定可靠，所以譯文——無論哪一段譯文——也就不見得必定準確。如果撇開可靠或準確的考慮，單憑個人的理解和初步定稿的譯文去比對六種中譯，倒是有好些地方不同的。

六種譯本中，除了傅本，其他五種都把「詩的本身」譯成「詩的藝術」或「詩藝」或近似二者的詞語。個人認為：首句「詩的本身」和「詩的類別」對舉，因為二者有原理和具體事項的不同，有整體和個別的不同，所以書中後文據以發揮的章節的內容和性質（即第一至第五章、第六章及以下）有明顯的差異。「詩藝」之「藝」仍屬具體的東西，和「類別」之「類」本質相同，「詩藝」和「類別」未必能作對舉。書中第六章以下，無疑是就「類」作深入說明議論的；可是前五章卻不是純粹論「藝」的文字。

六種譯本中，「成分」一詞，有四種譯本作「部分」。文中的「成分」或「部分」，學者以為即第六章提到的「情

節」、「性格」、「思想」、「形象」和「歌曲」[10]。按「部分」一詞，似偏於外在的描述，譬如說「人體分為頭、身、四肢三部分」、「論文分為前言、正文和附錄三部分」之類；至於「成分」一詞，似偏於內在的描述，譬如說「『傅粉』的粉含有鉛的成分」、「某種藥品含有砒霜成分」之類。如果學者所論不錯，則稱「情節」等六者為「成分」，似比稱為「部分」合適些。另外，亞氏表示要討論詩有多少成分和哪些成分，可是各譯本在譯「有哪些成分」時，都作「成分是甚麼性質」。文字儘管不同，意思卻是一樣。我們不否認，亞氏在後文的確論及每一成分的性質；但在本段文字中，他用的只是「哪些」一字（用拉丁字母轉寫希臘字，為「Poion」一字）。

拙譯定稿「該怎樣安排情節，如果詩作要好的話」，意思雖然明白可解，文字無疑是彆扭了些。順暢的譯法應該是：「詩要寫得好，該怎樣安排情節？」或者「詩要寫得好，情節該怎怎安排」。我所以取彆扭而捨順暢，原因是想照顧原文的次序；覺得在照顧了原文次序以後，文意還是能讓讀者看懂的，於是上下句不倒過來。另外我還想就「如果詩作要好的話」這句說一說。這是亞氏原來的意思和語氣，可是我看各譯本，基本意思是對的，語氣和用

---

10 用羅譯，下同。

字則多多少少有可以斟酌的地方。原文用「如果」一字領句，但傅本、姚本和陳本都沒有譯成假設句。此外，譯文中「寫詩」的「寫」字，原文是沒有的，只能算是潛藏的意思，譯文能夠同樣不發露最好；就是要發露，最好用「作」字代替「寫」字。因為「作」有「創作」「創造」意，而希臘文「詩」和「創作」「創造」同一字根，「詩」字同時可解成「創作的東西」。我用「詩作」二字而不用「詩」一字，就是想在沒有動詞的情況下，勉強暗示「寫」——即「創作」——之意。

再看各譯本最後一句，傅本作「首要之原則」，繆本作「基本原理」，羅本作「首要的原理」，陳本作「本質的問題」，彼此接近，這是一類。另外姚本作「第一步」，胡本作「從頭」，排除了「原理」「本質」等詞，而彼此用意也接近，這是第二類。查看原文，沒有「原理」「本質」等字，第一類譯文看來想把隱藏的意思揭出。如果以是否接近原文的表面意思論，第二類譯文好像接近些。不過原文中有「最先最先」的強調之意，第二類譯文譯得太平凡太浮泛，全沒把強調之意顯出，不無遺憾。拙譯所謂「從前頭中最先一點」，希望比較接近原文的表達方式。至於能不能透露出「強調」之意，則不敢說。

周作人前期的希臘文學
介紹工作及其貢獻

　　題目中的「前期」，指從一九零六年到一九三八年這一段，如果以五四運動為基點，則「前期」指由五四的前十三年到五四的後十九年。一九零六年周作人開始寫文章介紹希臘，至於以一九三八年作為前後期的分界，那是因為從一九三九年到一九四四年間，也就是在他附敵從政的幾年內，不曾發表過任何有關希臘的文字；一九四四年及五月底作《希臘的餘光》後才恢復[1]。中間幾年間隔，隱然劃開前後期。其次，一九三九年以前，他是留學生和教授，有積極的社會活動，有受人尊重的社會地位。一九四五年以後，他是囚徒和叛國者，名聲掃地，只能過着隱退的生活。這也不妨看成兩個時期。再者一九四五年以後，特別是四九年以後，他誠然譯了不少希臘古籍，在數量上和文學價值上也不比從前所介紹的遜色[2]，但基本上屬於公眾

1　據張菊香主編《周作人年譜》。
2　所譯古籍為：阿波羅多洛斯的《書庫》，《伊索寓言》，阿里斯托芬喜劇一種，歐里庇得斯悲劇十三種。另外譯出英人勞斯的《希臘神話與英雄》和摘譯了英人韋格耳的《希臘女詩人薩波》。（見《知堂回想錄‧我的工作（一）至（四）》，頁 610-628。）

指派的工作[3]，和以往的純屬個人選擇有所不同。工作方向的是否自由選擇，也是可以作為分期的補充考慮的。

周作人的接觸希臘，從他接觸希臘神話開始，一九零六年（光緒三十二年）夏秋之間，他到日本留學，得到美國該萊編的《英文學裏的古典神話》。這本書「雖是主要在於說明英文學上的材料，但也就有了希臘神話的大概」。同時又找到安特路朗的《習俗與神話》跟《神話儀式和宗教》兩書。這些書既使他增長了古典神話的知識，也提高他研究希臘神話的興趣[4]。同年稍後開始寫一篇《三辰神話》的文章。三辰指日月星，起頭寫了千多字，便因故輟筆[5]，底稿後來也散失了[6]，內容不可而知，想來極有可能是希臘神話的介紹。如果推測不錯，則《三辰神話》該是他第一篇介紹希臘的作品。

周作人後來喜歡研究神話，特別是希臘神話，寫過相當數量的有關神話的文字。他尤其佩服哈理孫女士的神話研究。雖然哈理孫女士從學術的角度，主張神話該從其本身進行研究，而不該只附屬於希臘文學的研究之下[7]，但周作人還是十分看重神話的文學性質的。他把希臘神話看

3　《知堂回想錄》頁 617。
4　《知堂回想錄》頁 197-198。《夜讀抄‧希臘神話二》，頁 113。
5　《知堂回想錄》頁 198。
6　《瓜豆集‧關於魯迅之二》，頁 233。
7　《夜讀抄‧希臘神話一》，頁 99。

成世界最美的神話，本身富於趣味，是優美的藝術，也是極好的文學，值得單獨去看去讀[8]。正因這樣，他把迭阿女索思的崇祭及由此衍生出來的藝術當作古文學古美術去欣賞[9]。希臘神話所以優美，那是因為其中經過美術家和詩人的陶洗，減去恐怖，把愚昧醜惡等野蠻分子加以淨化[10]。另外，他相信英人安特路朗以人類學法解釋神話的見解，認為神話雖然無稽怪誕，但其中實反映出初民真誠質樸的感情。人性既然今古未變，則初民的感情自能感染今天的讀者，使讀者鑒賞其中的美；這正是文學的作用[11]。從這個角度看，周作人希臘神話的介紹，不妨看成是他希臘文學介紹工作的一部分。

一九零七年（光緒三十三年）他和魯迅合譯美國哈葛德和安特朗合著的小說《世界欲》，改為《紅星佚史》出版[12]，這是一本半埃及半希臘的神怪小說[13]，古希臘神話部分，多據荷馬的兩部詩歌《伊利亞特》和《奧德賽》（當時荷馬譯作鄂謨，《伊利亞特》作《伊利阿德》，《奧德

8　此意見《夜讀抄·希臘神話二》，頁 112；《談龍集·髭鬚爪序》頁 60；《雨天的書·續神話的辯護》頁 249。
9　《談龍集·漢譯古事記神代卷引言》，頁 890。
10　《談龍集·關於夜神》，頁 220-221，《夜讀抄·希臘神話二》，頁 112。
11　《自己的園地·神話與傳說》，頁 39-40；《雨天的書·濟南道中之三》，頁 234。
12　《知堂回想錄》，頁 208-209。
13　《夜讀抄·習俗與神話》，頁 20。

賽》作《阿迭綏》）。他們翻譯此書，還不僅僅着重在神話故事的介紹，而是要表達一種意念：文學的本質重在美感，只以移動人情為主，其他概屬次要；這跟中國的要求說部具有教訓功能不同，因而他強調「讀泰西之書，當並函泰西之意」，不要以「古目觀新制」[14]。突出文學中美和情的因素，在他以後介紹希臘作品或寫作時，觀點始終未變[15]。

一九零八年（光緒三十四年）是對他日後介紹希臘文學工作具有決定性影響的一年。這一年十月，他在日本的美國教會辦的立教大學學古希臘文，有時還到與立教大學有關係的三一學院聽希臘文的路加福音講義。學希臘文最初的教本是懷德的《初步希臘文》，繼續是行文比較淺易的舊籍克什諾芬的《進軍記》，這是歐美人學希臘文的正常步驟。在課程裏他還唸過柏拉圖的對話錄[16]。柏拉圖對話錄三數十種，他沒有提及唸過那些。他學希臘文，大抵一直繼續到一九一一年（宣統三年）五月間回國前不久，因為他說過學希臘文「學了幾年」[17]。從初學到回國，其間不過兩年另七個月，還勉強湊上「幾年」之數，再要提

14 《紅星佚史》譯序。
15 《談龍集·自己的園地舊序》、《苦茶隨筆·關於寫文章二》和《瓜豆集·自己的文章》中，均有此意。
16 《希臘擬曲序》，《知堂回想錄》頁 220。
17 《知堂回想錄》頁 221。

早計算，恐怕便説不過去了。

他學希臘文的目的——起碼是其中一個目的——，是想把《聖經・新約》或至少是《四福音書》譯成像佛經那般古雅[18]。他一向重視《聖經》的文學性，譬如把《舊約》的《雅歌》看成熱烈奔放的戀愛詩[19]，便是一例。那時卻覺得無論是文理本或官話本兩種譯本都不能顯示出來，因而心中有彌補缺憾的意圖[20]。當時是嚴復林紓翻譯盛行的時代，是以周秦諸子或司馬遷的文字迻譯西方學術著作和小說的時代，周作人對文言的翻譯感到可取[21]。《聖經》是宗教典籍，因而不妨和佛教經典的文字看齊，這恐怕是周氏當時的心態。有一種見解，認為周作人覺得基督生平的事蹟更崇高，《福音書》比克什諾芬以前的文學（也許指的是柏拉圖和荷馬）更精彩，因而引發他改譯《聖經》的念頭[22]。這種見解並不正確。周作人對於基督教似乎沒有一貫的見解。他既有讚揚耶穌偉大和神聖的時候[23]，卻也批評基督教「保存着一位魔鬼」，「變成文化上的一大

---

18 《希臘擬曲序》；《知堂回想錄》頁 221。
19 《談龍集・舊約與戀愛詩》，頁 247。
20 《雨天的書・我的復古的經驗》，頁 182。
21 《談虎集》下卷《我學國文的經驗》（頁 404）談到他那時看嚴復、林紓、梁啟超的翻譯小説時，「漸漸覺到文言的趣味」。
22 楊牧《周作人與古典希臘》，載入《文學的源流》頁 94-95。
23 《談虎集》下卷《抱犢谷通信》，頁 444。

障礙」[24]。他既認為基督教可以一新中國的人心[25]，卻也惋惜近代的希臘改信基督教，不能保留古典時代的精神，希臘基督正教只起束縛人心的作用[26]。至於《福音書》的文學性比荷馬或柏拉圖的作品更精彩的話，周氏從未說過。周氏要改譯《聖經》，當時主要還是從文字着眼。那時他還沒有看到白話文的功能，還是覺得古文才是雅言，富於趣味，具有文學性質，如此而已。後來他覺得《聖經》的譯本已經十分好，不用改譯，那是因為他的復古思想慢慢改變的緣故，認為「古文決不可用」的緣故[27]。

回國以後，他無疑對希臘還保持極高的興致，這可從他在一九一五年四月間「定字啟明，別號持光」[28]看出。「持光」即希臘文 phosphoros（用拉丁字母改寫希臘字母）。從實際的表現看，他對希臘的興致本期內始終不衰。他的興致表現於他對希臘的積極研究和介紹。他不僅自己做，還希望他人跟着做。他提議北大開希臘文系，研究希臘的文學和哲學[29]。他甚至提議請廢帝溥儀到希臘研究文

---

24 《談虎集》下卷《從猶太人到天主教》，頁 378。

25 《雨天的書‧山中雜信之六》，頁 216。

26 《苦茶隨筆‧畫廊集序》，頁 145，《知堂回想錄》頁 683；《談虎集》下卷《希臘的維持風化》，頁 534。

27 《知堂回想錄》頁 221；《雨天的書‧我的復古的經驗》頁 184。

28 張菊香主編《周作人年譜》頁 69。

29 《苦竹雜記‧北大的支路》，頁 306。

學去，回來後在大學開課 [30]。而他的介紹工作則可以從三方面來説。

第一是憑藉他對希臘的知識，撰寫隨筆散篇介紹，有整篇的，也有篇中插段的。內容的涉及面很廣，有神話的、有文學的、有語文的、有社會的。譬如《神話與傳説》（載《自己的園地》）、《舍倫的故事》（載《雨天的書》）等論神話；《希臘之牧歌》、《希臘女詩人》（載《異域文談》）等談文體和作家；《關於〈希臘人之哀歌〉》（載《談龍集》、《希臘人名的譯音》（載《談虎集》下卷）等論語文和翻譯；《希臘人的好學》（載《瓜豆集》）、《歐洲古代文學上的婦女觀》（載《藝術與生活》），對歷史的論述；都是例子。周作人除了寫古代希臘，也寫新希臘，並且多從社會和文化着眼，同時跟當時中國的情況聯繫起來。像見於《談虎集》上下卷的《小孩的委屈》、《新希臘與中國》、《希臘的維持風化》等都是。

第二是英文論著的譯述，主要在希臘神話的範疇之內。周作人喜歡希臘神話，也喜歡研究希臘神話。一九三一年三月在《新學生》雜誌發表答問，還是表明自己志願的學術是希臘神話學，那一年準備着手的還是和希

---

30 《談虎集》上卷《致溥儀君書》，頁 196-199。

臘神話學有關的著譯 [31]。在希臘神話學方面，英國的安特
路朗和美國的哈里孫給他的啟發和影響很大。他深信安特
路朗的以人類學之說解釋神話，最能正確地說明神話的意
義。他不同意鄭振鐸據德國繆勒的言語學派的神話解釋法
去說明阿波羅追趕達夫納的故事，指出安特路朗的「根據
於靈魂信仰之事起原」的解答才算正確 [32]。哈理孫的著作
則給他提供具體的神話知識：解說精神的起源及其變遷，
希臘宗教的性質及其成分 [33]。安特路朗的見解，周作人還
只是在文章之中作片段的徵引，哈理孫著作的章節，則往
往完整的介紹過來。一九二五年他譯《希臘神話》[34] 第三
章的一節，題名曰《論鬼臉》；一九二六年他譯《希臘神
話》的引言 [35]；一九二七年他譯同書的第三章 [36]。另外在
一九二四年發表的《希臘神話一》（載《夜讀抄》）一文中，
用上極長篇幅，節錄了哈理孫《希臘羅馬的神話》引言、
《古代希臘的宗教》和《學生生活之回憶》的若干段落。

　　除了以上兩人，周作人還比較詳細介紹過勞斯。他接
觸勞斯，因為看到勞斯的現代希臘小說英譯本《希臘島小

31　張菊香主編《周作人年譜》，頁 288。
32　《雨天的書‧續神話的辯護》，頁 250-252。
33　《夜讀抄‧希臘神話一》，頁 97。
34　原名《神話—Mythology》，見《夜讀抄‧希臘神話一》97 頁及《談龍
　　集‧希臘神話引言》後記，106 頁。
35　同上注。
36　《永日集‧論山母》後記，頁 76。

説集》。他喜歡該書的序言，於一九二一年譯出，取名《在希臘諸島》[37]。勞斯本來是研究古代希臘文學的，序言雖也寫新希臘的風土人情，其實用上了大量的古典神話幫助説明。一九二五年他又讀到勞斯的《古希臘的神與英雄與人》，隨即加以簡單介紹，並譯出其中幾段文字[38]。至於他在文章中就看過的眾多有關希臘的神話或其他隨意徵引或説明，數不勝數，不一一列舉了。

第三是希臘作品的翻譯。周作人翻譯希臘作品為時很早。一九二一年底譯畢的海羅達思擬曲《媒婆》後記謂「八九年前」，已把此文譯成古文發表[39]，那當是一九一二至一九一三年間的事。自此以後，終其一生，翻譯工作未嘗輟止。從系統性和所譯作品的首尾完整性言，本期的翻譯比不上後期——後期以譯一齣齣的戲劇或一本本的書為主——，但就形式和文體的多樣化、作品涵蓋時空的廣闊而論，本期的工作實遠遠超過後期。

翻譯的作品有古代的、有現代的，而以古代的為主。現代的作品，他譯過藹夫達利阿諦思（1849-1923）短篇小説七篇。他所以選譯藹夫達利阿諦思的小説，因為作家

---

37 收入《永日集》

38 《苦茶隨筆·希臘的神與英雄與人》。事實上此書他晚年翻譯了出來，改名為《希臘的神與英雄》。

39 《陀螺》頁 26。

的描寫物色，使人聯想起古代的牧歌，同時作品中寓懷慕
古昔之情作為愛國思想、反抗異族的表現[40]。周作人沒有
到過希臘[41]，應該不懂近代希臘語。他明言這些小說是根
據勞斯的《希臘諸島小說集》譯出的[42]。根據歐洲文字轉
譯過來的現代作品，還有現代挽歌三首和民歌一首，載在
《陀螺》。譯後記說第一首挽歌是從英人洛生所著《現代
希臘民俗與古代希臘宗教》一書中所引譯出，其他各首據
法國福列亞所編《希臘俗歌集》譯出。福列亞書中的歌謠
是否直錄希臘原文，或者已譯成法文，或者再由法文轉譯
為英文，不得而知；大概直錄原文的可能性不大。

　　周作人翻譯希臘近代作品，一方面由於他對古希臘的
熱愛，有愛屋及烏之意；一方面也惋惜於近代希臘的墜落，
文化湮沒，蠻性復現，並且受到列強的操縱，以至許多方
面大不如前而痛心[43]。基於「同情於被侮辱與損害的人與
民族的心情」，希望這些人與民族能夠復興，他譯出一些
弱小民族包括希臘民族在內的近代作品[44]。其間稍有不同
之處是：他對其他民族的古代文化的熱愛程度，肯定沒有

---

40 《神父所孚羅紐斯》譯後記，載《現代小說譯叢》第一集，頁 304。
41 《藥味集·日本之再認識》：「希臘古國恨未及見」，239 頁。
42 同注 40。
43 《談虎集》下卷《希臘的維持風化》，頁 533-534；又同書《支那民族
　　性》，頁 548。
44 《現代小說譯叢》第一集《序言》。

對古希臘文化那麼深；事實上其他民族的古代文化，也無法跟古希臘文化的輝煌程度相比。

周作人對新希臘文學和社會有相當認識。他說看過「關於新希臘的文藝和宗教思想的書」[45]。他能引證巴拉瑪思的短篇小說《一個人的死》說明希臘人的強烈求生意志，終於使國家站起來[46]，也能指出希臘書面語和口語不一致的例子[47]。不過他對新希臘的認識，總的說來，沒有對古希臘的那麼精到。到了一九四五年他寫《文學史的教訓》一文時（載《立春以前》），不能肯定新希臘作家有沒有寫獨幕劇和寫實小說，這顯示有所疏離。在語言問題的看法上也能說明問題。他在《神父所孚羅紐斯》譯後提出希臘「復活古語，貌似復古，其實卻在驅逐闖入的土耳其語」[48]。這幾句話似乎有點問題。近代希臘文言語體之爭，教會居中的影響作用極大。要求語體的合法地位是作家們積極爭取的目標。復活古語其實是一種倒退而保守的思想，不宜加以肯定的。至於驅逐土耳其語，也跟古語的復活無關。土耳其語和希臘語不同系統。在土耳其人統治希臘的四百年當中，土耳其語詞彙很多滲入希臘人語言中

---

45 《談虎集》下卷《新希臘與中國》，頁 489。
46 同上注，頁 491-492。
47 《藝術與生活·國語改造的意見》，頁 109-110。文中舉「麵包」一字為例。
48 《現代小說譯叢》第一集，頁 304。

是事實，然而並不改變希臘語的基本語言結構，動搖不了希臘語的基礎。希臘人要「驅逐」，只要改變某些用詞就行，不必以古語代替的。

　　他翻譯過的古代作品，有些屬完整篇章，有些是零星散句。筆端所涉，最早的上推荷馬，最晚的下迄公元後五世紀的巴拉達思[49]，前後約一千四五百年[50]，文體包括散文和詩歌。詩歌之中，有敍事詩、抒情詩、戲劇、擬曲和牧歌；散文則有對話、小說和論著。他自稱對雅典時代——大概指公元前五世紀和四世紀——的著作有所「敬畏」，而比較喜歡亞力山大時代和羅馬時代的作品[51]。所謂「敬畏」，似乎包含敬而遠之、不敢接近之意。儘管如此，亞力山大以前的作品，包括雅典時代的作品，他還是介紹和翻譯過若干的。為了弄清《美的性生活》一書中的引句，他翻閱荷馬，把《伊里亞特》二十四章七二三行以下五行意譯出來[52]。歐列比台思的《忒羅亞婦女》，正是雅典時代的著名悲劇，他譯了其中最具悲劇性的幾段[53]。希臘的

49　《談虎集》上卷 219 頁《養豬》一文引巴拉達思詩句。
50　假定荷馬是公元前八九世紀間的人。希羅多德《歷史》的第二卷五十三節說荷馬跟他的距離不會超過四百年，而《歷史》一書，大概在公元前五世紀中葉寫成。
51　《希臘擬曲》序。
52　《看雲集·希臘的古歌》，頁 218。
53　《永日集·忒羅亞的婦女》

抒情詩人當中，他顯然最佩服薩波[54]，不但早在一九一五年為文介紹，一九五一年還就其人其詩寫成專書出版[55]。本期他發表過薩波的譯詩共十一首[56]，數量為其他詩人之冠。薩波是公元前七世紀下半期和六世紀上半期的人（周作人在《談龍集·希臘的小詩》中說她生於基督前五世紀，當誤）。亞力山大時代以前的小詩，他還譯過柏拉圖、西蒙尼台斯、阿拿克列安等人的作品，如果不計體式，則所譯者七人十七首（或段），也算有一定的數量。所謂七人，除了上述六人外，還有另一悲劇作家愛斯屈洛思。

　　無可否認，他的譯作以屬於希臘羅馬時期的居多，韻文方面，有《希臘擬曲》一書面世，內收海羅達思作品七篇，諦阿克列多思作品五篇，另附注釋。諦阿克列多思五篇中有三篇為擬曲，合海羅達思的七篇，每篇平均約二千多字，周作人宣稱已集中了現存的擬曲[57]。其他散譯的小詩，後來分別收入《陀螺》、《談龍集》、《自己的園地》和《永日集》的，共四十首，其中有主名的二十六首，包括希臘時期的作家美勒亞格羅思、比亞諾耳、諾西思、瑪

---

54 譯名用薩波，據周作人晚年定筆，他對希臘人名譯音的漢字寫法常有改變，薩波或寫為薩福、薩普福。以準確性而論，薩普福較合。
55 《知堂回想錄》頁 611-613，《自己的園地·希臘女詩人》頁 254（一九二三年北新書局版）。
56 收入晨報社版《自己的園地·希臘的小詩》和北新書局版《自己的園地·希臘女詩人》、《談龍集·希臘的小詩（一）（二）》。
57 《希臘擬曲序》、《看雲集·古希臘擬曲》，頁 222。

耳古思、阿思克勒披亞台思、斯忒拉多、加里麥克賀斯。
羅馬時期及以後的作家地阿尼修思、遏拉多斯典納斯、路
吉留斯、尼加耳阿思、阿伽諦阿思、巴夫洛思．西蘭尼阿
里奧斯十三人，只引斷句的作家如巴拉達思不算在內。他
對公元後一世紀的美勒亞格羅思似乎特別有興趣，譯其詩
九首。粗略計算，古代的希臘詩作，除去《希臘擬曲》中
的不計，約為五十五六首（或段）。

　　周作人翻譯過三位作家的散文：路吉亞諾斯、朗戈斯
和阿坡羅陀洛斯。路吉亞諾斯的對話錄很有名，周作人譯
了他的《娼女問答》的四、十三、十五章，取名為《魔術》
《大言》和《兵士》。他稱許路吉亞諾斯的問答體「具喜
劇擬曲諷刺詩哲學問答諸種分子」[58]。後來又譯了路氏的
《冥土旅行》和《論居喪》。朗戈斯的中譯片段，主要從
《達夫尼思與赫洛薔》選出，那是全書的《引子》、第一
卷十六至十八節，第二卷七節、三十四節和第三卷二十三
節。周作人喜歡這部長篇，因為這是後世田園小說的始
祖，具有清新優美之氣[59]。阿坡羅陀洛斯的作品，引起周
作人的興趣的，為《書庫》一書（此書學者們多認為不是
出於阿坡羅陀洛斯之手，是真是偽，這裏不作討論），這

58　《陀螺．對話三篇》之一《大言》後記，頁43。
59　《陀螺．苦甜》譯後記，頁58。

是「希臘神話與英雄傳說的一種綱要」，也是希臘古人寫自己民族神話的著作。周作人早年讀美國俄來德的《希臘晚古文學史》，已對《書庫》一書加以注意，並就該書作過一點介紹[60]，一九三七年底開始進行譯書工作，取名《希臘神話》，連同部分注文——注文用上茀來則博士的《希臘神話比較研究》和哈理孫女士的《希臘神話論》——，交給中華教育文化基金董事會編譯委員會[61]。但一九三八年底，編譯委員會搬到香港，譯稿便不知所踪[62]。及後一九五零年五月以後重譯此書，至一九五一年六月間脫稿[63]。遺憾的是：此書至今好像仍未出版。

以上的希臘作品，部分根據希臘原文譯出，部分則根據英譯本轉譯。周作人不懂現代希臘語，現代希臘作品的翻譯依賴英文譯本，不必說了；就是在古代文學作品之中，也有據英譯本轉譯的，好像歐列比台思的悲劇《忒羅亞的婦女》一段，小詩中西蒙尼台斯替帖木克勒恩假作的墓銘一首，柏拉圖《我的星》一首，無名氏《蒲桃尚青的時候你拒絕了我》一首，《燕子歌》一首都是。路吉亞諾斯的

---

60 《夜讀抄‧希臘神話二》，頁 115-120。
61 張菊香主編《周作人年譜》頁 394-395。
62 同上注《年譜》頁 409；《知堂回想錄》頁 619；《立春以前‧希臘神話引言》，頁 185。
63 《知堂回想錄》頁 618-619，622；張菊香主編《周作人年譜》頁 592。

《冥土旅行》和《論居喪》也據英文譯出，這在譯文的後
記中說得明白[64]。也有先發表依據英文的譯作，後來再發
表依據希臘原文的譯作的，好像收在《陀螺》的海羅達思
擬曲《密談》，譯後記說明從英文本重譯。《希臘擬曲》
一書亦收此篇，改名《暱談》。《希臘擬曲》序言中雖未
寫明書中各篇都由原文譯出，但序中首言自己學古希臘文
的經過，末言翻譯此書的吃力，應該要理解為譯者是依據
希臘文原本的。比對《暱談》和《密談》中的用詞遣字，
頗不相同，見出前者是根據原文修正後的本子。《陀螺》
中海羅達思擬曲《媒婆》一篇，也跟《密談》相同。事實
上在《看雲集·古希臘擬曲》一文中，提到海羅達思的擬
曲，便說過「其中有兩篇文已根據英譯本重譯過，收在《陀
螺》裏，現在只須再照原文校讀一下，加以訂正就好」的
話。也有初期譯為文言，後來改為語體的。像一九一五年
刊在紹興《禹域日報》上幾首薩波小詩「驚風囁嚅」「滿
月已升」「如山上水仙」「愛搖其心」等，以後都改作語
體[65]。

周作人讀外國文學作品，接觸到古希臘，首先是神

---

64 《永日集》24 頁；《談龍集》177 頁；《陀螺》159-160 頁；《看雲集》
140 頁。
65 《自己的園地·希臘的小詩》（晨報社版），《自己的園地·希臘女詩人》
（北新書局版），《談龍集·希臘的小詩》。

話部分。又由於抱有同情於「被侮辱與損害」的民族的心情，有意選擇東歐諸小國的作品，接觸到近代希臘。後來學習了希臘古文，能夠直接閱讀原典，再加上通過英文著作的廣泛涉獵，更是大大加深了他對於希臘的認識和關心。他了解到作為歐洲文化根源的希臘文化的重要性。清末以來，中國知識分子講求富強介紹西方，通常大抵注目在幾個現代的歐美國家上，周作人認為這不足夠，指出講西方文化時，「現代的情狀固然重要，但是重要的似乎在推究一點上去，找尋他的來源」[66]。正因這樣，作為歐洲文化根源的希臘文化應該有專人研究[67]。他自己是對希臘文化有深入的認識的，譬如他指出古希臘人在生活上具有自由與節制的調和的特點，而為中國建立現代新文明所應師法[68]。他看到希臘文化中重視科學精神的特點[69]。他的認為自己無所知，從前不過自以為知，恐怕也有希臘思想影響的成分[70]。不過說到底他本人是文學家，興趣偏於文學，而文學也是文化範疇中的一種現象，所以他便在這方面從事介紹工作。他無疑出過不少力量，相當數量的譯著作品，正是他出過力的具體證明。他在北京大學講歐洲文學史，

---

66 《談虎集》上卷《致溥儀君書》，頁 197。
67 同上。
68 《雨天的書·生活之藝術》頁 138。
69 《瓜豆集·希臘人的好學》
70 《雨天的書·一年的長進》；又同書《元旦試筆》。

合希臘羅馬時代的文學史講義出書[71]，又是另一方面的具體證明。他勸溥儀最好去英國或德國留學研究希臘文學，學成後回國任教，想法雖似奇異，其實也不妨看成是他對希臘文學介紹的熱烈渴望和失望心情。他誠然希望希臘文學被介紹到中國來，然而在中國，窮人衣食不足，闊人只看重鈔票，知識階層名目上要走群眾路線，自然都顧不到「最貴族的希臘文明」[72]。所以他一九三零年雖翻譯《擬曲》，卻不由生出翻譯這種二千年前的古老東西，實有不識時務的感慨[73]。不管怎樣，在多數人介紹西方文化只重近代只看表面的時候，周作人能強調要注意古代要注意根本，這便顯出深邃的識力，也向人們指出一條正確的路向。

希臘古代哲學思想的輝煌成就，人所共知。一般人介紹希臘，首先多着目於此；這是應該的，也是合理的。然而在哲學思想以外，其他方面也不宜疏略，這樣才能匯合起來，見出文化的整體面貌。周作人的工作，正是在哲學思想以外人們還未顧及到的文學園地中開墾。這跟他本人是文學家、興趣傾向文學大有關係。同時還可以注意：談希臘文學的人，意念中大抵只指古代文學；周作人能跳出圈子，還講希臘現代文學。即使談古代文學，人們焦點也

---

71 張菊香主編《周作人年譜》82 頁。書名為《歐洲文學史》。
72 《談虎集》上卷《致溥儀君書》，頁 197-198。
73 《看雲集‧古希臘擬曲》，頁 225。

集中在古典時期及以前的階段，推重荷馬、赫西阿特、希羅多德、都吉迭台思、愛斯屈洛斯、梭孚克里斯、歐列比台思、阿里斯托法涅斯、柏拉圖、克舍諾方、伊梭格拉底等人的詩歌、散文、戲劇和對話；這也是應該和合理的。這些後人不可邁越的文學巨匠確值得仔細的研讀和了解，然而希臘文學發展的長流並沒有隨古典時期的終止而完結，以後還是繼續延長下去的，仍舊發散光輝。我們在認識古典時期及以前的文學的同時，還須認識古典時期以後的文學。周作人主要介紹的，正是古典時期以後的作品，從而擴大了我們對希臘文學的視野，加強了我們對希臘文學的全面了解。

周作人多介紹古希臘晚期文學，這是甚麼緣故？有人認為他致力於他認為是古希臘的次等文學，因為這時期的作品較易處理[74]。這種見解恐怕浮泛和不全面。不錯，周作人學習古希臘文的時間不長，語文底子也許不算十分深厚，他譯擬曲已經覺得難，覺得是件「很嚴重的工作」[75]，如果向上翻譯荷馬或古典時期的作品，顯然更加吃力，更難處理。不過除此以外，似乎還可以提出其他的理由。其一，他本來打算翻譯四福音書的，為了工作進行得好，必

74　楊牧《周作人與古典希臘》，載《文學的源流》頁96。
75　《看雲集・古希臘擬曲》，頁223。《希臘擬曲序》。

然事前對公元前後的社會文化各方面下過一番學習研究的工夫；也就是說，他對希臘羅馬時期各方面當有深入認識。介紹最熟習的東西，是理所當然的事。其二，他承認古典時期是希臘的興隆期，以後則是頹廢期；而自己本人也生活在頹廢的時代，心態容易和古代的頹廢期作品相應，因而對之嗜好[76]。其三，這個頹廢時期着實也有好作品，儘管如荷馬詩歌的宏壯，古典時期劇作的深沉，後期作品難以比擬，但是由於文學自身發展的結果，作品的細緻精美，也有可觀；文體同時亦作橫向的擴闊，別具新貌。好像牧歌和擬曲，便不是前代已有的東西；而散文用來寫小說，像朗戈斯那樣，無疑也是新方式。再者作為「文學發達的極致」的小品文，也要在公元後才「真是起頭」[77]。這些均足以使希臘後期的作品能夠自豎一幟，極具介紹的價值。還有，後期的作品也不好說是次等文學，周作人沒有這樣說過。頹廢時代的作品不一定是次等，頹廢和次等之間無必然的邏輯關係，觀察中國文學史，可以了然。

周作人因為懂希臘文，直接翻譯原典，本人又是文學大家，譯文的近真程度，正常而言，要比他人通過英文、德文或其他西歐文字的間接翻譯為大，從而提供給中國讀

76　《希臘擬曲序》

77　《看雲集·冷雪小品選序》，頁 188-189。

者一個比較接近原作意義和風貌的機會。他的翻譯要求之
一是：原作意義不走樣。他認為要做到此點，間接翻譯便
有問題，所以他據英文譯出《忒羅亞的婦女》幾段文字後，
便加上附注表示：「手頭沒有原文可以比較，所以詞意有
點差異也未可知」[78]。幾首據英文轉譯的小詩，他拿不準
是否準確。他承認自己的譯詩都努力保存原意[79]。他斤斤
計較荷馬《伊利亞特》二十四章中 Kari echousa 二字該譯
作「抱着頭」還是「提着首級」，pais 一字是單數，不可
以譯成「孩子們」[80]。他對把幾首古詩譯作偈語形式感到
抱歉，因為不像原來的色相；說譯柏拉圖的一首詩過於放
誕，不大足以為訓；因而都只能算作戲譯[81]。

　　他說過譯者要想保留原作百一的風韻，也不容易做
到[82]。這種說法雖有其真實性，卻也不妨看作謙詞，可以
這麼想：譯者對於原作如果有真正的體會，而本人又具有
文學才能的話，那麼譯文要傳達原作的若干風韻，還是可
以的。上述的兩項條件周作人都具備了。我們看他論朗戈

78　《永日集》頁 24。
79　《談龍集‧希臘的小詩》，頁 177。
80　《看雲集‧希臘的古歌》，頁 218-219。按所引希臘字見二十四章 724
　　行和 726 行。
81　《談龍集‧希臘的小詩二》，頁 190-191；又同書頁 185-187。
82　同上注，頁 173。

思文學的清新[83]，論路吉亞諾思文字的冷靜富於智性[84]，論歐列比台思《忒羅亞的婦女》一劇中安特羅瑪該性格的沉毅而似欠激烈[85]，論柏拉圖兩首寫星的小詩思致的空靈和襯貼的巧妙[86]，可以見出他體會程度之深。加上他本來就是文學家，而且是第一流的文學家。再加上他通曉原文，那麼他的譯文除了忠實可信以外，能夠傳達出原作的若干風韻，應該也不是不可能的事。事實確是如此。讀者通過周作人的譯文，有時其實是可以在若干程度上感受到原作的風貌的。以下引一段譯文，參照原文，稍作說明：

> 在勒色波思游獵，我在神女林中見到一個絕妙的事物，──敍事的圖畫，戀愛的故事。這樹林也很美麗，多樹木，有花，富於泉水。一個源泉灌溉一切，那些花以及樹木。（朗戈思《達夫尼斯與赫洛靄的故事》引子，載《陀螺》60-61 頁。）

我拿原文比對，發覺譯文沒有一個原文以外的贅詞，也不脫漏任何一個字，好像「這樹林也很美麗」一句，平心而論，句中的「也」字前無所承，讀起來不免稍見突兀的。「也」字加上去，自然跟周作人的文字工夫無關，我

83　《陀螺·苦甜》譯後記，頁 58。
84　《看雲集·論居喪》譯後。
85　《永日集》頁 25。
86　《談龍集·希臘的小詩》，頁 172。

看這主要是為了照顧原文中的 kai 字的。譯文中「美麗」「多」「富於」等字或詞，核對原文，可以見出不是純然為了求取遣詞的變化隨意使用，確是跟原文配合的，周作人主張直譯[87]，譯文中行文次序基本上依照原文。中希文字結構不同，譯出來的文字在帶有異國情調之餘，仍屬明暢可讀，應該是難能可貴的。翻譯外國作品要採用怎樣的原則：意譯還是直譯，或者是半意半直之間，儘管仍可討論，周作人通過具體的譯例，向我們展示出其中一種路向，這便具有參考的價值。

---

87 《點滴》序（據《知堂序跋》轉錄）。

參考書目

（甲）周作人著譯部分

《自己的園地》北京晨報社，1923 · 9。又香港實用書局 1972 · 10 影印 1929 年上海北新書局版。

《現代中國小說譯叢第一集》上海商務，1924 · 5（第三版）。

《陀螺》北京新潮社，1925 · 9。

《雨天的書》香港實用書局 1967 · 11 影印 1933 年北新書局版。

《談龍集》香港實用書局 1972 · 1 影印 1927 年上海開明書店版。

《談虎集》（上下）香港實用書局 1967 · 11 影印 1929 年北新書局版。

《永日集》香港實用書局 1972 · 1 影印 1929 年上海北新書局版。

《藝術與生活》香港書城出版社（無年份）影印 1926 · 8 中華書局版（據作者《自序》）。

《看雲集》香港實用書局 1972 · 1 影印 1932 年上海開明書局版。

《希臘擬曲》上海商務，1934 · 1。

《夜讀抄》香港實用書局 1966 · 5 影印 1934 年北新書局版。

《苦茶隨筆》香港實用書局 1971 · 12 影印 1935 年北新書局版。

《苦竹雜記》香港實用書局 1972 · 1 影印 1936 年上海良友圖書公司版。

《瓜豆集》香港實用書局 1969 · 4 影印 1937 年宇宙風社版。

《藥味集》香港實用書局 1973 · 6 影印 1942 年北京新民印書局版。

《立春以前》香港實用書局 1973·5 影印 1945 年上海太平書局版。

《知堂回想錄》（上下）香港三育圖書文具公司，1970·5。

（乙）其他部分

《周作人年譜》張菊香、張鐵茶編。天津南開大學出版社，1985。

《周作人評析》李景彬著，陝西人民出版社，1986。

《文學的源流》楊牧著，臺北洪範書店，1984。

《知堂序跋》鍾叔河編，長沙岳麓書社，1987。

《周作人論》上海上海書店 1987·3 影印 1934·12 上海北新書局版。

（按：此文作於 1989 間，用當時能見到的資料。）

人名中文及拉丁字母書寫對照表

（一）中文名字據周作人所譯，其有一名多種譯法的，只用一種。
（二）習見名字如伊索、柏拉圖等，人所共知，不列表中。

筆畫	中文	拉丁字母
四	巴夫洛思・西闌尼阿里奧斯	Paulus Silentiarius
	巴拉瑪思	Palamas
	巴拉達思	Palladas
	比亞諾耳	Bianor
五	加里麥克賀斯	Kallimakhos
	尼加耳呵思	Nikarkhos
六	西蒙尼台斯	Simonides
	地阿尼修斯	Dionusius
	伊梭格拉底斯	Isocrates
	安特路朗（英人）	Andrew Lang
	安特羅瑪該	Andromakhe
七	希羅多德	Herodotus
	克什諾芬	Xenophon

筆畫	中文	拉丁字母
八	阿里斯托法涅斯 （即阿里斯托芬）	Aristophanes
	阿伽諦亞思	Agathias
	阿波羅	Apollo
	阿波羅多洛斯	Apollodorus
	阿思克勒披亞台思	Asklepiades
	阿拿克列安	Anakreon
	帖木克勒恩	Timokreon
九	哈理孫（美人）	Jane Ellen Harrison
	哈葛德（美人）	H.R. Haggard
	迭阿女索思	Dionysus
	洛生（英人）	Lawson
	美勒亞格羅思	Meleagros
	俄來德（美人）	F.A. Wright
	茀來則（未詳）	James George Frazer
	韋格耳（英人）	Arthur Weigall
十	海羅達思	Herodas
	朗戈斯	Longos

筆畫	中文	拉丁字母
十一	荷馬	Homer
	梭孚克里斯	Sophocles
十二	勞斯	W.H.D Rouse
	斯忒拉多	Straton
	都吉迭台思	Thucydides
十三	該萊（美人）	Charles Mills Gayley
	達夫尼思	Daphnis
	達夫納	Daphne
	路吉亞諾斯	Lukianos
	路吉留斯	Lukillius
	福列亞（法人）	M. Fauriel
	愛斯屈洛思	Aeschylus
	遏拉多斯典納斯	Eratosthenes
十四	赫西阿特	Hesiod
	赫洛藹	Khloe
	瑪耳古思	Markos
十五	歐列比台思 （即歐里庇得思）	Euripides

筆畫	中文	拉丁字母
十六	諦阿克列多思	Theokritos
	諾西思	Nossis
十七	繆勒（德人）	Max Muller
十八	薩波	Sappho
二十	藹夫達利阿諦思	Argyris Ephtaliotis

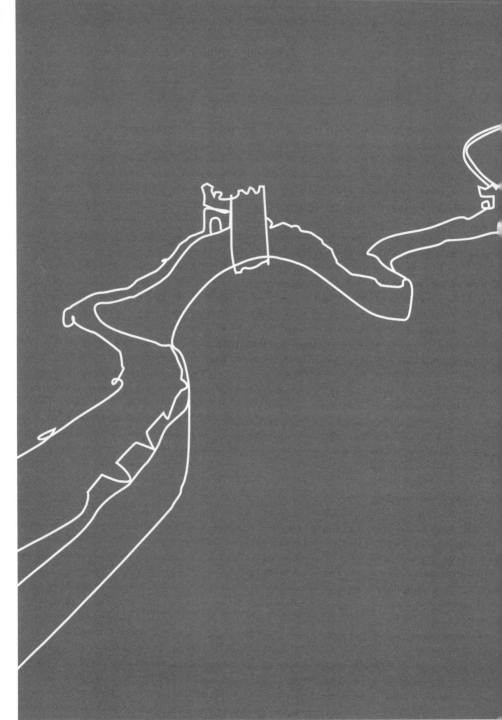

中國部分

一時放言

推敲的推敲

「推敲」據説是跟唐代詩人賈島有關的故事。賈島有一回寫出「僧推月下門」的句子，隨即覺得「推」字換成「敲」字也一樣好，於是沉吟斟酌，可是總難決定取捨。他在路上跟韓愈相遇，説出問題，韓愈也大感興趣，「立馬長久思之。」最後説：「敲字佳。」

這真是一錘定音。韓愈是文章宗匠，他認為「敲」字好，自不會錯；何況賈島也接納了他的意見。《長江集》中，向韓愈提及的句子正用上「敲」字。所以「推敲」的公案，可説早有結論。

然而近人朱光潛先生卻舊事重提，另生新議。朱先生認為「推」字其實比「敲」字佳，理由有二：第一，敲門剝啄有聲，破壞了月夜的寧靜；推門是可以沒有聲音的。第二，僧人敲門，表示要等裏面的人開門；推門則表示裏面可能無人，僧人自在往來，灑脱無礙，這要比有所待的

層次高。

我對朱先生的說法印象一直很深，但與此同時，卻也隱隱覺得韓愈經過認真思考後的決定也不能說沒有道理。據前人記載賈島初時在驢背上或作「推」的手勢，或作「敲」的手勢；這似乎表示他在研究哪一種動作更富形象性。一般人敲門，總是攏掌屈曲食指，舉手齊平面額之間，手腕以下部位前後擺動。說到推門，平推上推，伸掌出指，動作因人而異，比較的不一致。從這個角度考慮，敲門要比推門的動作明確，容易讓讀者把握領會。其次，要寫寧靜環境或氣氛，詩中事事物物不一定都得悄寂無聲，即使有聲響也不妨礙的，甚至會益顯其靜寂。好像柳宗元《漁翁》詩「欸乃一聲山水綠」之句，讀者大抵不覺得這「欸乃一聲」會給清幽極靜的環境帶來負面破壞性作用的。然則「敲」字的剝啄有聲，會不會也是這樣？再說賈島的詩題叫《題李凝幽居》，詩的起句是「閒居少鄰並」。詩中主角是李凝，僧人是李凝少數的鄰人。李凝倘使在月夜聽到僧人敲門聲，於是主客之間隱然有一線的聯繫。如果僧人悄然推門，那麼李凝自李凝，僧人自僧人，兩者各不相涉；就運意和呼應言，反而顯得略見鬆散。

四種境界

　　王國維《人間詞話》中引過三位宋代詞家的句子，用來說明「古今成大事業大學問者必經過三種之境界」。三種境界已有學者作過深邃的探析；但我是個庸淺的人，只有庸淺的領會。我覺得王氏似乎想借用三組詞句象徵地指出三個階段或三種歷程。首先，一個人對某件大事業或某門大學問有了興趣，不過由於對此只有極模糊的初步了解，因而覺得自己老像遠遠地站在圈子外頭，圈子中的事物可望而不可即，像是「獨上高樓，望盡天涯路」的樣子。其次，這個人認真追求和研究，甚至身體健康受到影響，仍舊絲毫不鬆懈，所謂「衣帶漸寬終不悔，為伊消得人憔悴」便是。最後，這人百折不回，使得導致成功的因素越來越積聚具備，終於有一天各種因素湊合，於是成功了掌握了，這就是眾裏尋他千百度，驀然回首，那人卻在，燈火闌珊處」。如果個人的領會不算錯，那麼這三種境界跟同書揭舉的「詞以境界為上」的境界便不一樣，完全不含有文學批評或文學欣賞的意義了。

　　想起許多年前讀散文家李素女士的集子，李女士對三種境界說提過補充意見，認為還可以另加一境。她引蘇東坡詞立說：「驚起卻回頭，有恨無人省，揀盡寒枝不肯棲，

寂寞沙洲冷；此第四境也。」

李女士的第四境似乎着眼在若干孤高耿介的人的心理狀態描寫。這類人對於正邪善惡義利，心中有其明晰的辨別和固執。在他們眼中，絕大部分人都是不分好歹、見利忘義之輩。他們既不願跟大多數人同流合污，而同氣相應的朋侶又罕見難遇，內心不免空虛寂寞，於是行吟躑躅，踽踽涼涼。這種心理狀態，也許就是屈原和許多狂狷隱逸之士的心理狀態。仔細辨析，這一境界和王國維三種境界的內涵性質都不相近：一為心理狀態，一為階段歷程；然則彼此間不能連綴相疊，自屬必然。

術語同詞異義，前人著作常見；「境界」一詞內涵即使不同，不足為奇。同詞異義容易造成理解上的分歧爭論，其他方面不說，在文學藝術評論的範圍內，例子倒是不少。

錢塘蘇小是鄉親

　　清代袁枚刻了一方「錢塘蘇小是鄉親」的印；蘇小即南齊名妓蘇小小。袁枚作為士大夫一分子，能夠不以為嫌跟千多年前的妓女拉關係，據一些學者解釋，這是由於時間隔得久了，後人和當時實際人生距離遠了，於是擺脫實際問題的牽絆，而純從美麗意象來欣賞之故。

　　這自是正大的美學論點，說的不錯。當然除此之外，卻也不妨從別一方面作補充。袁枚無疑把蘇小小作美麗意象觀賞的，不過清朝是個極度重視禮法大防的朝代，別人像不像袁枚那樣擺落實際專賞意象，倒是難說。然則袁枚明明白白提出妓女姓名攀鄉里親情時，恐怕還是要考慮外界的反應。他敢於這樣子刻印，除了勇氣之外，也許跟實際上有所憑恃不無關係。印上文字不是他自撰，而是出於中唐初期詩人韓翃《送王少府歸杭州》一詩的領聯「吳郡陸機稱地主，錢塘蘇小是鄉親」。有韓翃這位名詩人作護身符，時人即使抨擊施壓力，袁枚總比較容易回應和卸減的。

　　韓翃給同僚作詩送行，詩中自是找一些讓遠行者覺得面目有光的古人作配襯。大文學家陸機不用說合適有餘，奇怪的是妓女蘇小小也能令王少府不生反感。如果王少府

和蘇小小距離年代長遠，解釋自然容易，可是兩人相距大約二百年，按說還算短近；一定強調學者的論點也用得着，未免使人略覺不安。

唐人對蘇小小的觀感一般很好，樂意拿朋輩跟她相提並論；韓翃詩是一個例子，稍後劉禹錫酬答白居易詩也算是個例子。劉詩題目既已標出原作「柳色春藏蘇小家」之句，詩中還加上「女妓還聞蘇小小，使君誰許喚卿卿」一聯，對白居易跟像蘇小小一類人同在一起，很覺風流雅致，似乎表示欣賞。這麼說來，和妓女年代不太遠的人居然肯攀她關係了。實在的情況會不會這樣：這不是時間距離遠近的問題，而是一個時代的觀念問題；唐代士人官宦根本不把跟妓女往來看成壞事，根本不認為這種事有傷風教和有礙立身勵行？

學者的論點似乎只能適用於某一範圍以內，範圍以外得再費神研究；如果有一種文學藝術理論可以放諸四海放諸古今而皆準，那多好！

朱淑真的「約會」

宋代女詞人朱淑真文集中有一首《生查子》詞。因為詞中有「月上柳梢頭，人約黃昏後」、「不見去年人，淚濕青衫袖」這樣的句子，後世有些人（如明代的楊慎）便指責她背夫別戀，行為可議。這首詞又見歐陽修集，於是另一些人（如清代《四庫提要》的作者）便一口咬定作者實為歐陽修，同時極力替朱淑真辯解，「庶免於厚誣古人，貽九泉之憾焉。」我個人的感覺是：多數人不承認朱淑真是作者，一例為她喊冤。

這首詞作者是誰，自有專門考證文章解答，不勞我們費心。我感到有興味的是：古今人都同意這首詞是寫男女私會之事的，人們為甚麼寧願把作者之名推給歐陽修而不願意讓朱淑真沾上關係呢？

答案其實不難找出。我們知道古人對男性搞婚外情的責難比較馬虎，對女性則十分嚴厲。朱淑真倘使跟別個男子約會，是為不安於室，那是整個人格徹底墮落的表現，作品也就一無可取了。歐陽修跟別個女子約會，雖然也不算正當，不過有時還可以飾詞說成風流，惹來的反感不大。朱淑真一輩子憂鬱孤獨，後人對她的遭遇十分同情，極不願她死後背上污名，所以盡力想辦法給她開脫。恰巧這首

詞在歐陽修集內找到了，同情者鬆了一口氣，便把關係推到歐陽修身上去。

同情者的好意我明白，可是事情總要既知其一、也知其二才行。關係如果推到溫庭筠或者柳永身上倒沒有甚麼，他們有時過的本來就是吃花酒的胡鬧生活；多幹一兩件不正當的事，也不見得招來更多的非議。可是歐陽修——後人尊稱曰歐公——是一代名臣，道德文章照耀一世，把他的行為說成跟輕薄浪子沒有兩樣，未免大大的不妥。懷春少女唱情歌拋媚眼，固然使人稍覺輕浮；但是如果平素規行矩步、講究綱常名教的大人長者，忽然涎臉浪笑、俚言穢語，則又不僅僅是輕浮，簡直要令人作嘔了。「風格即人格」這句話倘使還有一定道理，那麼這樣的人寫出來的東西，在判定一無可取以後，恐怕還要扔得老遠。

不顧而唾

「不顧而唾」的「唾」，我們廣東人叫「吐口水」，別處怎麼個叫法可不知道。這四字原出《左傳》。春秋時代晉襄公時，有一回晉國和秦國交戰，晉軍在元帥先軫率領下，擊敗秦兵，俘虜了三員秦將，帶回國都。誰料襄公聽從母親之言，釋放俘虜歸國。後來先軫上朝，得知釋囚之事，登時大怒，說了幾句氣話，便「不顧而唾」。古代禮節，在尊輩跟前是不可以吐唾沫的；先軫這麼做，那是對國君大大的不敬。

有一個小小問題：先軫的唾沫究竟向哪裏吐？向地面？還是向襄公臉上？向地面是正常之舉，不過向人也不是不可以，否則後世就沒有「唾面自乾」這句話了。近時一些學者語譯《左傳》，有的作「隨地吐唾」，有的作「往地上吐唾沫」；看來似乎認為在那個時候，直吐君上這般過了頭的冒犯舉動，畢竟還不可能。我從前讀《左傳》，也從未起過吐在地上以外的意念。

上星期連續兩個晚上看粵劇，第一晚看由廣州市粵劇團演出的「三帥困崤山」，演的正是上述秦晉交戰的故事。編劇者很細心，《左傳》有關的記載盡量保留，也有「不顧而唾」的動作。稍稍出我意料的是：劇中先軫的唾沫吐

向襄公。

　　我明白演戲不是寫歷史，不必絕對真實；何況先軫吐往哪裏，本無明文，演員更有自由理解發揮的餘地。所以當時儘管一愕，過後也就不放在心上。第二晚看同一劇團演出的折子戲「十奏嚴嵩」，由演過先軫的藝人飾海瑞。只見海瑞在朝堂之上，對着皇帝奸相，心壯氣豪，指呼斥罵，一無隱忌；而皇帝奸相則局促畏怯，大大的滅了威風。不知怎的，前一晚不顧而唾的動作，倏忽無端浮現心頭，隨即似乎恍然。演出者在時代風氣感染下，看來有意要塑造出蔑視威權者的形象的。人們主張古為今用，倘使覺得戲劇是有效的教育工具，而編撰演出又不必拘泥實情的話，那麼先軫的唾沫吐向襄公，自是應有之義了。

差異與等同

「池塘生春草」是謝靈運的名句，那是詩人懷着勃發的興致登樓眺望，一下子跟眼前生意盎然的景物相接而寫成的。

讀者吟味詩句時，腦海中會浮現出兩種美好意象：平靜澄明的塘水和綠油油的春草。塘水春草相配合，構成美好無瑕的詩境。這樣美好無暇的詩境在現實世界中自然不容易存在，因為池塘裏總還有一些髒東西，教人感覺不舒服，譬如殘枝爛葉、一尾半尾翻肚子的死魚、數不清的撲人頭臉的蚊蟲之類就是；然而這類髒東西在詩境中都給剔除了。

這便是學者們所指出的藝術真實和生活真實的差異，藝術境界不等於現實世界。前者可以排拒一切足以妨礙構成美好的條件，只留下美好的因素；這在後者顯然不容易辦得到。排拒過程是當下的和不假思索的，好比我們讀了謝靈運的句子，腦子自然而然即時給兩種美好意象盤佔住了，別的成分再也擠不進去。

文藝上成功的形象和意境，不管好看不好看，都入藝術美的範疇。謝靈運「池塘生春草」的詩句清和倩麗固然美；孟郊的「峭風梳骨寒」寫人物的落魄齷齪，杜甫的「陰

房鬼火青」寫氣氛的幽森可怖，何嘗不美？醜陋的東西既然也可以從藝術真實的層面講，自然同樣具有排拒性的特點。也就是說，作品中醜陋的世界其實是在排拒了其他的妨礙因素之後而呈露，事實上在現實世界中，被排拒的東西沒有消失，醜陋之中，夾雜美好。

這樣說「鏡子論」服膺者的意見便值得談談了。一些評論家喜歡拿舊作品去指證舊時代的一片黑暗落後，因為他們認為作品就像鏡子，是當時生活的真實反映；《儒林外史》等書就是在這樣的論調之下備受擡舉。可是只要細心一想，鏡子照人，高矮妍媸，纖毫不作改動，「真實的反映」如果指藝術與生活之間的關係等同鏡中影像和鏡外真人的關係，應該說不符合創作的實情的。

我看《儒林外史》，有時不禁想：清初康雍乾盛世時，會不會還有好些光明面事實上存在？

何郎不傅粉

　　傳統的小說戲文以至近世的武俠小說寫到青年男子的俊美時，往往用「面如傅粉」一語去形容膚色的白皙。這句話出自「何郎傅粉」的典故，何郎即三國時代的何晏。

　　傅粉本來是婦女的化妝手段之一，可是從漢代到南北朝，我們從古籍中也見到一些男子傅粉的記載；那是這幾百年間的獨特風尚。大詩人曹植有一回接待朋友之前，取水洗澡，接着傅粉，就是例子（《三國志‧魏志‧王粲傳注》）。到了南朝梁世，貴遊公子仍舊喜歡「傅粉施朱」，諸般打扮（顏之推《顏氏家訓‧勉學》）。

　　何晏在魏宮長大，沾染當時貴公子的習氣，完全有可能。事實上《三國志‧魏志‧曹爽傳注》便已明白指出他「動靜粉白不去手」。儘管這樣，據我看來，「動靜粉白不去手」這句話似乎還不是「何郎傅粉」這一典故的原來出處；原來出處應該是《世說新語‧容止》的一段文字：「何平叔（即何晏）美姿容，面至白，魏明帝疑其傅粉。正夏月，與熱湯餅。既噉，大汗出，以朱衣自拭，色轉皎然。」這裏「傅粉」一詞跟何晏正式聯繫起來；相比之下，《曹爽傳注》顯得疏遠。

　　要是推想不錯，那麼細閱《世說新語》的文字之後，

我們只能得出何郎傅粉的相反事實：何郎不傅粉！問題不妨這樣看：魏明帝「疑」何晏傅粉，下文如果轉出不傅粉，文意更見自然通順。誠然懷疑經過試驗也可以證明屬實，可是魏明帝的試驗實際上沒有獲致證明所疑的結果。一般說來，人們傅粉，目的在憑藉化妝品增加肌膚的白皙程度；也就是說肌膚之白本來比不上白粉之白。魏明帝試驗之際，何晏如果傅了粉，汗出粉融，用紅色布抹去汗水粉漬之後的臉色只能沒有這麼白，不會「色轉皎然」。只有不曾傅過粉，吃完熱東西，儘管臉上汗水淋漓，光彩減弱；可是經過抹拭，等於用水清潔一番，便會轉為「皎然」，回復「至白」的原來樣子。

典故出處的文字講的是典故相反的內容，這倒是始料不及的。

菊花須插滿頭歸

前些時重陽節全家人掃墓，兒子拈着一片黃色花瓣在妻的髮上貼來貼去，呼嚷嬉笑。花瓣不大，跟黑髮相映，卻十分的顯眼。我登時聯想起唐朝人重九日登高插茱萸的風尚和一些詠茱萸的詩句。妻子髮上貼花和古人頭上插茱萸性質全不一樣，本來無法相提並論；但形式上既有一二相近之處，加上自己無端記起古籍的若干文字，不免自自然然的今古牽合起來。

兒子手上不只一片花瓣。頭髮上貼一片看來還可以，我最怕他愛鬧全貼上去，那便怪相刺眼了。念頭才動，唐人杜牧《九日齊山登高》中的「菊花須插滿頭歸」的句子也就同時心底湧現。這句句子以往覺得很不錯，寫詩人興高采烈，用上恰好配合時令的菊花為意象。只是那天推想眼前可能出現的情景之際再行咀嚼，感受卻是不同。想到一個人特別是一個男人頭上滿插黃橙橙的菊花，該是多麼怪異的模樣？路上要是碰到這般裝扮的人，不認為他精神上有問題才怪。美感云云，完全牽扯不上。

能不能這樣說：文學藝術上的美有時不一定跟現實生活一致的。作品美好的形象境界一旦放回真實人生之中，可能再不是同一回事。這是因為文學藝術上的美可以通過

「消除」或「淨化」好些不愉快的黏附事物而呈現；現實生活中黏附物消除淨化不了，負面因素照舊存在，起着妨礙干擾美感的作用。比如讀杜牧這句詩，我們的心眼一時基本上都讓美麗的菊花瓣佔住了，再也容納不下或者極小部分容納得下詩句中跟菊花有密切關係的頭顱；於是我們的心眼全部或大部充滿了美感。可是現實生活中我們不僅見到一個人頭，還不可避免地見到整整一個人。這個人是男子。男子插花，人們不會覺得好看；何況滿頭都插上了，更加使人難以接受。

類此的例子可以舉得很多。黃庭堅寫他的叔祖「白眼舉觴三百杯」（《過方城尋七叔祖舊題》），詩中形象意態兀傲，值得欣賞。不過真有這麼一個人站在跟前，亂翻白眼，滿臉不屑的神情，不言不語，自斟自酌，那時大抵只覺討厭，不會有絲毫好感的。

拿來一談

　　系（中文系）裏的同學到了最後的學年都要寫一篇畢業論文。同學們在老師指導下都能認認真真、緊緊張張定題目、找資料、構思請益、刪補潤色，希望寫成像個樣子。

　　每位同事都要指導幾位同學，我自然也當了若干年導師。長期觀察結果，覺得有兩點可以拿來一談。

　　第一，同學們由探索研究範圍到確定論文題目，一般要用個把兩個月時間，這未免稍長了一點；然而是無可如何的事。大部分同學在此之前似乎都不曾對某一個研究範圍已有比較濃厚的興趣和深入的認識。儘管也對老師提出希望研究的方向，有些恐怕還是從一般了解的層面上稍作挑選便算。在這種情形下，老師也許先行要求大家再多看一點有關的專著和論文，待得稍稍進入裏面，才開始擬題目和寫作大綱。過程之中仍然需要一改二改以致多次改動，絕不出奇。如此一來，自然得花上較長的時間。即使這樣，一兩個月的準備工夫還是不足夠，所以常常出現題目和大綱不算十分理想的情況。好幾位同學在論文寫成呈交時向我表示：此刻要是讓他們在同一範圍內再定題目和大綱，肯定不是原來的樣子。其間道理我十分的明白：書唸得多了，自然能夠找到真正需要探討的問題。

　　第二，寫有關中國文學的論文當然要參考大陸學者的研究成果。只是參考之際要注意這麼一項事實：大陸這幾十年來學術的觀點或思想變化很大。五六十年代的和文革時期的不同；文革時期的和改革開放時期的不同；同屬改革開放時期，前期的和九十年代的又不同。考據性質重的著作還好，談理說藝的著作，內容差異之大，可能使人吃驚；我們只要拿蕭滌非《杜甫研究》這部書的五十年代版和八十年代版稍稍翻閱比對，當可明白。所以如果對這幾十年間時段劃分的注意不夠，如果對社會思潮演變過程的了解不深，可能會引用了連作者今天早已放棄的說法的。也就是說，不是每一本書都可以徵引，要看清楚才行；然而大家趕功課，看漏眼的情況有時總會發生。

理趣

在一次古典文學研討會上，一位學者談到詩歌的「理趣」，給「理趣」下了個定義：「蘊含在詩歌感性觀照和形象描寫之中的哲理，便可稱之為理趣。」我受到啟發，也想就「理趣」講幾句話。

王維有一些絕句，像「木末芙蓉花，山中發紅萼，澗戶寂無人，紛紛開且落」（《辛夷塢》）之類，明朝的胡應麟在所著《詩藪》中說讀後「身世兩忘，萬念皆寂」。也就是說，讀了這些形象描寫的詩篇以後會引起某種帶佛教情調的心靈感受或韻味，這就是所謂「理趣」，作品在呈露佛理的同時呈露趣味。讀王維這些詩的人生出如此之「趣」以後還可以再追求下去：使得作品產生理趣的藝術手法是甚麼？

不妨這麼說：評論者通過作品的形象描寫分析歸納出作品中所含之理，並且在這裏停步，這時似乎只能算是談到作品之「理」，卻還不是作品的「理趣」。假如王維《辛夷塢》等詩藝術手法不高妙，儘管用「芙蓉」「澗戶」等形象，讀者也知詩中蘊含佛理；可是因為藝術手法平庸，不起文學欣賞的興味；這樣便不好說詩有「理趣」了。這時讀者的認知有所增加，但不存在文學欣賞之「趣」的。

又好比蘇軾「人生到處知何似，應似飛鴻踏雪泥」這首詩，如果我們由作品得出蘇軾「悟出命運的某種偶然性和人生的空幻之感」的結論，認知無疑提升了，不過這是邏輯思維的問題，跟感性的欣賞趣味沒有關係。這麼說「理趣」好像有兩個同時重疊的層面：通過形象呈現之「理」，通過形象呈現之「趣」；不宜缺去其一。

　　《世說新語·文學》載謝安有一回跟家中的年輕人談論《詩經》中哪些句子最好，他本人喜歡《大雅·抑》的「訏謨定命，遠猷辰告」兩句，說是「偏有雅人深致」。這兩句有人語譯成這樣：「有偉大的計畫就定為號召，有遠大的政策就隨時宣告。」看來詩句不是形象性而是議論性的語言，謝安「雅人深致」的話，似乎認定詩句不無理趣的。聯繫到沈德潛在《說詩晬語》中肯定詩歌可以「純乎議論」、只要議論得「帶情韻以行」的意見，古人講理趣，有時連「形象描寫」一點似乎也不堅持。

五千載，今來古往，
一片光明

　　題目中的十一字是錢賓四（穆）先生撰寫的新亞書院校歌歌詞第一節中的句子。新亞校歌歌詞經常被人徵引發揮，第三節中像「艱險我奮進，困乏我多情」等句子更是為人樂道。前幾天新亞書院開雙周會，請來學者嘉賓講「錢穆先生與中國文化」。開會之初我跟大家唱校歌，唱到「五千載」等字，無端由自己的專業帶出一些浮想。

　　從事中國古典文學研究的人參考大陸出版的專書或論文時，經常察覺到作者在正題討論前，習慣就研究對象（譬如人物、作品）所屬時代的政治社會情況來一段長長的分析說明，這叫做「時代背景」。論析結果，大抵多是民生困苦、官吏橫暴、王侯驕恣的時代。可以這麼說，根據論析，中國自周秦以來二千多年間的歷史基本上就是由一個個悲慘不正義的小時代積疊而成。中間雖然也有像唐太宗貞觀年間的澄明段落，為數畢竟極少。總之，中國整體歷史的陰暗面遠比光明面大和長久。每回接觸到學者對歷史時段的負面可怕描畫，心底着實不好受。自己國家民族以往的年代多數一團糟，別的國家民族怎麼沒聽說這麼

嚴重？從這裏往下想：中國民族是不是有先天的劣根性？
倘使不幸言中，那麼我們落後受人輕侮，倒是活該了。

我給這樣的史觀杜撰一個名稱，叫做「歷史黑暗說」，
這好像是近世的主流史觀。錢先生在校歌歌詞中力排眾
議，提出「一片光明」，那是主張「歷史光明說」了。我
學陋聞寡，不曉得「光明說」爭取得多少人附和。私意揣
度，影響似乎不太大。不管怎樣，接納「光明說」的人，
起碼可以消去心頭不少陰霾，增長自己志氣——雖然不必
滅減別人的威風。

人們說錢先生的《國史大綱》就是為自己的史觀論證
之作。側聞有人再進一步，指出錢先生有意識地把中國歷
史寫得美一些，以便顯示「一片光明」之說正確。錢先生
究竟通過歷史研究、歸納出「光明」的結論呢；還是先大
膽假設，後刻意求證，並且用上誇張手法；這個問題不可
不分辨。不過我是不相信真個有人會拿「主題先行」的觀
點去論錢先生的史學的。

妄 · 庸

明代的王世貞是後七子中的重要人物。他的文學主張和實踐大受時人認同，加上位尊才大，奔走天下，名聲十分的響亮。可是當時偏偏就有一個生活於荒江老屋之間的老舉子歸有光反對他，指他只是狂妄凡庸的大人物（「妄庸巨子」），沒有甚麼了不起。王世貞聽後很不服氣，辯稱自己狂妄是有的，凡庸卻未敢承認。哪曉得歸有光聽罷回應，補上一句：「就是凡庸才狂妄。」（「唯庸故妄」）

王世貞和歸有光的思路顯然不同：王世貞把「妄」和「庸」看成兩個獨立而彼此沒有關係的缺點；一個人可以二者兼具，也可以只有其中任一項。歸有光不這樣看。他把二者看成有因果關係的項目：「庸」是因，「妄」是果，有「庸」才有「妄」；「妄」的出現，正由於「庸」的存在。還可以更推進一步：沒有「庸」便不見得有「妄」。

王世貞學問淵博，才氣豪雄，只要翻翻他的卷數驚人的《弇州山人四部稿》，便得承認。事實上當時人也正是以學問文才二者稱許他，他在這兩方面看來也頗自信，所以才不接受「凡庸」的判語。另一方面，也許出於謙抑客氣，不好意思拒絕「妄」字。

就常情論，歸有光不至於不了解王世貞畢竟屬於有學

問才氣的人，然則他筆下的「庸」字評語便不一定指王世貞學問積儲的匱乏或是才性稟賦的淺薄來說了。我猜歸有光批評的是王世貞在文學上識見的凡庸。順着自己凡庸的識見下筆寫作，卻不知走的是一條不高明的路。另一方面則自信過甚，以至目空一切，終於狂妄起來了。識見的高明或凡庸可以跟學問積儲的多寡或才情的厚薄有關，可又不是必然有關；有些人才學不錯，但總是聚而未融，觀事說理不免片面偏頗；王世貞大概就是這樣。

我們知道王世貞後來已經覺察到歸有光講得對，所以他在祭歸有光的文章中表露悔惜之意，所謂「余豈異趣，久而始傷」。王世貞到底是一位值得欽佩的古人：別人意見可取，不怕承認。至於今世的文章巨公有沒有這樣的胸懷，我不知道；從個人的狹小眼孔望出去，一時還未見到。

正題以外的話

每所學校都有自己的辦學精神，不在話下。學校精神有的被人談得多些，有的談得少些。這些年在中文大學任教，隱約間覺得新亞書院的「新亞精神」很引起別人談說的興致：稱揚的固然有，批評的、譏嘲的、表示疑惑的也不見得少；不多時總會有一番話洋洋盈耳。

精神不是具體境況物象，比較不容易把握；加上新亞幾位創校先生的文化意識傾向和學問層次跟社會上一般人頗不相同；因此人們生出這樣那樣的反應，完全可以理解。我在這裏提及「新亞精神」，不是打算作一番說明或分辯。我認識體會不深，沒有這種資格。我只想就跟新亞精神稍稍沾邊的一兩點事情隨便說一說吧了。

我有時聽人問，特別是年輕的朋友問：「甚麼是新亞精神？新亞精神該怎樣現代化？」聽了問題，我偶然會這樣反應：兩個問題連接一起提出，算不算恰當？我們問「甚麼是新亞精神」的時候，表示對這個精神不了解或者不透徹了解。既然如此，怎能肯定它非要現代化不可？反過來說，既然提問怎樣去現代化，已經表明知道這種精神本身有毛病缺點，要改革修正，配合時代步伐才行；這就等於說問者已經明瞭甚麼是新亞精神了，何勞再問？

新亞精神在新亞校歌中有所說明的。新亞校歌分三節，每節都用「珍重珍重，這是我新亞精神」兩句作結。有人雖說新亞精神空泛抓不緊，其實錢賓四先生在歌詞中已明確指點了，好好研究歌詞，肯定會對新亞精神的了解有幫助，從而減除掉若干不必要的疑惑。

我相信多數人了解校歌作意的所在。正因這樣，倘使有人徵引歌詞論新亞精神現代化，便不能說全無道理了。因為歌詞第三節寫道「手空空，無一物」，寫道「亂離中，流浪裏」，目前情況全不是這回事；然則學校精神的不合時宜可見。話雖然可以這麼說，不過似乎也能從另一角度考慮：上引歌詞算不算「精神」性質的描述句子？跟其他像「人之尊，心之靈」等句子有沒有本質上的差異？我看任何精神都不妨提議現代化，但是要把精神原來涵攝的種種特點條件詳細考察以後，才可以議論。

「背三兩句佳句」及其他

前幾個星期上海古籍出版社趙昌平先生訪問中文大學，向中文系同學作了一次有關唐詩的學術演講。談話之間提到背誦，趙先生極力主張青年朋友多背誦點詩文。他的話我聽來挺舒服，我相信在座的同人聽來也挺舒服的。說老實話，直到現在，我還不曾聽過哪一位任教香港大專院校文學系的老師提出反對背誦文章的意見。

然而我也真切知道：多少年來，香港中小學教育界中流行一種觀點，而且還算得是主導性的觀點：不主張學生背誦，要讓學生理解課文。就是背誦，背文章中三兩句佳句便可以了。後面兩句話，前兩天我又再一次聽到。

我是主張背書的，但無意對持相反意見的人作批評；我不懂教育學，要批評也無從說起。我只是對「背三兩句佳句」的講法有點反應，那是反省了個人的實際經驗以後引發的。整體的反應是：文句佳與不佳，有時得結合整篇作品看，抽離出來孤立對待，結果會不一樣，從而造成選取上的一定困難。

我不否認有些句子從作品中抽出來以後，仍見情味深厚，景象美好。譬如王勃《滕王閣序》的「落霞與孤鶩齊飛，秋水共長天一色」，江淹《別賦》的「春草碧色，春

水綠波；送君南浦，恨如之何？」前者寫晚景曠遠明淨如畫，後者寫送別情懷悵惘難已；讀者誦讀之餘，自能領受文學的意趣。這是說：兩者雖抽離孤立，仍屬佳句。

然而像李白《宣州謝朓樓餞別校書叔雲》開首兩句：「棄我去者昨日之日不可留，亂我心者今日之日多煩憂。」讀者記得這兩句，固然也可隱約感領作者歷亂的愁緒；可是感受要徹底深刻明晰，還得兼讀下文「抽刀斷水水更流，舉杯消愁愁更愁」兩句的具體描寫形容，「人生在世不稱意，明朝散髮弄扁舟」兩句對愁懷滿腔原因的吐露。而像方東樹評起二句「發興無端」的話，也只有在讀全詩之後才有深切體會。這就是說：李白此詩起筆之妙，光憑兩句是透現不足的，還要通過下文才見徹底。換句話說，光背誦「棄我去者」兩句「佳句」，佳處其實未盡領受。

柳宗元有一首律詩，題目作《柳州城西北隅種甘樹》，結聯為「若教坐待成林日，滋味還堪養老夫」。驟眼看來，兩句直寫作者盼望嚐新果的尋常心情，詞句一般；所謂詞意生新，倒是談不上了。可是如果我們結合柳宗元的身世和他的其他文字考察，我們會明白其實他時時刻刻都想北歸的。他最擔憂的事，莫過於到了甘樹成林時還在柳州羈留。結尾兩句實是以婉曲之筆寫忐忑悽楚之情的。如果這樣，這兩句倒是含意豐富可咀嚼的佳句了。

還有一種情況，給抽離出來的句子連一般的水準也談

不上，可是放在整篇作品之中，卻另有奇特的藝術效果。試看王維《觀獵》中間兩聯：「草枯鷹眼疾，雪盡馬蹄輕。忽過新豐市，還歸細柳營。」「草枯」兩句寫打獵過程，刻畫精細，自然值得欣賞緊記。接後「忽過」兩句寫詩中人物返軍營的記事筆墨，不屬形象性的詩歌語言，用字運意似乎平凡，我想自己也可以依樣葫蘆胡謅出像甚麼「忽過三門仔，還歸九肚山」之類的歪句的。然而要注意的是：「忽過」兩句本身雖無足稱，但能起映襯上聯的作用，使得四句排列起來，有一種「濃淡相劑」（方東樹語）的藝術美。句子既能引發藝術美感，好像又不適宜輕率地指責為拙劣了。

這兒可以出現難題的：一些在作品中才起作用的「佳句」要不要抽離背誦？表面看來是不需要的，因為抽離以後已經失去藝術魅力，不算得是佳句了。只是話又說回來，這種類型的句子如果永遠不加接觸不黏在心窩，似乎又不無欠缺；這畢竟也是另一種藝術上的佳妙。

古人論文，不盡強調佳句，「章法之妙，不見句法」的作品往往是高明的作品。好比王安石的《讀孟嘗君傳》（《古文評註》選載），句子只是穩穩當當，但三兩句一層意思，意思層層遞轉，極曲折層深之能事，很受後人好評。這類文章按說應該全背，不宜割截。假如碰到這類作品，無佳句可選，是不是只作理解，不去誦讀了？

　　「背三兩句佳句」，話容易説，實行起來有時會有困難。

「寫信」漫談

應用文有實用價值，很對此時此地人的胃口，願意學習的人多；教育團體為了照顧需求，也多開辦此類課程，一時頗覺大行其道。

學習的人似乎確切相信，或者起碼相信：只要掌握若干規條和格式，某種應用文體便能恰當地寫出來。學習經驗往往因人而異，我的經驗可不是這樣，所以也缺乏一般人具有的成功信心。我從前唸小學時有「尺牘」一科，也記住了好些作法規則及格式，不過記憶所及，當時肯定仍舊不會寫得體的話。幾十年後的今天細細反省，這完全不是規條格式學不好的問題，問題出在我只具有小學語文的水平。

我承認經過一年學習，對寫信還是有一定程度的幫助的，然而也只能說一定程度罷了；說到寫一封完整的信，始終不行，這和學習其他非實用性文體的原因沒有分別。老師可以拈出許多硬繃繃的規矩，到了行文之際，種種微妙變化的運用，卻全沒辦法具體指點。

書信的起結勉強算有軌可循。如果寫語體信，便是「XX 先生」、「祝您愉快」之類；如果寫帶點文言調調的信，便是「XX 先生賜鑒」、「耑此謹頌時祺」之類。

可是中間一大段寫信人敍述事情說明意見表達情感的文字
該怎樣措辭才算明白得當，便得倚仗個人的語文修養。語
文程度不行，寫出來的文字會教人看得不舒服；然而老師
是沒法子一時教好的。又譬如信中稱呼自己和對方的問
題，語體信比較簡單處理，一個「我」、「我校」、「本
公司」；一個「您」、「你校」、「貴公司」；便告解決。
萬一需要弄點文言味呢？那便可能複雜多了，麻煩多了。
中國舊式信札自稱或他稱的用語很多，要根據發信人和收
信人的關係、交情、身分、地位作調整變化，其間用詞又
有實指借代之異。就拿今天我們口語中的「你」這樣的意
思說，便可以寫成「爾」、「汝」、「足下」、「閣下」、「吾
兄」以至「大人」、「鈞座」、「左右」、「執事」等等，
甚麼時候該用甚麼詞兒，很有講究的。現在文言信儘管簡
化了不少，還是有些留下來，不善選擇便會出錯；好像有
個別同學寫信給我，用了「台端」兩字，便是例子。

「攜手上河梁」及其他

前兩個星期跟親戚到酒店去會晤一位來自大陸的客人。客人在國內屬高級知識分子。親戚說大家的交情很深，只是有一段時間沒見面了。我們在酒店大堂等了一會，客人依時到來。一見親戚，寒暄問好之後，便伸手拉着親戚的手，一同朝早訂好飯席的館子走過去；兩人手牽手談東說西，直到館子門口。

看見兩個大男人手牽手走路，我不禁錯愕不自在。記憶之中，這樣出現在正常人身上的情景長久沒見過。男人手牽手，現在這裏的人腦子裏會一下子轉到男同性戀一方面去的。記憶之中，不少描寫男同性戀的電影電視片子就是如此這般拖手抱肩的。

然而錯愕以後，心底隨即湧起一陣慚愧。兩個男子牽手，中國古代不是慣見的一回事麼？李陵和蘇武分別，寫詩道（詩的真偽且不論，總之是唐以前的作品）：「攜手上河梁，遊子欲何之？」正是例子。「攜手」一詞，在古典文學中經常出現。自己也算是個稍稍讀過古書的人，竟然對傳統作品傳統生活習慣大是生疏；不但生疏，而且還接受了此時此地或者近代西方的風氣觀念，心頭不期然冒生反感；這從何說起！大陸客人伸手牽朋友，態度自然，

其實不妨看成是古風之遺。這情形就像中國自古多屠狗之輩、現代中國人吃狗肉，而我們卻沾染洋觀念，對吃狗肉一事感到錯愕一樣。

我不禁這樣想下去：古人的言行舉動，如果拿此時此地的觀念去衡量，而不把古代生活習慣的因素考慮在內，不把古人放在歷史的架框之內，很多時候會難以肯定，甚至會作出錯誤的申引或解釋的。杜甫跟李白交情深厚，杜甫在《與李十二白同尋范隱居》詩中這樣寫兩人深厚的情誼：「醉眠秋共被，攜手日同行。」不但白天攜手，晚上還蓋同一張被子。不明底蘊的人，要拿不正常眼光看待這回事，可能性是存在的。然而這只能説評論者對古代生活認識不足。不過話說回來，的確有些評論者動輒拿現代的觀念規矩去衡量古人，從而生出種種的對古人不敬的奇談怪論。

直率或深微

唐人孟棨的《本事詩》記載了詩人李白的一番話，大意是詩歌如果要表現「興寄深微」，寫四言體最好，五言體和七言體效果都比不上。我不大相信李白真個講過這樣的話；也就是說，我認為《本事詩》的記載靠不住。理由之一：李白寫詩當然重視深微的興寄，可是詩集之中四言詩只有寥寥五首。一些學者質疑：他既然認為四言是一種最好的詩歌形式，為甚麼自己在創作實踐中又拋棄這一形式呢？學者的質疑，我完全同意。

進一步觀察，即使這寥寥五首的四言詩，也還不是寫得像他主張的那樣。我舉《雪讒詩贈友人》為例說明。詩的主旨，古人都以為寫楊貴妃的淫穢醜行。詩中引用秦后私通嫪毐、漢呂后私通審食其的不道德故事作影射。古代批評家以為這樣的筆墨，「肆言無忌若此」（宋·劉克莊語）、「指斥醜行，毫無顧忌」（清趙翼語），跟興寄深微完全沾不上邊。

然而也有一些先生向我指出：《雪讒詩贈友人》一作篇中到底不曾直提楊貴妃的名字，到底只用古代皇后作映襯，恐怕不算「直言」，恐怕仍算「興寄」一路。我本來一向深信古人判斷不疑的，經此一提，不由得躊躇起來，

便把古人的話，重新思考一番。

　　能不能這樣說：李白詩中雖然沒有點楊妃的名，但無端拈出秦漢皇后及其淫行，讀者不必花腦筋，便能轉到楊妃身上去？楊妃和安祿山之間不乾不淨，「宮中有醜聲」，人多知聞。再說當時普天之下，只有楊妃一人的身分和秦后漢后相當，這樣說秦漢皇后是十分絕對而明顯的比喻，讀者肯定能浮現出唯一的答案；這便跟指名道姓相差無幾。「直率無忌」的判語也許由此而來。倘使詩人抒發情意，寫得曲折隱微，文字表面跟主題似乎毫不相干，像是有所指斥譏刺，又不像有所指斥譏刺，盡可以把解釋引到別的方面去；這在古人看來，才算得興寄深微。李商隱《龍池》詩末句：「薛王沈醉壽王醒。」壽王清醒，固然可以說成跟楊妃有關，卻也可以填上其他理由去的。從文字看，表面全跟楊妃一事絲毫牽不上。古人不說這句「直言無忌」，原因大抵在此。

美麗的嫦娥奔月神話

　　嫦娥奔月是個美麗的神話，文學家拿來做創作素材，人民大眾口裏傳誦稱賞。然而從另一方面看，故事美麗的外衣下面，要說仍舊美麗，固然可以；要說使人別生和美麗無關的感觸，也行。

　　古書《淮南子》記載：「羿請不死之藥於西王母，姮娥竊以奔月。」姮娥即嫦娥；羿是后羿，傳說是嫦娥的丈夫。《淮南子》的記載表明：嫦娥偷服了別人的靈藥，才能飛舉奔月。「偷」是一樁不道德的事，也是現代人強調的犯法的事。在這樣基礎上引生的種種發展，按理都不能加以肯定的。這好比一個人盜竊別人金錢，用作經商資本，最後發了財，過舒適的生活，還得受到非議一樣。道德上法律上不肯定的情事，能不能說「美」，值得考慮。

　　古人誠然有夫婦一體的觀念，夫婦之間，不分彼此，不像我們今天劃的界限分明。這麼說，嫦娥服了丈夫的靈藥，也就等於服自己的靈藥，罪過不算甚麼了。話雖如此，《淮南子》文中用了一個「偷」字，唐代李商隱詩「嫦娥應悔偷靈藥」，也援用「偷」字。作者之意，顯然以為嫦娥服食的是別人（丈夫也算別人）而不是自己的東西。

　　嫦娥成了神仙，與天地同壽，住在瓊樓玉宇的廣寒宮

裏，只有桂樹、玉兔和樵夫吳剛相伴。仙界明光璀璨，珠露斜飛，永遠一樣；她也永遠聽到吳剛砍樹的斧聲。以我們人世俗子的心情推想，一個人置身於這樣的生活空間，該是寂寞難耐的。更難耐的是；寂寞永遠無從擺脫，展望茫茫的將來，只能這樣，不會改變。普通人在這個田地，可能會發瘋的。所以拿我們的心情投射，嫦娥也許不快樂。心中不快樂，身外事物便無美麗可言了。蘇東坡詞：「我欲乘風歸去，又恐瓊樓玉宇，高處不勝寒。起舞弄清影，何似在人間。」詞中可能另有寄意，不過光從文字表面看，詞人留戀的不是天上，而是人間。

　　嫦娥的寂寞（如果有的話），吳剛的砍樹，永遠看不到解決的前景，實在跟「美麗」一詞不容易牽上關係；要說由此聯想到西方西西弗斯推大石的神話，倒還容易。

鎮定從容的形象

我是個急性子的人，辦不了重要事，朋友們經常指出，慚愧之餘，只能直認。這自然是一大缺點，但本性難移，改也改不掉。本來根據古人的講法：讀書能夠變化氣質；可惜自己讀書不多，氣質無從變化，那是無可如何的事。不過矮人企羨高個子、窮光蛋企羨富豪，想要抓住自己抓不住的物事，愈覺物事可喜可愛，人之常情。所以有時在書上看到某些關於性格從容的人物成事立功的記載，不免生「雖不能至，然心嚮往之」的反應，同時覺得人物的形象十分美好，至足欣賞。譬如《玉泉子》中記載中唐名臣裴度的故事：裴度的官印有一回發覺不見了，遺失官印後果嚴重，左右莫不失色。可是裴度照舊安然，還命人設筵歡飲，不提失印的事情。到了晚上，有人再報告官印已在老地方了。

這時裴度才向眾人解釋：官印不見，那是下面的人偷去蓋私章，驚動追究，偷者惶急，便會毀壞扔棄；假意不聞不問，偷者不受壓力，慢慢自會把印放回原處。這段文字我每回看，每回眼前都彷彿浮現出一個意態從容、可敬佩可欣賞的形象。

李太白集中提到的古人不少，記憶所及，謝安似乎是

出現他筆下次數相當多的人物之一。謝安統籌全局、調兵遣將、以弱敵強、擊潰北方來犯的苻秦，保持東晉半壁江山無恙，識見能力的非凡，事業功勳的成就，自然受到李白的欽崇仰慕。我想除此以外，還可以把謝安看成一個鮮明的形象，使得詩人深心契合、極度欣賞的。

讀過《世說新語》的人都知道：謝安為人鎮定不迫，當世已有定評。桓溫筵席上埋伏甲士，要殺他和王坦之。王坦之戰慄失措，謝安不僅神意不變，還寬容諷詠。桓溫很是忌憚，下不了手（《雅量》）。苻堅南侵，朝野震動，他卻一片閒暇，和姪兒謝玄下棋。這種曠遠高量的意度便已極堪尋味。李白詩：「但得東山謝安石，為君談笑淨胡沙。」「談笑」一詞，恐怕正是李白欣賞的所在。

所謂「指揮若定」，所謂「談笑間檣櫓灰飛煙滅」，想到戲文上的諸葛亮輕搖羽扇的容止，不覺神移。

「姓氏改革」漫議

上星期（二十二日）在本版的《望遠集》專欄讀到黎活仁博士的大作《父母姓氏的組合——姓氏的改革（其一）》，才知道中國大陸有些學者提倡複姓，而且「傾向把父母的姓合併，開創新的格局」。這樣改革的好處是：編製戶籍或名冊時，避免或減少登記者經常同姓同名的麻煩。乍讀之下，心頭一動，若有所思。真個無巧不成話，同一天我翻看《明報》，「中國社會版」內有一則「專訊」，說「中國國家計畫生育委員會」建議人們應以母親的姓氏、或以父母的複合姓氏來作孩子的姓氏。「專訊」同時引述大陸《中國人口報》的意見，強調姓氏改革有助於改變重男輕女的觀念，有助於改變「延續家族香燈」這樣一種屬於「傳統思想中的糟粕」的觀念。

我知道「姓氏改革」的主張短期內絕不會成為事實，而且極可能最後也難實現。不大可能發生的事本來不必縈懷，可是奇怪，讀了文章和報道，卻是思緒冒生，有要說幾句話的衝動，就算「姑妄言之」好了。

我的整體意見是：父母姓氏複合的辦法不可取，理由如下：

第一，一名男子一生之中或者由於喪偶，或者由於仳

離，先後娶過三四個不同姓氏的妻子，不是沒有可能。假如每個妻子都給他生孩子，那是不是說：他的幾個同父異母的孩子姓氏不會相同？父親如果姓陳，則孩子的姓氏會分別為陳李、陳張、陳黃之類？可以推想：家庭中的孩子由於姓氏不同，對父親和對其他的兄弟姊妹的疏離感會加強了，骨肉情意可能淡薄了。不同母親的子女本來就易生摩擦，現在索性給他們貼明不同標籤，插上對壘旗號，關係會不會弄得更糟？

第二，現在是主張男女平等的時代。孩子用父姓，由於一向如此，人們還不致引起過大的反感。父母姓氏合併時，該是父姓排頭還是母姓排頭，一些婦女難免有意見。萬一做丈夫的比較「保守」，不接納妻子的姓氏帶頭，這便可能發生爭執，影響夫妻感情和影響家庭的融洽氣氛了。

第三，子女用父親姓氏，固然可以說成由此見出父權的影響。但是到了今天，這種用法已經沒有或者幾乎沒有原來的負面作用，早已變成中性的社會行為方式，並且還具有使個人在群體中比較準確定位的功能。到了今天，由沿襲父姓而想到重男輕女，從而憤憤不平的人恐怕極少。既然這樣，何必要改變打亂原有的規矩方式？何況新提議在中國傳統文化習尚中找不到根據，不屬民族「喜見樂聞」之事。

　　我不否認中國同名同姓的人很多，有時會形成問題，這要想辦法解決的。只是解決之道多端，也不一定要併姓或用母姓才行。事實上，併姓以後帶來不可知的變數最多，當中難保沒有消極性質的。事前稍稍疏於防範，日後麻煩有的是。與其這樣，倒不如選個穩當平和的方法好些。像我這樣笨頭笨腦的人，想了一下，也能提出兩個來。

　　一個是：甚麼都不要改，政府積極給公民辦理身分證就是。每個人的身分證號碼不同，號碼無形中成了一個人的第二名字。官府編戶上冊、機關單位發證明文件、申請者填寫表格、姓名以外，一律加上個人號碼；這樣姓名即使相同，實則同中有異，可以區分。

　　另一個是：父母在孩子的出生證明書上定兩個名字，一個是正名，一個是輔名（輔助名字）。日後輔名平常不必用，填寫文件時或其他的正式場合中才加上去，以起區別正名相同的作用。譬如說有兩個人都叫陳大文，假定一個的輔名為「如儒」，一個的輔名為「巨藝」，講出寫出，便不會弄錯。

　　用輔名很有好處，顯而易見便有兩點：一、繼承民族傳統。古人除正名以外還有別字，書寫時往往正名別字連在一起，譬如「劉楨公幹」、「柳宗元子厚」就是。今天我們沒有別字，輔名可視為帶別字的性質。二名合寫，於古有據，人們容易接受。二、用了輔名以後，每個人全部

姓名起碼共五個字（假定不用單名），這比併姓以後姓名基本上只有四個字，排列組合的變化更多，同名同姓的出現機會率更低。

從「專訊」的報導看，主張改革姓氏的人目光似乎已不僅僅放在方便文書表格的登記和資料檔案的識別上，他們還有更深一層的用意：要藉姓氏改革去糾正社會上不合理的觀念：重男輕女、延續家族血脈，從而「清除一胎化政策的最後一道障礙」。

我沒有機會看建議全文，不適宜就建議表示同意或反對。上面的「漫議」全屬我當下的直覺反應，不是（也不能）針對甚麼文字。我以下還想談另一項直覺反應。

中國人抱強烈的「家族血脈」觀念無疑是事實；人們靠男丁延續香燈，因此心裏重男輕女，也是事實。論者可能這樣看：「延續家族香燈」和「重男輕女」觀念之間存在直接而唯一的因果關係。重男輕女既然不對，理該揚棄，那麼不妨釜底抽薪，從摧毀「家族血脈」入手。所謂「皮之不存，毛將焉附」，家族血脈一旦無法延續，重男輕女的觀念自然消失；而改革姓氏正是摧毀「延續家族血脈」觀念的最有效方法，起碼是極有效的方法。

從理論的層面說，有一點首先要這樣澄清：「延續家族血脈」的念頭是不對的，跟「重男輕女」一樣同屬「傳統思想中的糟粕」。只有這樣澄清以後，才可以進行「摧

毀」工程；因為如果不是壞事，幹嗎要摧毀？從「專訊」
的報導看，論者講得不夠清楚：像是否定，又像不曾提及。
如果不曾提及，我倒希望論者切實補充指出：「延續家族
香燈」一事要不得，同時加以論證。經過論證，姓氏改革
才有依據，教人心底安然。

我注意到西方人家族血脈傳統的觀念同樣十分強烈。
我們也不否認西方社會中男女基本上平等，而且繼續謀求
更大以至絕對的平等；可是他們不採用動搖家族血脈傳統
的辦法。可不可以這麼推想：他們不認為「延續家族血脈」
是傳統思想的糟粕；儘管不以「重男輕女」的觀念為然，
設法改變，然而用的是其他而不是改革姓氏的辦法？他們
也跟我們的論者不同，不曾把家族香燈和男女平等扯上直
接的、唯一的因果關係？

「中國」知識分子

　　余英時先生的文章《中國知識分子的創世紀》是中文大學往日的「大學國文」科和目前的「寫作訓練」科選講篇目之一。任課老師固然可以決定講授或不講授這篇文章，我承乏這兩門功課時，這篇文章是選講的。我覺得文章的內容和寫作方法都好，同學唸了會得益。

　　我因為要備課，文章自是細細閱讀，因此很受教益和啟發；所謂「教學相長」，這就是了。文章前半部闡釋「知識分子」一詞的含意，精細深入，特別使人佩服。余先生認為「知識分子」可以從「一般意義」和「特殊意義」兩方面講。「一般意義」指「一切有知識、有思想的人」，這種人的教育程度大致因社會的狀態而異。在先進地區，至少大學畢業以上的程度才可以稱作知識分子；在落後地區，中學畢業生已經可以算作知識分子了。說到「特殊意義」，那便是在「一般意義」的內容以外，還得起碼加上「代表社會良心」這麼一項條件。就是說：一個有知識的人要對他自己的專業知識和思想「有一種莊嚴的敬意，他的目的不復限於用專業知識來謀生，而是要在他選擇的專業範圍內嚴肅地追求真理」。余先生認為持這樣莊嚴態度

的人必然具有崇高的道德情操，從而必然關懷文化的基本價值如理性和公平之類；這就是「代表社會的良心」。中國歷代許許多多「以天下風教是非為己任」和「有澄清天下之志」的士人，正是文中說的特殊意義的知識分子。

余先生給「知識分子」一詞下界定，但不曾給「中國知識分子」一詞下界定。推想起來，余先生可能覺得「中國」兩字涵義人人明白，合成「中國知識分子」一詞後沒有甚麼不好懂。可是仔細想想，今時今日，「中國知識分子」的定義有時好像還真不好下。不少具備如余先生所說的特殊意義條件的海外華裔人士，我們叫他們做「中國知識分子」，可是他們入了外國籍，還算不算「中國」知識分子，是個問題。還有一些人從小到大唸的是洋文洋書，對中國歷史文化社會認識薄弱，甚至中文不會寫，中國話講得結結巴巴，談中國問題時不大考慮到中國文化背景；他們算不算「中國」知識分子，也是個問題。

詩賦種種

一段《出版說明》

朱熹的《詩集傳》是古代眾多講解《詩經》的重要著作之一。由於朱子學受到宋代以後王朝的肯定和提倡，他的《詩集傳》和注解儒家典籍的其他作品影響尤其巨大，自不待言。大陸對朱熹的思想學說雖不見得推崇，但基於研究的需要，《詩集傳》還是出版了。

我在這裏不是打算談《詩經》有關的嚴肅學術問題，我只是想就手頭上的一冊《詩集傳》的《出版說明》講幾句話。這冊書一九五九年北京中華書局出版，中華書局上海編輯所編輯。

大陸出版的圖書，扉頁一般有一段簡短的《出版說明》，介紹全書的內容和特色，好讓讀者有個初步的了解，這是很好的做法。不過介紹文字往往流露出編者的強烈觀點，《詩集傳·出版說明》也不例外。我讀了以後，頗引起一點感想。

　　《出版說明》指出這部書「曾經起過破除迷信的作用，因為它對於從漢朝以來被人們信而不疑的《毛詩序》，作了總的批判。由於打破了對於《詩序》的迷信，才有可能開闢理解《詩經》的新途徑，使後來的學者，得以在這個基礎上逐步前進。」我們承認：《詩集傳》特點之一是很多時候解詩不採用《詩序》的說法；這的確是宋代出現的一條解《詩》的新途徑。問題是「新」是不是必然等於正確？《詩序》可信的程度怎樣是宋以後學者爭論不休的問題，到了今天爭論仍然繼續。在問題還不曾徹底解決前，輕加肯定或否定都不合適；這是介紹性文字應有的務實態度。《出版說明》的執筆者用「迷信」「批判」「前進」之類的字眼，顯然已認為《詩序》一無可取了；這是把自己的主觀意見強行加給讀者。我不是說《詩序》一定可信，我只是覺得執筆者的口氣未見慎重，論斷不無輕率。下文（未引）把包括「雅」「頌」部分在內的《詩經》全看成「民歌遺產」，也可作如是觀。

　　過去有一段時期，學風比較浮誇主觀，對舊說勇於責難拋棄，讀《詩集傳‧出版說明》，大抵能夠看出一二。

很不一樣

　　凡是稍稍注意杜甫研究動向的人，沒有不曉得去世不久的蕭滌非先生。他所著的《杜甫研究》一書一九五六年在大陸出版，一九八零年修訂再版，影響很是廣遠。蕭先生談詩論學的成就小大淺深，自有專家作定評，我可沒資格置一辭的。

　　只是每回我翻閱《杜甫研究》的再版前言，心底總浮起一二感想和推測；儘管不曾宣之於口，其實仍算語言的另一種形式。我似乎覺得作者在凝重的氣氛之下竭力嘗試堅持與維護某些個人學術觀點。比方蕭先生編選過一冊杜甫詩，所撰詩選前言的題目《詩人杜甫》之上原有「人民」兩字，出版社沒跟他打過招呼，逕行刪去。蕭先生提起這回事，雖說同意，但是《杜甫研究》收錄此文，仍舊用回初擬題目；這當中便見出甚麼微意了。

　　《再版前言》還提到曾經考慮要不要用人道主義去解釋杜詩中某種思想現象。蕭先生心中原來不無餘悸的，只是當時讀了朱光潛先生剛發表的文章，壯了膽，便決意保留人道主義不改。然則可不可以據此揣測：蕭先生心中也許還有其他要發揮的見解，只因找不到外界的呼應支持，一時不便表示？順着這番思路，可不可以再作揣測：蕭先

生倘使仍然在世而精力又許可的話，大抵還有可能對《杜甫研究》作第二次修訂，講更接近或者完全符合本意的話、講以前想講而沒有講出來的話？

蕭先生退休以後，一直住在往時任教的山東大學內。一九九零年十月中旬我到濟南開會，一天晚上七時左右，幾位與會學者約我同去他家探訪。我們在大約二三百平方英尺的客廳裏坐了大半個鐘頭。蕭先生雖然已達八十四歲的高齡，氣色還是很好，精神挺飽滿。他滿臉笑容追憶清華大學往事的一番話，我記得最真切。他說姜亮夫最初搞創作，王國維直言這不合適，勸姜亮夫別搞。他又說黃節的課修讀生很多，可是上課時人沒幾個；都因為黃先生太老實了，老早便把研究心得編成比書本還整齊的講義，第一堂全部派發。學生講義到手，誰還耐煩以後聽課？真的，蕭先生那天晚上心情看來十分暢快，話題多，話也多，坦誠直率，跟《再版前言》中時見的婉轉吞吐口氣，很不一樣。

舊瓶舊酒

最近當上一個團體主辦的古典詩歌比賽的評判。收到主辦團體寄來的參賽作品後，大感驚奇：數量竟然如此之多！我若干年來一直承乏「詩選」的課程，平時看到部分同學對寫作訓練不太積極，少不免有些失望，頗懷「雅道不振」之懼。現在面對厚厚一疊的作品，心頭的結解開了。

我首先快速地看全部作品一遍，好使自己有一個雖然不太準確但是總算粗略的整體印象，然後開始進行細意評選。主辦團體事前公佈的寫作形式規限，像律詩不許犯孤平或平三聯之類，自當遵依；此外心裏還私下定出另外一項跟詞意有關的準則，那就是戒腐熟、重清新。

由於作品不限內容不限題目，參賽者其實要怎樣寫都可以。這裏我察覺到傳統的巨大影響力，許多來稿的題目和內容不出思鄉念友、對景感懷一路；這在每個古人的文集中已經大量出現過。誠然思鄉念友、對景感懷不是古人的專利，而是古今相同的感情；古人寫過，今人可以再寫。不過問題在於：這類題材古人既然大量寫過，今人如果沒有新意，很難有所超拔。但古人千百年來都在這方面用心，無意不搜，我們在這類題材中要另覓新意，談何容易？我看多數參賽者也不過複印了古人的作意吧了。不但複印作

意，還連帶複印了古人的習用詞彙；剛一接觸，不無陳陳相因、凡庸可笑的感覺。譬如說跟身處廣廈的鄰人閒話家常，不外桑麻雞犬；送朋友遠赴異國，仍祝布帆無恙；而「團扇」「酒旗」「策馬」「挑燈」等跟今天生活全沒關係的詞語紛紛奔赴筆下。結果是一首二十世紀九十年代的作品跟二三百年前一個鄉間士子的作品，氣味情調毫無分別。平心而論，不少作品遣詞純熟，對仗工穩，聲調和諧，見出作者功力深厚。我不大愜意的，只是他們仍在舊園地裏耕耘。倘使他們能另外開墾點園地，自然最好不過；就是留在舊園子裏翻土分畦，方式稍稍改進，也要比依足前人的樣子畫葫蘆有意思。

舊瓶新酒也許比舊瓶舊酒好。

新瓶子

　　傳統詩歌的寫作需要改變，清末以來不斷有人提出甚至實行。大家都知道黃遵憲主張以當世的語言事物入詩，實則其他許多時人都抱有相同的見解，即使是看來十分保守的作者也不例外。譬如陳三立，該算是舊派壁壘中的一個代表人物了吧，但是在《散原精舍詩》中讀者還是可以發現不少像「手摘海王星」「限權立憲供揶揄」這樣的以新名詞新觀念入詩的句子的。這是舊瓶新酒的方式。

　　去年四月我到河南省杜甫出生地鞏縣（今稱鞏義市）參加「杜甫誕生一二八零周年學術討論會」，海內外不少杜甫研究專家聚首一堂。會上有學者宣讀跟當代舊詩創作相關問題的論文，頗引起若干注意和談論。總的說來，不單強調詩作在內容氣息上應該現代化，就是形式也可以作出改動去配合。這可算是新瓶新酒式的改革主張，似乎比舊瓶新酒步子邁開得更遠。

　　怎樣的新瓶子？論者不是要換一個全新的，只是要在舊瓶子上修修補補，增增減減，好使我們拿起來順手些，用起來方便些。簡單地說，要放寬舊詩的格律和聲韻要求：字數、平仄、叶韻等規定要遵守，但聯語可以寬對，孤平之類可以不理會；韻腳也不必緊依平水韻的分部，不妨按

當代語音的情況加以歸併。

　　平心而論，提議既平和而又有積極性。一方面盡量試圖照顧傳統，一方面又力謀開拓新局面。如果行得通，使舊詩得以擺脫目前的窘境，真個功德無量。不過，也許因為我天生一副疑前慮後的性格，隱約間總覺得還是不容樂觀。對偶寬緊的問題好處理，但平仄叶韻的問題恐怕不易解決。我們知道：當代漢語的四聲和作為舊詩音樂性基礎的古代漢語的四聲名同實異，李白杜甫口中的平仄跟今天多數中國人口中的平仄不盡一致。譬如「衣」「一」兩字，當代漢語都唸成陰平，但古代漢語一屬平聲，一屬仄聲中的入聲。我們放寬之後，要遵守的平仄是今天的平仄呢，還是古代的平仄？再說按當代語音歸併韻部，是否意味「衣」「一」同韻？問題該怎樣解決，學者們還不曾提出具體的指示。

《冰壺韻墨》

這是名畫家錢君匋舊詩詞集子的名字，取得很雅。本書一九八七年上海學林出版社出版，請名書法家鈔寫影印，每頁上下空位多，看起來一樣古雅舒服。

集中收詩作一百九十一首，詞十七闋。詩作絕大部分屬近體。今人對近體詩格律持兩種不同意見，一是主張古人怎麼樣就怎麼樣，尺寸不失，這可稱為保守派；一是認為老規矩可以適當地放寬，以求跟現代漢語有所配合，這可稱為變革派。這裏的「保守」或「變革」，全不含褒貶的意義。所謂「放寬」，指的是韻腳不過分拘泥古人的分部，平仄四聲位置不妨看情形靈活處理。

錢氏是老一輩的讀書人，寫舊詩遵古如法，完全可以理解；只是我讀完全集的詩作以後，又不免略感驚異。我們誠然不能把他歸入變革派中去，卻也不便咬定他遵古如法。如果說雖在繩墨之中，也不怕在繩墨之外，可能比較接近事實。這可以從他用韻下字找到若干例子：譬如《宿鏡泊湖抱月灣賓館》：「落日鎔金大地黃，驅車橫渡牡丹江。今宵鏡泊湖邊住，高枕清波月一牀。」韻腳「黃」「牀」二字「陽」韻，「江」字「江」韻，寫古體這樣用是可以的，近體這樣用，便算不能接受的失誤；不過用現代漢語唸起

來，三字確是同韻。此外像《哭豐師子愷先生》韻腳「真」「元」二韻混用，也是一樣。其實給本書寫序的柯文輝在《序》中的兩首絕句，一則「先」「鹽」韻合用，一則甚至「庚」「浸」「青」三韻混用；也不曉得是無心之失還是藉此故意暗示錢氏偶爾的「變革」傾向。

如果有人問我的看法，我會這樣的回答：「我傾向保守派。」因為我相信由齊梁沈約王融等人到初唐崔融沈佺期等人經歷了幾個世代才定下來的近體詩，格律上已臻完美；那是無數古人辛勤探索和美感體會的結果。輕率改動，深怕會弄糟了。除非有辦法證明：改變後只會別呈新貌，另具生機，既保留傳統一切的優點，還加上前所未有的好處，那我當然擇善而從，捨彼就此。

交流

　　上月初旬中文大學中文系舉辦了「魏晉南北朝文學國際研討會」，邀請到四川師範大學的王仲鏞老先生來港出席。王先生的《唐詩紀事校箋》和《升庵詩話箋證》，我們經常參考翻閱。他年近八十，卻是步履穩健，臉色紅潤，再加上態度隨和可親，使我們見識到前輩學者的風範。

　　王先生離港的那一天上午，我到他居停的房間打點送行。閒談之間，他知道我唸大學時教我們《詩選》和《杜詩》兩科的老師是曾履川（諱克耑）先生，便向我提供一點資料：他目前正着手編輯四川近代著名學者及文士趙熙的遺稿。他說記憶之中，遺稿裏面有酬贈曾先生的詩作。我心中立生反應：賦詩唱酬，彼此往來，那是通常的規矩；曾先生的《頌橘廬叢稿》中有相關之作也說不定。送別之後，趕緊翻來看，果然找到三首抗戰時期曾先生在四川寄給趙熙的詩，不禁又高興又愧赧。高興的是：可以對王先生的編輯工作稍微補助。愧赧的是：自己老師的作品竟然不熟習，這是對老師的不尊重，大有近時一些輕薄新進的模樣。

　　王先生還透露他同時指導一批青年人着手全面整理李調元的著作。李調元是清初四川籍的學者，學問淵博，著

述極豐。我剛巧也有一點有關他的資料：幾年前我在韓國漢城逛舊書店，無意中買了一冊清乾隆年間三位韓國詩人作品的合集。合集是時代稍後的手鈔過錄本，集前有李氏序文，集中許多詩有李氏的眉批、旁批和後評；這是當時朝鮮使臣在北京拿出來請李氏表示意見的文字。我懷疑李氏批過以後，可能直接把集子交回朝鮮使臣，不一定留下底稿；我把意見對王先生說了。這回我猜想王先生心中也許不無稍動。他要趕時間，本來準備乘我的車子立刻到火車站去的，一聽之下，登時改變主意，要求到我辦公室先看鈔本。他拿着鈔本仔細翻閱，反覆摩挲，過了好一會才走，表示回四川以後一定要好好的翻查，弄清楚這卷流傳異域的資料是否中土未曾見過。前輩學者治學的熱誠和認真，又使我着實感慨了好一會。

更搜歐亞造新聲

　　《更搜歐亞造新聲》是《詩界十記》這本小冊子的章目，副標題作「近代詩歌的新語句」。《詩界十記》一九九一年浙江文藝出版社出版，夏曉虹著；主要談清末民初跟舊詩有關的一些問題。

　　作者在本章向讀者介紹：清末戊戌政變以後，一些人在詩句中往往加進西方名詞；梁啟超《飲冰室詩話》稱為「摭扯新名詞以自表異」。章中例子舉的不少。譬如譚嗣同《金陵聽說法》第三首「綱倫慘以喀私德，法會盛於巴力門」兩句就是。「喀私德」即英文 caste 的音譯，義為「種姓」；「巴力門」即英文 parliament 的音譯，義為「議會」；那是在我們熟悉的「單于」、「般若」以外的異國名稱。當時梁啟超、馬君武等人寫詩，對這樣加一點兒「新酒」有相當的興趣。

　　梁啟超等是新派人物，不怕引用新名詞，這點可以理解。使人奇怪的是：一些不算那麼開通的人物竟然也自願追逐風氣。《詩界十記》另一章談同光體詩人和南社派詩人，把同光體詩人劃成「較保守」的一群。陳三立是同光體詩人的中堅分子，大概不成問題，可是據曾履川先生《記陳散原先生》一文所載：陳三立寫詩喜用新名詞，成為一

個特點。好像下面的句子：「國民如散沙，披離數千歲。近儒合群説，曉曉強置喙。日責愛國心，反脣笑以鼻……環球懸宗教：始賴繕萬類。」曾先生指出：「國民」、「合群」、「愛國心」、「環球」、「宗教」等全屬新詞。文中例子很多，只是《詩界十記》的作者舉例時都略過不錄，不曉得甚麼緣故。

由此看來，清末民初的部分詩家立場儘管不同，想在語句上作出突破，給舊詩增添面貌風采，目的沒有兩樣。他們的路子一直有人跟着走。現在一百年差不多過去了，總結一下，不能不承認以新詞入舊詩的嘗試沒有成功。道理是甚麼？會不會有這樣的可能：古典詩歌種種結構因素早已作出最恰當的組合，發展成完美和諧的藝術形式，無論改動甚麼，只能把原來的「最好」程度減削，不能在「最好」的基礎上再加一點點好處？

現代人寫舊詩

　　舊詩（流行名稱為「古典詩歌」）的生命力使人驚訝。舊文學給推倒已經大半個世紀，喜歡寫舊詩的人始終很多。種種跡象顯示，近些年來大陸寫舊詩的風氣還有益發興盛的趨勢。現代人寫這種古老的文體，其實頗有這樣那樣的困難，譬如新詞彙怎樣運用、新觀念和新意境怎樣融入以及新聲調韻腳怎樣適應之類就是。這些問題時賢還在探索之中，也提過一些積極儘管仍可改進的解決辦法。我對時賢的熱誠和努力很是欽佩，不過說老實話，對全部問題最後能夠解決一點不盡抱樂觀的態度。起碼對古人創作時聲情配合的方式，今人能不能遵循襲用，便不無所疑。

　　舉一個例子說明：岑參七古《輪臺歌奉送封大夫出師西征》開頭兩句：「輪臺城頭夜吹角，輪臺城北旄頭落。」每句用韻，用的「角」「落」兩字入聲韻。每句用韻，節奏要比通常兩句才壓一個韻腳的節奏短促；用入聲字，發聲也比其他三聲勁急。湊合起來，兩句聲勢便隱然對胡兵忽起、軍務緊迫的情況有配合或象徵的作用，從而加強了詩的藝術效果。

　　今天我們用廣東話誦讀岑參的詩，古人分析詩語聲音微妙之意，仍舊可以感受得出。舊詩造詣深的廣東人創作，

我相信也能利用這麼一層聲音關係去增強情意的。然則講北方話或普通話的人能不能有廣東人那樣的誦讀感受？能不能像廣東人那樣運用聲音關係去寫作？我看比較不容易。普通話已經沒有入聲。「角」讀成現代四聲的陽平或上聲，「落」讀成現代四聲的去聲，發聲都比較長，缺少原來入聲勁急的特點。再說「角」「落」兩字今天用普通話唸起來不像同屬一韻，對句子的節奏似乎不起收束的作用，於是古人所謂「其節短，其勢險」的評論變得沒有意義，因為誦讀時根本領會不到。既然領會不到，寫作時自然不朝聲情配合這個方向去講究了。

可不可以這樣說：現代的語言既然無法在古典的格套中代替古代語言的功能，那麼現代人寫舊詩，起碼比古人少一種技巧或手法？寫作技巧或手法應該不斷增加；不加反減，誰都看出不大美妙。

新四聲的舊詩

大陸寫舊詩的風氣近年來很盛，詩集出版了很不少。我注意到不少人通過創作實踐，指出舊詩改革的方向和方式。

衛衍翔先生著舊詩集《夢中詩‧詩中夢》一冊，北京華齡出版社一九九一年出版。遍覽全書，衛先生該是抱突破和創新的主張的。他的《讀魏予珍〈詩偶感〉而作》：「不依格律可成詩，此論於今再論之。縱使奏濫前朝曲，也是詩奴加白癡」，宗尚可見。書後附吳培根的《編後記》，明白指出衛先生舊詩形式的特點：「不泥於舊體詩詞的一切清規戒律，不以律害辭，不以辭害意。」另外又作補充，以為舊體詩平仄和押韻的規則可以轉變，寫舊體格律詩「完全應當突破古四聲和平水韻的框框，按現代漢語四聲調平仄，按新的詩韻或十三轍押韻。」又説「有人把舊體詩的平仄和押韻的規定與古四聲和平水韻毫無理由地混同起來，百般迴護，這就無異於以今人之手寫古人之口」了。

拿「不依格律可成詩」一首七絕觀察，真個「突破」了古平仄四聲的框框。一調古四聲，我們會發現第三句作「仄仄仄仄平平仄」，跟平仄譜規定的「仄仄平平平仄仄」大不相同；第四句作「仄仄平平平仄平」而不是「平平仄

仄仄平平」，同樣不合律。

舊體詩格律要不要突破創新？如果需要，該怎樣進行？問題談了幾十年，始終沒有最後結論；我自然提不出甚麼主張。不過我忽地生出一個念頭：不如嘗試依據現代漢語的四聲和韻腳湊詩一首，看看怎麼個樣子。我於是拿上引衛先生的作品做依據，湊合湊合：「不依格律可成詩，此老高呼共記憶。縱使推翻前代曲，未必新譜振今時。」以現代漢語的陰平陽平當平聲，上聲去聲當仄聲。新平仄和古平仄相差很大。好像第二句用新平仄調是「平仄平平仄仄平」，用古平仄調是「仄仄平平仄仄仄」。「憶」字古屬入聲，現在是陰平，可以放在句末平聲押韻的位置。

我想：一個深受傳統影響的人，讀罷新四聲的舊詩，大是驚異，恐怕難免。

選詩的猜想

蕭滌非先生是近代中國大陸研究杜甫詩的專家，幾年前去世了。生平最負盛名的著作，就我所知，要推《杜甫研究》一書了。

《杜甫研究》有新舊兩種版本。舊版一九五六年面世，新版一九八零年面世。舊版下卷原是杜甫詩作選注部分。新版雖然把這部分抽出，修訂補充後，獨立成書，取名《杜甫詩選注》；不過淵源所自，即使看成新版的下卷，也不妨事。

編著者修訂原作，自有種種內在外在理由，蕭先生也不例外；事實上他在新版《前言》中已作過若干的說明。不過他畢竟不可能把舊版中每處改動的原因一一指陳，不少地方仍待讀者推尋。尤其有關詩作的取捨進退，他更沒有任何解釋，留下一大片可以從各方面進行探討的空間。

拿新舊版的選詩比對，相同的儘管佔大多數，卻也有相當的變動。變動的情況是：有些舊版不選，新版加上去了；有的舊版錄入，新版給刪掉。我反覆研究，頗覺增刪之間實在已經透露出了若干消息，那不僅僅說明蕭先生個人欣賞興趣的轉移，或者還可以看成不同時期文學批評風氣和觀點的變化。這兒不準備寫學術論文，不需要詳細論

述，不過舉一兩個例子談談倒是可以的。

　　從體式看，舊版選五言七言排律各一首，新版五排四首、七排兩首。大家都知道排律十分講究聲音對仗，是形式主義極重的體式。大陸早期對「形式主義」一詞賦予的貶意很深，八十年代以後才不那麼「敵視」。可不可以這樣猜想：舊版時期是對形式極度警惕的時期，五、七言排律各選一首，不外表示杜甫也有這樣的詩體，聊備一格；新版中五、七言排律數目增多，那是人們對形式的嚴峻態度開始寬鬆的時期，編者可以從藝術性考慮，有較大的選錄自由？

　　新版還增補了一些藝術性很高，但是思維不一定合尺度的詩作。《奉先劉少府新畫山水障歌》結尾有退隱消極味道，就是例子。這也可以引發猜想：要不是當時人們的看法和前期不同，這首詩該是補不上去的。

怎樣的句子

有這樣一則評詩的記載，見胡仔《苕溪漁隱叢話》前集卷五：一個士子寫了一首絕句：「西出潼關客路迷，一胡蘆酒一篇詩。胡蘆酒盡興未盡，坐看春山春盡時。」評者認為每句都不可取，分別指出缺點，最後「聞者皆服」。

我是千百年後的讀者，單憑文字記載去理解評論。也許由於文字記載比較簡略，比不上當場講解的詳盡，所以讀後仍舊不無所疑，未能全服。

我試舉評者對第二句的意見為例，談談個人的粗淺看法。評者說「自有七言無此句法也」。話講得不很具體，不過如果從他引《史記‧淳于髡傳》句子「操一豚蹄酒一盂」作比襯去猜測，他也許認為第二句詞語的分截處和音步的停頓處不相配合，古人向來不這樣處理的。作者這樣寫，不無「出格」之嫌。

我們知道近體七言標準句法是上四下三，那是說七個字中意思和音節可以同時分成四個字和三個字兩大截。「滄海月明珠有淚」句中，「滄海月明」和「珠有淚」就是。再進一步，上面四個字每二字要成一音步，每一音步是一個有完整意思的詞語。上引「滄海月明」正符合這項要求。觀察「一胡蘆酒一篇詩」的句子，那是上四下三句式，

沒有背離規矩，問題是上面四個字不可以分成兩個字數相等而又意思完整的詞語。試想「一胡」或「蘆酒」，誰能明白？要是從句意着眼，便只能作一 二 一（即一 胡 蘆 酒）式誦讀，可是如此一來，自然不能跟二 一式的標準音步相配合。顧此失彼，其間出現了矛盾。

就常情論，評者的看法（如果真是這樣的看法）還是有道理的。句中意義和聲音的小單位能夠同步截分，最是理想；不過無法一致，也屬常見之事，不足為奇。譬如所謂「折腰句法」：「靜愛竹時來野寺，獨尋春偶過溪橋。」句意上三下四，跟標準音步劃分法不同，便是例子。至於說「自有七言無此句法」，也可斟酌，唐憲宗時有人寫舉子中舉，詩句云：「三十三人同得仙」（《唐摭言卷七》），上四字顯然也不能分成兩個字數相等而意思完整的詞語的。

豈無芳草

清代紀昀是《四庫全書》的實際編輯，一位大學問家，這個我們知道的。他寫過《閱微草堂筆記》，名列在筆記小說作家內，這個我們知道的。他滑稽風趣，急智捷辯，流傳不少有關他的趣事，這個我們也知道的。但是他還有一樁特長和成就，我們倒不一定曉得，那就是他對試律或試帖詩的探研和寫作很見突出。他寫的《唐人試律說》、《我法集》和《館課存稿》，聽過的恐怕寥寥。

試律或試帖詩就是從前舉子考試時作的排律。因為要配合考試的特定要求，自是跟通常的排律有相當的不同，這也不必細說。文學史家對這類考試文體向來置之不理，認為只是謀取利祿的工具；所謂寫作，不過據題目擠出文句來，完全缺乏為情造文的成分；所以不能算文學作品。這種見解專家們說了，我自是同意，不在話下。

不過話說回來，我對光拿文類作為判別作品好壞的準則有時不無懷疑。某一文類的缺點儘管數不勝數，在作家的特別運意和技法安排之下，也許仍會有若干的出色作品的。我喜歡事情往好處想，相信瘦地也能長出芳草。

《我法集》中有一首題為《綺麗不足珍》的試帖詩。題目出自李白《古風》。「綺麗」句上面為「自從建安來」。

各種李白詩注本解說這兩句時都把建安詩歌風格放在「綺麗」之外。紀昀看法與此不同。他在詩後有一段表白文字，指出李白詩中「綺麗」之意要連建安作品包括在內的，這便跟我們的通常理解大不相同。紀昀認為李白把立足點定在《詩經‧大雅》和孔子《春秋》，由此下望，騷人作品流於哀怨（「哀怨起騷人」），已經不很理想。等而下之的建安作品，稱為「綺麗」，有何不可？古人臨文抑揚，雖不一定符合事實，然而這樣寫法不算十分罕有。譬如韓愈的《石鼓歌》立足在史籀，於是便以王羲之的書法為俗筆（「羲之俗筆趁姿媚」）。王羲之的書法是俗筆嗎？誰也不會說是。

紀昀就是用上述的意思入詩，倒也新奇可喜。運意出眾，卻又不無道理，是佳作所以成為佳作的原因之一。

新舊《唐詩三百首》

清人蘅塘退士編的《唐詩三百首》，大多數人都知道，那是一種很不錯的詩歌流行選本。儘管這樣，由於目前是個不很尊崇古人的時代，古人算是可取的地方，我們未必一定滿意，總得修訂改正一番才行。對於《唐詩三百首》，人們的態度自然不會例外，所以近些年來大陸出版了若干新編《唐詩三百首》之類的選本，取「三百首」作瓶子，另選篇章，算是注入新酒，以見品嘗時別有去取好惡的準則。

我手頭有兩部新編本子：一部是十年前左右買到的，書名作《新選唐詩三百首》（以下簡稱《新選》），武漢大學中文系古典文學教研室選注，一九八四年北京人民出版社出版；一部最近買到，書名叫《新唐詩三百首賞析》（以下簡稱《新賞》），孟慶文主編，今年二月海南省南海出版公司出版。拿手頭的新編本跟原來的《唐詩三百首》（以下簡稱《原本》）比對比對，似乎是頗有興味的事，並且還能從中看出一些東西來。

新舊兩類選本編撰的目的其實不同。舊本《題辭》講得明白：原是編給就學的兒童誦讀作為打點詩歌基礎之用的。新本的《序》或《前言》則表示要選出有唐一代具代

表性的好作品，供一般人——指成年人——閱讀欣賞。編
撰目的讀者對象不同，這便不好比對。不過話說回來，今
天一般讀者的古典詩歌知識水平，不一定高出古代的孩子
許多。好像從前孩子唸啟蒙課本《三字經》，孩子初時自
是不懂書中的內容的；可是我們今天唸《三字經》，就能
保證全懂麼？然則說《新選》《新賞》也具有《原本》的
性質或作用，不算絕對失言。拿新舊選本並論，或者勉強
可以。

　　我比對了一下三書前五名入選作品最多的詩人。《原
本》依次是杜甫、李白、王維、李商隱和孟浩然；《新
選》依次是李白、杜甫、劉禹錫、李賀及李商隱（後二人
同十五首）；《新賞》依次是杜甫、李白、王維及劉禹錫
（同十一首）、白居易及杜牧（同十首）。由宋至清、韓
愈詩歌受到極高的評價，有些論者甚至認為唐代詩人除了
李杜，便輪到韓愈；然而三書選他的作品不很多。

　　韓愈作品入選的不多，要找理由解釋還是可以的。他
以文為詩，硬語盤空，對初學的人不很適合，《原本》少
選是應有之義。再從現代的評論角度看，他的詩雖說別開
生面，另啟宗風，但走的畢竟是追求怪奇極力雕琢的路子，
形式味道比較濃重，何況他又是篤信孔門之說竭力提倡儒
道的人；這樣由詩及人或者由人及詩都不適宜過分推舉的。
新本編者作目前那樣的處理，自是理所當然。

　　使人稍為不解的反而是白居易在新編本子中的位置。白居易在唐代詩名很盛。宋代以後，作品開始受到人們「俚俗」的批評。《原本》編者也許認同了宋以後的流行見解，深怕他的詩對初學者可能有負面的影響作用，所以只選了八首。然而眾所周知，五十年代以後，白詩受到極大的推重：文學史家既肯定了作品充實的社會性內容，又肯定了作品接近群眾的平易言語。唐代詩人，杜甫以外，往往接着提到他。可是《新賞》中排名已經不高，《新選》之中，竟然還在當時仍未受充份肯定的「唯美派」作者李商隱之後，豈非異事？值得注意的是：《新選》編書時，七十年代的文學觀念應該還有一定的影響力，這只要一讀《新選》的《前言》便可明白。白居易的作品這時為甚麼不大量錄選，還真想不通。

　　就李白杜甫的排名先後看，《原本》和《新賞》一樣：先杜後李。唐代以後，雖說李杜齊名，但讚賞杜甫的讀者事實上多些。《原本》杜詩入選比例較大，正是多數人態度的反映。《新賞》選杜甫二十六首，選李白二十首，也不妨看成最近人們觀念復趨傳統的表現，而跟十來二十年前不同。十來二十年前文學評論家的觀點很不尋常，對杜甫有相當的成見，指他家庭出身不好，思想意識不進步，生活作風不正派，跟李白相比，有所不如。種種罪名，我們知道郭沫若在所著《李白與杜甫》一書中想到的不少。

一個這樣的作家，《新選》的編者在接受某些「遺風餘烈」之際，自然不好推尊為唐代第一詩人了。至於《新賞》現在倒轉過來，除了說明人們已消除了當年的成見，還會是甚麼？

《杜甫評傳》

　　《杜甫評傳》一冊，四五九頁，一九九三年南京大學出版社出版，作者為該校中文系教授莫礪鋒；最近我再翻閱一過。

　　這是作為匡亞明主編的《中國思想家評傳叢書》二百部當中的一部，莫氏是特約的作者之一。匡亞明心目中的思想家，不是從狹義的哲學範疇着眼，只集中在先秦諸子或後世對玄學、佛學和理學的開拓和發展有貢獻的人；而是凡在任何一個領域——如文、史、哲、經、教、農、工、醫、政治之類——顯現其思想活力和業績，足以「一般地勾勒出這段歷史中國傳統思想文化的總體面貌」的人，都可以成為傳主（見書前匡亞明寫的《中國思想家評傳叢書序》）。杜甫在文學上的成就巨大，影響深遠，作品最能反映時代的面貌；作為一書的探究對象，自是適合。

　　可是《杜甫評傳》既然作為《中國思想家評傳叢書》的一種，到底要在一定程度上受到《叢書》的編纂總原則的制約的：「思想」兩字不能不詳盡闡說，因而使得本書跟其他的杜甫傳記在性質上自然有所區別。作者在《後記》中說「必須對杜甫與傳統思想文化的關係予以特別的關注」，其理在此。

　　作者《後記》中提到前此已有三種杜甫傳記面世：馮至的《杜甫傳》、朱東潤的《杜甫敍論》和陳貽焮的《杜甫評傳》。其實他還可以增添一種大陸出版的著作：金啟華、胡問濤的《杜甫評傳》。不管怎樣，他覺得自己的撰寫方法和重點跟別人的不同，所以不妨再寫一本，仍然可以避免疊牀架屋之譏。我們看上引各書，一般都是根據杜甫的詩文，結合唐宋人的資料和後代學者的研究論斷，連綴成詩人的整個人生經歷；敍述過程中插進杜甫的思想和文學成就與評價的介紹。莫氏的書的確不是這樣子寫。全書六章：第一、二章寫杜甫家世和經歷，第三章寫杜甫卓越的文學藝術技巧，第四章寫杜甫的政治思想，第五章寫杜甫的文學觀點和審美思想，第六章寫杜甫對後世的影響。這麼看來，《叢書》總名中的「思想」兩字起碼用兩章（第四、五章）的篇幅去闡說。

　　我看完莫氏的《杜甫評傳》，有兩點簡單反應：

　　一、自宋至今，研究杜甫的人成千上萬，有關杜甫的種種問題，基本上已經講得深入詳盡。一本新書即使只想就杜甫整體作扼要論述，恐怕也得用上極大的篇幅才行。莫著雖然已是厚厚的四百多頁，實在說來，好些重點還是照顧不到的。我們看到不少該談的項目沒有談，或者三言兩語輕輕帶過便算。譬如第三章第四節專論杜甫的詩律，然而論及對偶時，只拿「當句對」和「流水對」說幾句，

其他對偶形式則「限於篇幅，不能一一細述」了。再說杜甫近體聯語中雙聲疊韻的運用，據清人周春的《杜詩雙聲疊韻譜括略》一書分析，有不同的層次，由謹嚴到寬鬆，使人嘆為觀止；正應該詳細介紹。然而莫氏卻以「分析時頗流於細碎」為理由，抹去前賢大部分的研究心得，只隨意舉了四五個例子。這樣的評論恐怕不一定能讓比較有學術修養的讀者滿意，一些讀者也許會懷疑本書是否有足夠的深度。

二、作者說本書體例跟其他的《評傳》不同。比照大陸幾十年來出版過的專著，話是說得不錯。不過臺灣商務印書館在一九六八年出版了劉維崇《杜甫評傳》一書，分作九章：《生平》、《家世》、《交遊》、《生活》、《思想》、《作品》、《版本》、《草堂》、《談死》。具體章節名稱和莫著儘管不盡相同，體例的基本精神卻是相近的。這不是說莫著有意因襲。兩岸分隔幾十年，學術信息互不流通，對方的研究成果見不到，那是可以理解的。當然話得說回來，近幾年兩岸之間已有若干的學術交流活動，學者可以有機會讀到對方部分的著論。莫氏撰稿時倘使真要搜羅，臺灣方面的資料也不見得完全弄不到一點點的；問題是他有沒有起過搜羅的念頭。大陸的文史研究者有時會覺得海外的著作不一定夠格，不一定管用，不參考也不妨事。我知道莫教授到過外國，一定不抱上述的看法。不過他似

乎真的沒有見過劉維崇的《杜甫評傳》，這便不免教人稍
有所疑，同時也讓輕薄之徒找到「疏陋」的口實。

詩話 ● 韓國詩話

　　「詩話」是古人論詩歌的一種著作類別。據學者意見，宋代歐陽修的《六一詩話》是最早一本用「詩話」命名的作品。由北宋到清末民初究竟有多少種詩話傳世，目前未能絕對確定。我知道近年來中國大陸有些學者極力翻查文獻資料和實地尋訪，希望編成一個完善的古代詩話總目；如果有可能，甚至希望彙集所有的詩話出版詩話全編。希望要是真能實現，那麼對詩歌研究者的幫助便難以計量了。但是以中國幅員之廣，資料之多，而從事這項「名山事業」的人相對來說畢竟還是屈指可數，工作要想做到完善地步，看來一時辦不到。

　　日本和韓國古代深受中國文化影響，兩國的古人也寫漢詩，也寫像我們那樣的詩話。詩話的文字，有的用漢文，有的用本國文字。就編輯整理詩話的步子看，兩國學者邁出得比我們早。幾十年前日本人已經出版了《日本詩話叢編》，一九八九年韓國人也出版了《韓國詩話叢編》，分別收錄兩國的詩話。反觀我們，現在不過是書目的整編階段。當然我們也不必自責自慚。中國古代典籍的數量比日韓兩國不曉得超逾多少倍，編輯整理的工作既有主次緩急的考慮，也碰到為兩國所沒有的困難；

所以表面的後先，倒不見得說明甚麼的。

　　日本的傳統學問以及現代日本學者怎樣進行整理研究傳統學問，我們比較了解；但是韓國方面的情況，由於我們注意不足，不免陌生了。為此我想按下日本的詩話不談，單就個人淺略所知說幾句有關《韓國詩話叢編》的話。

　　這部十二巨冊的大書由趙鍾業教授編成，東西文化院刊行。全書收詩話一百一十種，最早的是南宋中期或末期李仁老的《破閑集》，最晚的是一九三四年河謙鎮的《東詩話》，一百一十種作品之中，用韓國文字（即所謂「諺文」）寫的不過兩三種，都是本世紀內的著作，其他的全部用中文寫成。可以這麼說，讀韓人詩話就跟讀我們的《滄浪詩話》、《四溟詩話》和《北江詩話》沒有兩樣，不存在由於文字不同而引致理解困難的問題。

　　古代韓國人大抵沒有自外於中國文化圈的意識，他們把中國文化看成本身的也是唯一的文化。談詩論藝時，自己民族的作家和中國作家混同不分，而且還坦承其間具有支流和淵源的關係。這樣的心態跟一個寫詩話的廣東人或廣西人沒有兩樣：既談鄉里先賢的詩作，也強調自古以來中州作者的影響沾溉。我約略計算一過，韓人詩話中論本國和中國詩歌的文字接近五與三之比。論中國詩部分儘管援引中國論者的見解比較多，不過當中仍

然不乏新奇可喜之說，確是韓國學者的讀書心得，而為中華學者所未及注意的，極具參考價值。以下試拿李白詩句「白髮三千丈」作例子說明。

這句是李白《秋浦歌》十七首中第十五首的句子，全詩四句：「白髮三千丈，緣愁似箇長；不知明鏡裏，何處得秋霜？」這一句向被評賞家稱許為富於浪漫想像特色的名句，因為頭髮的長度即使像古代詩詞中描寫的美女綠雲垂地，充其量不過一丈幾尺；詩人寫成「三千丈」，自是極度誇飾而又使人可愕可驚嘆的藝術手法了。這樣的觀點，中國學者大抵都表同意，但是清初康熙乾隆間的韓國人李瀷在他的《星湖僿說》中則有所懷疑，並且提出不同的看法。他指出李白寫《秋浦歌》時五十四歲，已經算接近老年了。年紀大的人頭髮只能日漸疏短，不適宜用「三千丈」作比喻。言下之意，即使勉強誇大，既然失去事實基礎，也只能使人感到矯飾不真。何況在《秋浦歌》第四首中李白已說自己「兩鬢入秋浦，一朝颯已衰；猿聲催白髮，長短盡成絲」。兩鬢既衰，頭髮哪能旺盛？這麼說來，「白髮三千丈」句中的主語不應該是李白，應該別有所屬才是。

李瀷進一步提出：白髮所屬的主體應該是《秋浦歌》中寫到的水車嶺；白髮也不是真正的頭髮，而是嶺上的積雪。水車嶺下是一片「長八十餘里，闊三十里」的秋

浦水，嶺上倒影下落水中，李白看來便像「髮照鏡裏」；加上水車嶺山脈綿延，秋浦水汪涵不盡，於是便生出白髮三千丈的感受了。

《韓客巾衍集》

　　一九九零年夏天，我到韓國漢城大學訪問三個星期。閒暇之時，自然隨便逛書肆。一天，無意中在舊書舖裏翻到一冊名叫《韓客巾衍集》的手鈔本，裏面載錄了四位韓國詩人的漢詩，還有清人李調元的評語和序言。手鈔本封面題上「柳琴彈素手鈔」幾個字。柳琴彈素是怎樣的人，我不曉得；李調元卻是乾隆年間著名的學者和文人。這便引起我的注意，把手鈔本買下來。

　　稍後我才弄清楚：這柳琴字彈素，朝鮮人。他到北京碰上李調元，便把帶來的韓國詩人集子請李調元評閱。這個評批本子柳琴攜回韓國去，另行鈔錄。我手頭有的已經不是李調元的親筆原本，恐怕也不是柳琴的手筆。封面寫柳琴手鈔，看來只是個過錄本。

　　一九九二年，第二屆國際賦學研討會在香港中文大學開會。四川師範大學來了幾位先生，其中一位中年學者詹杭倫先生我一向稔熟。詹先生當時向我表示有整理他們鄉先賢李調元全集的意思，我便拿出《韓客巾衍集》請他過目，同時請教他國內現存李調元作品中有沒有鈔本中的序言和評語批語。我似乎覺得詹先生當時有點驚愕和激動。他最後沒有說甚麼，只表示要回去查閱。過了不久，他來

信說沒有鈔本上的東西。又過了一段日子，他來信說正在
整理李調元的《雨村詩話》，希望我提供韓國的資料給他。
我想學問是天下的公器。我不搞李調元，卻也不必死抱資
料不放，便把韓國鈔本上的資料複印寄去。

詹先生去年撰成《李調元與韓國詩人交往敍論》一
文，載《四川師範大學學報一九九四年增刊第十一期》，
利用了《韓客巾衍集》的資料。上星期他陪同屈守元老教
授來港訪問，告訴我《雨村詩話》的校證工作已經完成，
還把《雨村詩話校證敍錄》一文給我看，文中再提及我印
贈《韓客巾衍集》的事。文章自有體例，印贈的過程，詹
先生自是不必細說。不過文章既然提起我，那麼我在別處
把經過情形稍稍說上幾句，大概還不算自我表功吧。

柳永的不幸

柳永是北宋詞家。他到京師考試時，喜歡在風月場所流連，用比較通俗的語言填詞，讓歌女在酒筵歌唱。由於詞中描寫的思想感情和習尚風物跟一般市民所感所見的比較接近，作品大受群眾歡迎，所謂「凡有井水之處，即能歌柳詞」（葉夢得《避暑錄話》）。他當時名氣雖響，但是皇帝對他有意見，士大夫對他有意見，認為他為人輕薄，作品俚俗。這樣一來，他功名出問題了，經濟終於拮据了。一直過了很久才中進士，外放做個小官。

柳永可謂生不逢時，這是他大大的不幸。他要是生在今天，情況看來沒這麼糟。

用我們今天的話說，柳永中舉前走的是次文化路線或通俗文學路線。此時此地無可置疑的事實是：搞這樣的文化文學，搞得要是有個樣子，因為接受的人多，作品只要通過商業手段發送出去，容易賺回巨額酬報。今天是個金錢掛帥的時代，有了錢一切好辦，名譽地位何愁不隨之而來？柳永當時其實也得到教坊中人資助的。譬如跟他要好的妓女張師師便對他說過：「君之費用，吾家恣君所需。」（羅燁《醉翁談錄·丙集》）。只是當時市民的經濟力量畢竟薄弱，大概拿不出太多，柳永又不懂作商業經營，所

以發不了財，以致傳說他死後家無餘財，群妓要湊錢殯葬他。

　　傳統的高雅的文學觀在宋代仍舊佔上風，通俗作品受到輕視。蘇東坡有一回責備秦觀學柳永詞，秦觀立即分辯說：「某雖無學，亦不如是。」（曾慥《高齋詩話》）大有不屑跟柳永為伍之意；這是士大夫的正統觀念。這樣的觀念現在似乎淡薄得很了，起碼人們不侈談高雅了。這幾十年來流行的主張：文學要走大眾化的方向，要反映大眾生活，寫大眾喜見樂聞的東西。在某個層面上說，柳永詞和上述的主張相近似，所以他的作品頗獲近代文學史家的好評。

　　所以柳永如果真個活在今天，他不單是天皇級填詞人，收入滾滾而來；就是在文壇的地位也會大為提高。可惜的是：他生於北宋，這是他大大的不幸。

再談幾句柳永

　　這裏談柳永，不是從嚴肅的學術角度去談；這是專家學者做的事。我想講的只是一時的觸發，不成系統，沒有深度。

　　柳永其實生於書香官宦的家庭，父親和四五位叔父伯父，以及他兩個哥哥，都中進士做官；他的兒子後來同樣不例外。他本人在京師，目的無非求取功名；過程雖然不順利，進士最後還是到了手的。可以推想，柳永有深厚的文學學術修養，自屬必然。他儘管跟過青樓市井中人廝混，填寫「俗」詞「俚」曲。但是以他堅實的文化基礎，加上文學天分，即使寫俚俗詞曲，作品高明的程度顯然不是一般填詞人可以比擬的。「教坊樂工，每得新腔，必求永為辭，始行於世。」（葉夢得《避暑錄話》卷下）不是沒有緣故。當時專給歌者填詞的人應該還有別的，可是傳下來的作品數目寥寥。當中原因，應該包括禁不起考驗一項。這麼看來，做個填詞人，填寫流行曲詞，「學」和「文」的基本修養或者還是需要的。張三李四，腹中墨水沒兩滴，硬拼瞎填，詞句橫豎不通，卻洋洋得意，自居填詞人之列不疑，柳永當時看到了，不竊笑才怪。

　　再看柳永的作品，學者們大致這樣共同認識：應考

時期和他四十六七歲中進士做了官以後，風格內容頗見分別。前期的感情比較熱烈坦率，不避描寫市民的心態情趣，也不避市井習用俗語詞彙。後期的感情比較含蓄收斂，多寫士大夫情懷，市井話罕用了。不妨再作補充：做了官以後的柳永甚至惋惜雅詞沒有受到重視。《玉山枕》寫道：「訟閒時泰足風情，便爭奈，雅歌都廢。」這便不是寫如晏殊拈出來的「彩線慵拈伴伊坐」（《定風波》）句子時的寫作觀點了。現在要想一下的是：近代文評家一般肯定柳永填詞走「白話」和寫市民生活的路線，可是這條路他後來似乎不想再走了，起碼走得沒有從前起勁了。那麼文評家要不要和作者同步，不肯定作者最後不以為可取的方向；抑或文評家和作者竟不相干，文評家只緊執自己的量尺，作者怎麼想一概不管，總之合自己尺度的便肯定，不合的便否定？

《賦學專輯》出版後感言

一九九二年十月底香港中文大學舉辦了「第二屆國際賦學研討會」，這是接續一九九零年十月間在山東濟南市舉行的「第一屆國際賦學術討論會」的同類型學術活動。「賦」是所謂「詩詞歌賦」之一的傳統重要文體，可是近幾十年來在大陸很受批判。到了八十年代後期，自上而下的管束力量似乎減弱了，熱心的學者才召開了第一屆賦學會議，拿出部分讀書心得彼此交流，同時還有藉此推動這種文體研究風氣的用意。會議名稱用上「第一屆」的字樣，自是希望以後有第二屆第三屆一直下去，使得賦學研究綿延不斷。香港的學者就是在這樣的理想和熱誠感染下，毅然接過籌辦第二屆會議的任務。香港人力物力不夠，但各人同心協力，會議終於成功召開，完滿結束。

參加第二屆國際賦學研討會的學者不少是海內外著名的專家。會議宣讀的論文共三十四篇，不妨視為由九零年到九二年間賦學研究的重大成果。會議之後，徵得中文大學新亞書院出版委員會同意，撥出該校學報《新亞學術集刊》一期（第十三期）全部刊載論文出版，副題作《賦學專輯》。我負責具體編輯工作。由於學報字數多，加上公私事務繁忙，編輯工作進展緩慢；幸好楊利成君幫忙，學

報終於上月出版面世。延誤時日，我是深感歉疚的；不過
事情畢竟算得有始有終，還是可以稍感安慰。

我對着《賦學專輯》，不由想起第三屆會議的事。
記得第二屆會議結束時，大家商議兩年後第三屆會議的
計畫。一些國內學者請美國西雅圖的華盛頓大學康達維
（David R. Knechtges）教授接棒，康教授不表示反對。我
高興之餘，也對將來的人力財力稍表疑慮。不過學者們說
要相信康教授才是，我當然從眾。現在已是第二屆會議以
後的兩年另五個月了，康教授還未發邀請信，第三屆會議
延期召開已是事實，只盼別從此而斷便好。現在想起來，
當時如果請臺灣學者籌備，事情也許好辦些。這樣的會
議，海峽兩岸或三岸輪流主辦其實未嘗不可，甚至說十分
應該，倒不一定要「放洋」的。

漫談賦的研究

　　大陸學者對傳統文體「賦」的研究，有過一個不積極的時段，直到一九九零年和九二年分別在濟南和香港開了兩次賦學術研討會以後，研究氣氛才趨活躍，證據是輯本、專著和論文的相繼出版。最近收到臺灣政治大學簡宗梧教授寄來的通告，知道明年底會在臺灣召開第三回賦學術會議。這對進一步推動賦的研究，肯定起積極作用。

　　人們提到賦，一般以漢賦為代表；正如人們提到詩詞，一般想到唐詩宋詞去。前些時候學者的研究工作不得不停頓下來，主要在於賦這種文體沒有得到充份的肯定。否定意見在相當程度上是從賦的代表漢賦而來。漢賦以篇幅極長的大賦為主。大賦通常描寫宮殿苑囿，寫得宏壯富麗，其中對皇帝朝廷又不無稱頌之辭，用歷史家班固的話，這是「潤色鴻業」。這幾個字在一些評論者口中也可以說成給在上位的人吹捧之意。這麼一來，漢賦成為了廟堂文學。評論者說廟堂文學現實性不強，價值不大，不必過分措意。

　　只是意見或道理畢竟是虛而不實的東西。有時這樣講得通，那樣也說得過去。從「潤色鴻業」聯想到給上位者塗脂抹粉，自然可以。從「潤色鴻業」聯想到盛漢帝國發皇氣象的反映，也行。所謂「此亦一是非，彼亦一是非」。

第一次賦學術會議上，一些學者正是多方強調發皇積極的
一面，從而肯定漢賦可取，值得探索，給重新開展本已停
頓的研究工作加進一番大道理。

　　認真說來，這其實算不得甚麼。談文論藝出現各執一
詞，卻又言之成理的情況，經常可見。就拿賦本身來說，
學者一般肯定的是唐以前的賦，唐以後的賦則不見許可，
清人程廷祚甚至一口咬定：「唐以後無賦，其所謂賦者，
非賦也。」然而我們也見到有小部分學者另有看法，譬如
近人馬積高便斷言唐賦是辭賦發展上另一高峰。正反兩方
的言論，要說哪一方絕對站不住腳，似乎不容易。第三回
賦學術會議中，希望聽到更多有關唐代及以後辭賦的討
論。

《律賦三百首》

　　《唐詩三百首》、《宋詞三百首》和《元曲三百首》這三種書不少人都知道了。編選者把某種文體的流行和著名篇章結集成書，供一般讀者欣賞，那是十分有意義的工作。不過像《律賦三百首》那樣的選本，知道的人也許不多。此書一九八二年香港印行，編者是已故的朱永膺氏。由於朱氏是香港人，他的書自然引起我更多的注意。

　　律賦是賦體後期發展的形式，唐代開始盛行。從文學史的層面說，賦在漢朝算是一代的文學。所謂漢賦、唐詩、宋詞、元曲，往往相提並論。可是三四十年前，人們忽然對賦嚴厲批評起來了，指說這種文體從形式到內容都沒有甚麼可取。自此以後，賦便交上了霉運；談論的人少了，就是談論也不怎麼說好話。最近情況雖有改變，可是談論者的目光最多也就下移到隋唐的界線為止；唐代以後的律賦，因為跟科舉考試的關係太過密切，大抵仍然被看成價值不大，不曾受人重視。

　　這樣說來，朱永膺氏早在十年之前編輯律賦選本，倒是不為時代風氣所囿了。

　　我翻閱《律賦三百首》，除了像一般的讀者那樣對選文、體例、格式、印刷等等有個人的看法以外，還由序

言中的幾句話引起若干的聯想。序言説：「書內各賦，皆錄自祖傳手抄本，原有三千餘首、經去蕪存精，約有三百首。」據我所知，大陸湖南師範大學的馬積高、葉幼明諸先生近年來一直進行一項學術工作：盡量搜求集中自古至今傳世的賦篇，計畫將來編印成書，方便學者研究。葉幼明先生對我説過：目前未被輯錄的賦篇，主要是唐代以後的律賦，數量十分驚人，估計要比現時的總集《歷代賦彙》所輯錄的還要多出一倍。如果從朱氏一家所藏已達三千多首的事實看，葉先生的估計應該沒有誇大。葉先生同時也承認：清人的作品最不容易收集齊全，因為清人的文集又多又分散，極不好找。我可不知道朱永膺氏祖傳手抄的三千多首律賦，馬、葉諸位先生早已搜求到了沒有，抑或只有其中的一部分？改天把這本書寄給他們，同時問一問。

《賦譜》及其他

古人根據賦這種文體在不同歷史時段中發展起來的不同形式，分賦為古賦、俳賦、律賦和文賦四類。其中律賦到了唐朝才臻成熟和繁榮，特點可以用唐人沈亞之的一句話概括：「雕琢綺言與聲病。」（《與京兆試官書》）

律賦在唐代用作科舉考試，像明清的八股文那樣。官府和作者在形式上有諸般的規定和瑣細講究，所以自宋代以後，這種文體在文人口中評價不算高。近代批評家視形式為猛獸毒瘤，聽不得「形式」兩個字，對律賦抨擊備至，不在話下。不過拿今天的情況去推想古代，律賦既然是開啟功名利祿之門的鑰匙，當時必然大受重視，一定也有不少「考試指南」之類的香港人稱作「天書」的小冊子在舉子間流傳，供他們參考揣摩。翻檢後代文獻，事情正是這樣。好像白行簡的《賦要》、范傳正的《賦訣》等許多種便是唐人的「天書」。再拿今天的情況去推想古代，凡屬「考試指南」一類的東西，只能配合一時的風氣，不見得有長久的價值；風氣一變一過，這類東西也就會給人扔在一旁了。試想一九八一年的中學會考指南，今天的中學生拿來看幹嗎？所以唐代當時流行的甚麼《賦訣》《賦要》，今天統統失傳，也是正常現象。這些書價值不很

高，失傳了本來沒有甚麼可惜。只是律賦到底是唐代以後流行的賦體，傳世的數量不少，今天的文學史家有責任去作整理、說明和分析的。但是由於輔助資料不足，很多問題譬如像寫作的具體技巧和要求，不容易講得清楚。這樣說來，論律賦的許多著作失傳，又不免是件大為可惜的事了。

這回事盡可盡拿《文鏡祕府論》作反證。日本僧人空海到唐土求學，回國後把手頭上的資料編成《文鏡祕府論》。這本書近世傳入中國，受到高度重視。平心而論，《文鏡祕府論》輯錄了好些南北朝後期到初唐一段時期論聲律對偶等形式的資料，律體成立以後，人人懂得，再也沒有甚麼深奧了。後人放置一旁，中土逐漸散佚，完全可以理解。不過從另方面說，千百年後研究這段時期文學發展的學者如果沒有《文鏡祕府論》作參考，碰到了問題，也許會像律賦研究者那樣，不容易講得清楚了。

唐人論律賦的專著統統失傳的話，幾年前這樣說大抵不算錯，現在可不對了，因為起碼還有佚名的《賦譜》一種傳世。像《文鏡祕府論》一樣，《賦譜》也是存在日本，倒流回中國的。

一九九二年八九月間，佘汝豐兄告訴我大陸的《中華文史論叢》六月號中載了美國學者柏夷《賦譜略述》一文，文後附《賦譜》全篇。汝豐兄是朋輩之中最勤跑書店

最多新學術訊息的一位，常常向我「通風報信」，給我很大幫忙。他知道我有時也涉獵點唐賦，而且當時正和中文大學中文系同人籌備「第二屆國際賦學研討會」，於是又告訴我新消息。我即時把柏夷先生的文章找來一看，大是驚喜，想不到唐人談律賦的專篇居然還有存於天壤之間！到了十月，賦學研討會舉行，日本清水茂先生出席。我找個機會向清水先生表示：希望看到《賦譜》原件的複印本。清水先生回國後不久，果然把複印本寄來。會議期間，我把《賦譜》的事告訴了好些學者，包括大陸的葉幼銘先生和詹杭倫先生。葉先生後來叫我寄一份複印本給他；而詹先生則從別處得到複印本，寫成《唐抄本賦譜初探》一文，在九三年九月出版的《四川師範大學學報》上發表。可以說，大陸學者對《賦譜》開始注意了。

　　我國好些古籍在本土失傳，反而日本有收藏，這是大家知道的事實。我由此推想：日本和韓國同樣深受中國文化影響，中土失傳的著作保存在韓國，同樣會是事實。這方面中國學者不是沒有注意到，我只是覺得注意的程度好像沒有望向日本的那麼大。我隨便舉一個自己的例子：五六年前我在漢城大學逗留了三個星期，一天逛舊書店，購到一冊韓人過錄清代學者作家李調元對當時幾名韓國詩人作品評語的手鈔本。我知道四川人要給李調元出全集，於是問參加賦學會議的詹杭倫先生他們收集到這些評語沒

有。詹先生一聽愕然，回四川後不久來信說沒有收集到。

　　我想：在佚書的問題上，現在該是我們多點望向韓國的時候了。

落霞孤鶩

唐代王勃《滕王閣序》當中的「落霞與孤鶩齊飛，秋水共長天一色」向稱名句。這篇文章是在筵宴之際臨時寫成，主人閻都督讀到兩句以後，大是佩服欣賞，說是「此真天才，當垂不朽矣」。這是一則人所熟知的文壇佳話。

「落霞」兩句在哪方面會名垂不朽？閻都督沒說，不過應該不會在句格獨創這一點上。學者們早已指出：齊代王儉的《太宰褚彥回碑文》有「風儀與秋月齊明，音徽共春雲等潤」的句子，北周庾信的《馬射賦》有「荷花與芝蓋同飛，楊柳共春旗一色」的句子，還有其他的例子，都跟王勃的句式相同，寫作時間都在王勃之前。換句話說，王勃的句格只是模仿前人，算不得甚麼，閻都督對此想來不會不明白。

「落霞」一聯所以可取，我看在於意境的超越前代作品：一幅清朗闊大的秋天晚景圖清晰地展現在讀者眼前，使人賞覽玩味不盡，神移心動。王儉兩句拿景物比擬人的風調品格，仍嫌稍偏抽象不實在。庾信兩句寫具體物事了，格局畢竟狹窄，蔥倩有餘，壯闊不足。不似「落霞」兩句，上天下地，渺茫無涯，卻又鮮明凸顯。文章所謂後來居上，指的正是這種。

　　古人還有一則記載：王勃大概對此聯自喜之甚，溺死以後，鬼魂仍舊不時吟誦。有一回讓一名書生聽到了，書生很有意見，指出兩句不算完美，當中「與」「共」兩字其實贅疣可刪的。據說王勃的鬼魂此後再不吟誦了，顯然因為承認書生說法正確，中心懷慚之故。

　　可是書生的話不見得對，以王勃這樣的文章大家，鬼魂沒有理由因此閉口的。清人孫星衍認為這樣一改，便成俗響了。我們也許可以這樣理解：刪去「與」字和「共」字，每句留回六個字，每兩個字構成一音步。保留「與」「共」兩字，句中的三個音步由二 三 二字構成。相比之下，七言句的音步唸起來要比六言句的音步有變化有抑揚。再說駢文中的六言句很少用實字填滿的，總有虛字作疏蕩聲氣之用。《滕王閣序》另外兩句「酌貪泉而覺爽，處涸轍以猶歡」是典型例子。所以書生之論作為「各言其志」的一說則可，卻不能承認為評文的真知灼見。

聽粵曲

我喜歡聽粵曲。作為廣東人，「樂其土風」是自然不過的事。我聽粵曲的興趣是從小培養出來的。

幾十年前，電台播放粵曲的時間遠比今天長，家裏的大人相當着迷，整天扭開收音機欣賞。日子久了，我對板腔旋律和曲詞居然有點明瞭，也就慢慢咀嚼出滋味，跟大人一樣，生出好感，聽而不厭了。直到現在，從前經常縈繞耳際的一些曲子，像《西廂待月》、《胡不歸慰妻》、《情僧偷到瀟湘館》、《杜十娘》之類，基本上還能整首記住，偶然低哼一段，好比老牛反芻，迷惘之中夾雜愉悅。

聽曲多年，有以下一些點滴體會：

聽曲者聽曲的時候，自然會全神投入唱者的聲情之中，不會想到曲詞的種種方面去。也就是說，使聽者沉醉在歌曲美感世界之中的是歌唱的因素；至於曲詞精美不精美，以及由文字傳送出來的感情和意境深遠不深遠，當時只能起輔助的作用，甚至輔助作用也談不上。譬如說小明星所唱諸曲由吳一嘯等名家填詞，文字很是典雅，可是我聽小明星唱曲時，一下子便給「星腔」那種宛轉纏綿的韻味吸引住，似乎根本忘記掉曲詞中一句一字妥帖雅麗的特點了。又譬如新馬師曾唱《臥薪嘗膽》，中段乙反二王一

句「更未曉那若為王」。平心而論，文字不無贅贅，意義也不大好懂；可是新馬師曾全曲唱來悲壯動人，欣賞之際，誰也不會同時記起句子文字稍欠理想。

其次，我們據詞譜填詞，任何字句都得遵照規定的平仄四聲，否則便不協律，受到識者嗤笑。不協律表示唱不出來或者拗口難唱。粵曲據譜調配詞，情況大抵相似，不過有時好像稍稍寬鬆些。譬如據小曲「流水行雲」配詞的《賣花女》和《漢奸末路》，首二句分別為「愁侵鬢，賣花過日長有恨」、「良心喪，欲保性命全冇望」。比對二者，相對應的字平仄聲儘管不同，但是唱起來都協律不拗腔。相同的例子還可以舉南音名曲《客途秋恨》上卷的第二句「秋月無邊」。「秋月」有些人唱作「晚景」，沒有絲毫不便。

「先生之德」
與「先生之風」

　　宋朝范仲淹寫了一篇文章，叫《嚴先生祠堂記》。嚴先生是東漢的嚴光，和微時的光武帝是朋友。光武帝即位後，請他出來做官，他不接受，跑到富春歸隱。他的行逕是「不仕王侯，高尚其志」的典型，所以很受後人追慕，千百年後的范仲淹還給他寫頌揚文章就是一個例子。

　　《嚴先生祠堂記》文末有歌辭四句：「雲山蒼蒼，江水泱泱，先生之風，山高水長。」第三句「先生之風」原來作「先生之德」，范仲淹拿初稿讓一位朋友看，他的朋友認為「德」字未安，提議改為「風」字，范仲淹一聽大服，即時改了，成為今天看到定稿的樣子。

　　文末四句歌辭其實就是詩。照詩尤其是近體詩的格式說，四句之中，如果一、三、四幾句押平聲韻，第三句末字一定要仄聲，這才叫做合律。這是普通常識，不要討論的。范仲淹原來的「德」字是仄聲字，其他三句末字用平聲韻，完全符合規矩要求。改「德」為「風」，變仄聲為平聲，反而不合規矩了；這點范仲淹難道不曉得？可是他為甚麼歡服改動？范仲淹本人沒說。後人對此不是沒有猜

測，不過猜測是可以多方面的。我也有一點點個人的看法，想提出來談談。

明代謝榛在所著《四溟詩話》中認為平、去兩聲可以發聲悠遠，具有「揚」的性質；上、入兩聲發聲無法持久，一會便要停，具有「抑」的性質。他的看法我認為是對的，因為發聲的情況的確這樣。范仲淹文章中的「德」字是入聲字，最有急速收藏的特點。另一方面，改後的「風」字是平聲字，發聲最能持久。范仲淹寫文章，目的在表彰嚴光永遠傳揚的高風亮節。用了「德」字，誦讀之際，一下子便「自吞其聲」（謝榛語），停了；這便象徵不出「永遠傳揚」的意念。與此相反，「風」字聲音曼長不盡，正好對「永遠傳揚」之意相配合。再說風向四方流動，作為描述嚴光高尚行為的用字，比「德」字更直接、更具體、更形象。范仲淹也許為了達意，為了形容，便寧可放棄形式規矩了。

歌女與妓女

粵劇前輩藝人白駒榮唱南音唱得好，人無異議。他唱錄南音曲子《客途秋恨》，前後兩回。專研粵劇的梁沛錦兄告訴我：第二回在五十年代初期。第一回在甚麼時候他沒說。我想白駒榮當時既然跟像《男燒衣》這樣的舊曲一起唱，年代當在大陸目前的政權成立之前。

白駒榮兩次唱的都是節本《客途秋恨》，第二次刪節得更多。我注意到他前後兩回的襯字不盡相同，譬如第一回唱「小生繆姓」一句，第二回在「小生」之下加一「呢」字。又譬如第一回唱「佢更兼才貌的確兩相全」，第二回在「的確」之上加一「就」字。藝人唱曲，每回變化，順口增刪次要字眼，事屬尋常。不過我還注意到：曲中一處的正文也給改動了；看來不是不經意的改動，而是有意為之的。

我指第二回唱本中「為憶多情歌女，叫做麥氏秋娟」兩句。「歌女」二字，第一回唱作「妓女」。再聽後來各家所唱，都作「妓女」。可知「妓女」是原文所有，「歌女」是後改的。這個改動，不是白駒榮一時的誤唱。因為第一回唱本中由「記得青樓邂逅嗰晚中秋夜」到「屈指如今又隔年」一段寫作者和麥秋娟在青樓中恩愛纏綿的文字，第

二回刪掉不唱了。我們看出：這段文字跟「歌女」一詞不能對應。前面唱出「歌女」，這段便得刪除。從另一個角度想：白駒榮要是真的一時誤唱，也不可能想得這麼周到，立刻刪去下文一段不對應的文字，使得曲意連貫；只有事前作過細心的剪裁，才會這個樣子的。

為甚麼要這樣改？我嘗試猜測一下：那時新政府剛成立，大約要把社會風氣「潔淨」一番。「妓女」的字眼帶淫褻意味，容易教人想到牀笫上面去，很不妥當；聽眾對「歌女」一詞便不生這樣的條件反射。再說寫青樓恩愛的文字也嫌太過軟綿綿，影響到革命隊伍的豪情壯志。

唱詞經改動後是「潔淨」得多了。不過刪掉「並肩拜月」和「牽衣致囑」等文字，「多情歌女」的「情」缺少具體描述形容，顯得沒有着落。然而當時是個不講「情」的年代，為了革命，刪掉就刪掉，誰能怎麼樣？

聽《客途秋恨》隨筆

　　《客途秋恨》是一首著名的廣東南音曲子，我從小聽得慣熟。曲詞雖長，直到今天，上卷大概仍然可以背誦出一大半。我愛這支曲子，因為我喜歡聽南音，同時曲詞相當的典雅。

　　曲子以粵劇前輩藝人白駒榮的唱本最有名。其實白氏而外，別的藝人唱錄製成盒帶的還有幾位。我隨便買到的，便有新馬師曾、羅家寶和阮兆輝三人，想來當不止此數。各家演繹的方法不同，效果難免有差異；可是細心聆聽作比較，畢竟是一回極有趣味的事。譬如阮兆輝在唱曲時用上往日廣州的西關音，於是像「麥氏秋娟」中的「氏」字成了舌尖音，氣流從齒縫間絲絲迸出；驟然聽來有點刺耳古怪，及後西關音相繼出現，聽下去倒也別饒韻味，做成跟別人不同的風格。

　　我不懂粵曲的律調。談曲子而不懂曲子的音樂結構，足證畢竟是門外漢；這個我當然承認。我私下判定哪位藝人唱得好些，哪位藝人沒有那麼好，完全撇除了對諸如板眼曲調等具體音律因素的考究，只從個人的主觀感受出發。我對《客途秋恨》全篇文字的內容和感情這樣體會：一名青年落魄書生在外地作客，結識了一個才貌聲色都好

的妓女，這妓女也有憐才之念；兩人情投意合，相處了差不多一個月。後來書生被迫離開，兩人就這樣子分了手。曲子寫的是一個秋天的黃昏，書生獨個兒在船中，看到秋江晚景，思前想後的種種敍述、感想和掛慮。平心而論，內容相當的老套，氣氛情調也不過是傳統的悲涼岑寂、潦倒無聊跟情懷宛轉之類。不管怎樣，我對演唱者的要求，就是看他能不能恰如其分地把上述幾點曲曲傳達，使我即時恍如浸沉在一個傳統的氛圍之中。行腔過於激動高亢，自然不合曲中人消沉低徊的情緒。即使唱出消沉低徊的味道了，還得看配合不配合曲中人物的氣質。

曲中人是書生，書生總該帶些儒雅的書卷氣，跟庸夫走卒不同。演唱者在唱出消沉低徊情緒的同時，倘使還隱隱透出書生的獨特氣質，最能使人情移。白駒榮唱本所以有名，他在很大程度上唱出文中蘊含的韻味和情意，我看是其中一項原因。

聽完四位演唱者的錄音帶，發現各人唱詞中個別的字眼和詞語不完全一樣；看來這跟他們的師派傳承和自以己意加襯字會有關係。這是通俗文學曲藝常見的現象，不足為異，只要在本身的系統內不出現文意駁雜、道理欠通的毛病便可以了。

然而細聽各人的唱詞，要說文意道理一無可議，那倒不見得。通觀整篇文字，同時相互比對，這家或那家有問

題的地方好像還不少，以下試舉三幾個例子談談。

　　最常見的是襯字的過分使用，從而影響了文字的簡潔和文氣的暢順。新馬師曾和羅家寶唱本中有「自古話好事多磨從古道」一句。「自古話」屬襯字，卻跟句中的「從古道」意義重疊，成了贅詞，理該刪去，阮兆輝就是這樣子處理的，這便比其他兩家的好。可是阮兆輝唱本中的「總喉纏綿相愛，又復相憐」兩句，「又」「復」同義，「又」字是給加上去的，可是成了贅字。羅家寶只唱「復」字，這又反過來比阮兆輝的唱本可取了。又譬如白駒榮唱三句：「見佢聲色與共性情，人讚羨，佢更兼才貌就的確兩相全。」羅家寶唱詞作「見佢聲色與共性情，堪讚羨；更兼才貌兩相全」。比對之下，白駒榮的第二個「佢」字的意思，已經由上句直貫而下，明白得很，「佢」字可以不必再度使用，用上反覺多餘，使得文氣略見拙滯。

　　有時唱詞中用字不準確，自然也會影響到意義的清晰和合理的程度。我想舉「新愁深似海無邊」一句作例子說說。這是白、阮兩家的唱詞。我們常說「愁深似海」，這句話沒有甚麼不對，因為愁之深如海之深，「愁」和「海」都拿「深」作說明。可是說愁之深似海的無邊便講不通了，因為「無邊」一詞指空間的極度廣遠，具有橫向的性質，那是「闊」的概念。只是如此一來，唱詞的意思變成愁之深如海之闊。「深」具縱向的性質，於是「愁」和「海」

沒有共通而只有性質不同的形容字眼，怎能相似？聽眾要把握句意，恐怕不大容易。其他兩家唱作「新愁深似海闊無邊」，可議之處相同。

《秋墳》種種

　　已故曲藝家小明星唱過一支曲子《秋墳》，那大概是她生前最後錄製唱片的曲子，所以梁瑛在紀念小明星所唱的《七月落薇花》曲中開首便作「一曲《秋墳》成絕唱」這樣的「詩白」。

　　前些時聽收音機，無意中碰上播音員對這支曲子作介紹，說曲子撰者王心帆氏截取古人詩句「秋墳鬼唱鮑家詩」頭兩字為題，可不曉得是哪位古人。當時心裏懷疑這會是唐人李賀的文字，抽出《李長吉歌詩》翻閱，果然不錯，原來是《秋來》一詩的句子。詩的最後四句是：「思牽今夜腸應直，雨冷香魂弔書客。秋墳鬼唱鮑家詩，恨血千年土中碧。」

　　李賀這首詩，據古人王琦、姚文燮等人分析，大意寫由於蕭颯秋天的來臨，引起壯士傷感，對古來才人懷才不遇而抱恨泉壤，深表悲哀。近人葉葱奇這樣解後面三句：「冷雨中，古來詩人的幽魂前來相弔，在墳墓間吟誦詩句，因為他含憂結恨於地下，千年也未能消釋。」

　　對比粵曲《秋墳》，我們看出詩意和曲意全沒相同處。《秋墳》寫的是一個年輕未嫁女子，因為生病服藥有誤，不幸死亡（曲辭道：「為你一杯誤飲，紫霞漿」、「刀圭

藥誤，才有一現曇花」）。她的戀人在冷月之夜到墳前致祭，面對殘碑孤塚，記起從前一起的溫馨時刻，心裏大是難過。認真說來，曲意不外是情愛生死的常套。然則「秋墳」一名，作者只是孤立地從詩句中截取，沒有據詩意撰曲的打算。

小明星的「星腔」低迴宛轉，自是十分的動聽；不過如果拿《秋墳》作案頭文字欣賞，雖說出自名家手筆，仍然不能令人盡地滿意。這主要是舊詞套語比較多，欠缺新鮮感，像「飄殘紅淚，望斷迴腸」之類就是。另外文意也間有可議，譬如「乙反二王」段幾句：「況且柳不成絲草帶寒煙，怨句杏花猶未嫁。如此情魔如此劫，喜你入棺猶是、猶是碧玉無瑕。」前兩句似乎對「未嫁」不無遺憾，後三句倒像對「未嫁」心中高興了。除非作者另有深意，光從文字表面看，應該說有矛盾不連貫處，辭意未見妥當的。

粵曲《李師師》

　　我喜歡聽粵曲，這是從小培養起來的愛好，改不掉的，當然也不必改。慚愧的是：聽了多少年粵曲，粵曲的板腔譜調仍舊弄不清楚。平時所謂欣賞談論，始終離不開印象式的層面；這雖然不免要為知音之士竊笑，卻是無可如何。

　　我喜歡的曲子不少，子喉唱家冼劍麗女士唱的《李師師》是其中之一。我有一盒一九七九年美聲公司錄製的《李師師》錄音帶，多年前購得。聽到現在，聲音偶爾沙啞了。老想再買一盒新的，只是市面好像斷了貨，找來找去找不着。

　　我喜歡這首《李師師》曲子，原因有二。一從文字方面講：優雅生新之處遠在一般曲詞之上，應屬名家之筆。一從歌唱方面講：冼劍麗唱得悅耳動聽，使人賞味無盡。

　　曲子不長，全曲以名妓李師師自白的方式寫出。開始「打引」兩句七言句子點出京師汴梁已陷入金人手中。接下去「士工慢板」和「二王」兩段從往事說起：自己不幸淪落青樓，無計脫籍，後來幸好徽宗眷顧。再下去便是小曲「雨打芭蕉」和「南音」，寫鄭后勸阻徽宗微行和侍臣獻計安排私會師師。再以「乙反南音」、「正線」和「反

線中板」及「煞板」幾段寫時局和師師心志：國破君囚，自己纖纖弱質雖然不必負社稷傾亡責任，但身承君恩，還是準備以死相酬的。

粵曲曲詞俚俗鄙拙的不必說，就是一些看來典雅的，還是以熟套熟調居多，既不能教人觀感一新，又不見得切合曲中情事。試拿冼劍麗另一支獨唱曲子《趙五娘》中的「反線中板」裏面幾句作例子看：「呢朵歷劫花，本是俏壓紅蓮，奈何命途多舛。昔日正嬌妍，既香還帶豔，終日粉蝶繞我裙邊。」甚麼「歷劫花」、「命途多舛」，總屬陳腔濫調。至於用「香」用「豔」、用「粉蝶繞裙邊」等字眼去形容端莊堅貞少婦趙五娘，也屬不倫不類。再看「李師師」「反線中板」中幾句：「宋江山，烽火漫漫，大好中原，遭劫運。張邦昌，靦顏事敵，禍國殃民。師師含淚向誰聲。自問弱質纖纖，難負攘夷責任。矢誓不忘恩。可憐上國冤旒囚北地，中都兒女怨難伸。」閱讀起來，便覺大為自然切當了。

我相當欣賞「士工慢板」中幾句敘事句子：「醉杏風流愁往事，焚香拜懺禮慈雲。師師命薄似飛蓬，淪落青樓悲墮溷。幽蘭空谷難為賞，欲脫平康怨未能。卻緣寺宦多饒舌，瑤琴一曲竟承恩。粧閣杏花題御筆，玉奩明鏡映宮燈。」全是七言詩句，兩句意思一轉，文意緊接而下。特別是「淪落」、「卻緣」、「玉奩」三句，遣詞工穩，一

般作者不易辦得到。而全曲最後「煞板」兩句:「正是興亡未必關紅粉,殉國從來有幾人。」用吳偉業《團圓曲》「妻子豈應關大計」意,補說朝臣貪生畏死,如訴似諷,託意深遠,粵曲中很是罕見。

然而我們欣賞粵曲,不能全抱欣賞宋詞的態度。宋詞的音樂基本上已經失傳,唱不出來,剩下的只有歌詞,變成了案頭文學;後人着眼也就只能多放在文字上面。今天的粵曲主要感染影響別人的卻不在曲詞而在音樂和歌唱。也就是說,音樂和歌唱是強勢的影響因素,壓蓋籠罩其他一切如曲詞之類的次要成分。所以唱者如果唱得出色,便能感動聽眾,聽眾事實上再也記不起其他方面,文字即使有時欠妥,仍舊不失為一支著名曲子的。

這麼說來,《李師師》的曲詞儘管寫得好,唱者唱得不動聽,還是吸引不住我的。不過冼劍麗唱得實在好。她音質清揚柔婉,最適合演繹古代端莊貞靜而不幸的婦女。所以她唱《林黛玉》和《趙五娘》兩曲都很不錯。李師師雖然是妓女,但曲中寫她自比幽蘭,力謀自拔,最後「為存晚節脫金簪,自戕命殞」,作為節烈的正面人物處理的。我想要是讓冼劍麗唱紅娘的活潑靈巧,潘金蓮的淫邪放蕩,恐怕不行。至於行腔的婉轉變化,跌宕抑揚,自是她獨特本領和風格所在。我最愛聽開頭「士工慢板」一段,一種幽恨愁緒曲曲傳出,使人情難自已。到了本段最後

「碧玉羅衣」四字轉入「二王」「端賴君王賜贈」六字，細訴君恩。曲中「王」字行腔作三層波折，輕倩難言。廣東俗語所謂「聽出耳油」，正是這些地方。

　　我還聽過冼劍麗別的曲子，比較之下，總體説來，比不上《李師師》一曲。

《台山歌謠集》

　　我從小離開故鄉廣東台山縣，接觸鄉邦事物的機會不很多，不過對家鄉的東西仍舊關懷和感到興趣。可以想像，一旦見到像《台山歌謠集》這樣的書，心頭多麼的興奮。

　　這冊作為「中山大學民俗叢書」之一的集子，陳元柱編，民國十八年初版。我書一到手，立刻翻看一遍，看看有多少是我曾經從鄉人或家中老輩那裏聽過的；然而我大大的失望了。錄選的二百首歌謠，只有一首半是熟悉的。一首是書中的第五十二首：「打掌仔，換蕉仔；蕉仔甜，換禾鐮；禾鐮利，割你個鼻；禾鐮鈍，割你個臀。」半首是書中的第二十一首：「蔴雀仔，嫩蜦蜦，你媽唧（唧，衡俗字）蟲養大你，飛上牆頭講能持。講得多來心歡喜，童子持寵笑微微。」後一首小時候經常聽阿姆（伯父的妻子）曼聲吟誦，印象十分深刻。只是阿姆吟誦的只有前面四句，所以我懂得的也就是前面四句。阿姆現在九十多歲了，她會唱很多「歌仔」。聽說她還擅長唱「弔喪歌」，聲情之佳，附近村落沒有人比得上。《台山歌謠集》不收「弔喪歌」，阿姆別的「歌仔」也不見著錄，看來遺漏的還真不少。

　　歌謠中個別字眼的方音和特殊意義，編者注釋出來，

對讀者的幫助很大。不過由於編者不是台山人，有時對方言音義的掌握似乎不盡準確。他常引趙元任的記音為證，倒像自己本來不大懂，需要找個權威人士支持似的。譬如《蔴雀仔》中的「唧」字，注云：「趙元任博士音唧讀am。」有時方音該加說明的，他卻不作說明。仍以《蔴雀仔》為例，第三句兩個「你」字的發音應該不同：後一個讀作 ni，前一個作「你的」解，讀 niek。至於方言詞彙，編者有時會解錯，有時則缺注。譬如「枚年廿九嫁」一句（第二首），「枚」字注云：「年尾也。」顯而易見，這便跟緊接的「年」字意義相妨。我們台山人說「枚年」，是「靠近年底」的意思。又譬如《蔴雀仔》中的「能持」指「本事」或「本領」，卻是未見注出。

　　附帶說一說：我雖然少小離鄉，鄉音仍舊「無改」的，自信還可以就自己家鄉歌謠的音義談幾句。

小說　八股文

看章回小說

　　我甚麼時候開始看章回小說，記不起來了。根據家裏還能找到的一兩部小說出版年份推算，大抵不會在小學五年級以後。有一樁印象稍為深刻的事情：每天上課，母親給兩三角錢在外面吃早點。我用一半錢吃，或者索性空肚子，好得兩三個星期左右省下一塊另幾毛，跑到離家不遠的中環荷李活道的五桂堂書局買一兩部章回小說，回家翻看。這種情況大概持續了三幾年，長長短短的書算是翻過若干種。

　　記憶所及，最初似乎比較喜歡買歷史性質的演義小說，由《封神演義》起，到《東周列國志》、《西漢演義》，隨歷史朝代而下，直到《清宮十三朝演義》。後來轉變方向，改買民間傳奇以至神魔公案俠義之類的作品；能買到的就看。那時當然沒有甚麼像我們今天提出的「閱讀目的」；廢寢忘餐，不過追故事情節吧了。少年人記性好，

書中人名或特殊情節也雜雜亂亂記下一些；在另外的場合裏，有時居然也能憑藉一言半語猜出整體的內容。譬如扭開收音機聽粵曲，曲子儘管唱到半途，只要唱者唱出「烏江」「金山」一類的字眼，便能聯繫到楚霸王和白蛇的故事去，明白了全曲大旨。少年心性，似乎頗為此沾沾自喜過一番。

那時是五十年代初期，章回小說的價值和地位早經學術界肯定，可是一般人還有點「等閒視之」的態度。我看小說，家裏大人雖然不怎麼反對，卻也不見讚許鼓勵。看得久了看得太入迷了，還是受到責備批評的。我的《封神演義》是銅板小字本，記不起怎樣弄來了，許多時候便得躲在光線暗弱的臥室偷偷地看。眼睛近視，就是那時弄出來的毛病。還記得初中一年級時，有一回從學校圖書館借閱《紅樓夢》。學校規矩：圖書館每天最後一節把全級學生借書送來課室，由上課老師分發。老師一看我借《紅樓夢》，即時講了一頓話，大概是我還不合適看這本書的意思。

回想起來，當年要看章回小說有時還是受到一定的阻力的，遠沒有現在的年輕人幸運。現在的大人巴不得學生子弟看這類書，多方引導鼓勵，可還不一定能夠成功。

別有會心

　　《儒林外史》是一本諷刺警世的章回小說，不少篇幅寫作者時代讀書人的不正常情狀；這個早有論定。既云諷刺，那麼作者的動機不管出於公心或私心，描寫的情節和塑造的人物總得多傾向陰暗負面的一方，這樣才容易彰顯出諷刺的味道。作者的筆墨雖然被評論者推許為婉曲，跟清末的一些小說動輒謾罵逞惡言大不相同，情節人物陰暗負面的特性到底還是不能改變的。事實上幾十年來評論家們不斷指出：書中寫涉及「時弊」的人和事最見成功。於是范進中舉、張靜齋打秋風、嚴監生臨死時伸出兩個指頭等章節備受讚揚，甚且成為中學教本中的課文。

　　我跟多數人一樣，十分喜愛上引和跟上引相類的章節；因為讀後在會心微笑的同時，卻又不無悵惘。我自然明白：好作品不會只有一種風貌，而是複雜多變的；這好比名廚巧手烹調出各種滋味，讓人們各就所好恣意品嘗。杜甫的詩歌，大家都承認充滿憂國傷時的內容與情懷，可是杜集之中純粹寫家庭生活、閒適意態或模山範水、跟憂國傷時全拉不上關係的作品不見得很少。這些作品同樣寫得真切精到、生動感人。拿這個觀念回頭看《儒林外史》，卻也適合；因為情節人物除陰暗負面的之外，好像還有一

些是積極可取的。別人看後的感受怎樣我不知道，自己倒似乎頗有會心，頗有所感。譬如書中很多讀書人的談吐，溫厚謙讓，自然得體，看起來就覺得舒服有滋味。特別想到我們這個年代，以吹噓誇飾看成自信的表現，以詞不達意看成接受外國高深教育的結果，更像是一盞清泉，喝後消去胸中的煩暑。又譬如蘧太守明知孫兒附名刻印《高青邱集詩話》之舉不對，卻是「成事不說」，還開始教孫兒做些詩詞（第八回），用意大抵是讓孫兒在外間活動真個有點名士的樣子。處理倫常關係的方法值得參考；而傳統讀書人的一種高明氣象，隱約之間有所流露。

　　這只能算是偶然別有會心。學者們說《儒林外史》是一本揭露黑暗現象的書，我是個普通的讀者，學者們的意見當然信從。

為甚麼不好看

我曾經選取了《三國演義》、《水滸傳》、《西遊記》、《紅樓夢》和《儒林外史》五本小說中若干回文字讓同學閱讀，同時鼓勵大家淺嚐以後繼續看下去，最好整部書看完。好些同學原已看過各書不少章節，甚至全部都看過了；其他同學大抵也孜孜不倦盡量翻閱，不限於我選取的幾回；所以學期終結時，大家對各書起碼都有個初步的整體印象和認識。

於是我問大家最喜歡看哪一本書，答案不很一致，不過有一個意見倒是相同：最難看下去的是《儒林外史》，《儒林外史》最不好看。我對這個意見不感錯愕。這不是作者吳敬梓寫得好不好的問題，而是書中的內容寫法對現代的青年讀者比較缺乏吸引力；讀者即使是大學生，也不例外。

我們都知道《儒林外史》只是把許多各具獨立性質的故事鬆散地聯綴起來，學者們指出雖屬長篇，「實同短製」。儘管說仍有鬆散聯綴，然而讀者讀來肯定缺少像讀一般正式長篇作品時出現的那種一氣呵成之感。這是一般讀者希望通過故事情節而追求的感受，《儒林外史》似乎引發不了；看慣偵探小說或武俠小說的朋友，恐怕特別不

愜意。

　　另外書中寫的都是舊時代一般讀書人和尋常百姓的生活。讀者接觸不到像《三國演義》中那種詭譎縱橫、千軍萬馬的場面；也接觸不到像《水滸傳》中那種群雄嘯聚、義薄雲天的氣勢；也接觸不到像《西遊記》中那種神奇變幻、詼諧風趣的腳色；也接觸不到像《紅樓夢》中那種盛衰歡悲、纏綿芳馨的描寫。也就是說，書中的生活儘管有波瀾，大不了就像和風吹過水面那樣，微微動盪，不容易激起心旌搖曳，獲得閱讀的快感。年輕的讀者多半像是愛吃濃烈味道菜式的人，用「清蒸」「白煮」方式弄出來的東西，不一定能夠欣賞。何況書中的生活都帶明顯的時代烙印，古代歷史文化認識不足，可能看不明白。譬如書中常常提到跟科舉有關的事項，像科舉考試的過程、考試官僚的架構以及八股文的評析作法之類，如果一無所知，勉強看下去，一定覺得吃力和乏味的。

問題兩面看

幾十年前胡適先生研究《儒林外史》，指出全書的宗旨在批評明朝科舉用八股文的制度。胡先生大概這樣進行論證：他一方面從作者吳敬梓的為人去考慮。作者的朋友程晉芳寫過一篇作者的傳記，記載作者生平最恨做時文的人；時文做得越好的，他痛恨得越厲害。人們都知道《儒林外史》裏面的人物和情節在相當程度上融入了作者和作者親友的形象以及生活經歷，因而書中反映作者的真實思想也就不能避免。胡先生另一方面從作品本身去考慮，認為書中表示反對科舉文字的地方不少。他特別強調全書《楔子》中王冕的話。王冕一聽到明太祖要定八股文取士的制度，當下便說「不好」，顧慮將來讀書人專走這條路，會「把那文行出處都看得輕了」。王冕是作者借以敷陳全書大義的人物，他贊成或反對的意見都有代表性意義。他既然持批判的態度，全書對這個制度的傾向可想而知了。

批評科舉用八股文的制度是不是《儒林外史》的宗旨所在，直到今天學者們還有不同的看法；不過即使不算全書的宗旨，起碼是書中經常流露的心態，卻是學者們一致承認的。我們好像還沒有聽過哪一位學者特別是現代學者持相反的論調，主張全書不帶反科舉八股文的味道。作為

看過《儒林外史》一兩遍的普通讀者，我信服胡先生和其他學者的分析。事實上還有不少證據可以視作他們見解的有力支持。譬如胡先生提出吳敬梓自己寫過的兩句詩：「如何父師訓，專儲制舉才。」親口說出，有點不以為然的樣子。又譬如書中的虞育德是正面人物之中的第一人，被形容為「真儒」，他就說過自己不耐煩做時文的話（二十六回）；對時文雖不曾反對，卻不無輕慢之意。

可是作家的精神心態複雜多變，反映在作品中往往也會這樣，可能給評論者造成困擾。有時評論者明明自覺把握住作品中的思想主流了，卻偏偏這裏或那裏出現滯塞的現象，需要另外費勁疏導才行。談論《儒林外史》批評科舉八股文制度的時候，要舉一兩個仍待疏導的例子，好像也有。

書中杜少卿是作者的自我寫照，交遊很廣。交遊之中，馬純上和後來的蘧駪夫是專講八股文的，杜少卿不曾嫉視他們如仇。蘧駪夫和杜少卿世交相好，兩人感情不錯可以理解；馬純上跟杜少卿本來全沒關係，杜少卿對他依然以禮相待。馬純上是八股文的著名選家，整個人生整副精神似乎都放在八股文上面去。他雖然有點空疏迂闊，倒是仗義肯幫助別人。蘧駪夫的家人勾結衙門差役，拿蘧家家藏的「欽贓」準備向主人敲詐勒索。馬純上知道了，儘管當時跟蘧駪夫的交情不算深，還是想盡辦法暗中幫忙，從自己束修所得的一百兩銀子中挪出九十二兩去擺平事

情。「文行出處」的「行」，馬純上很算不錯。再從人物的原型講，學者們都承認書中不少人物有實際的原型，就是說書中不少人物都以作者熟悉的某些人物為描摹藍本。小說形象和人物原型雖然會有距離，但距離總不能過遠，甚至轉到相反的方向去。根據清人金和所寫本書的跋語，馬純上的原型是全椒馮萃中。這馮萃中原是吳敬梓的「至交」，也是吳敬梓欽佩的朋友之一。任何小說作者把至交好友移入作品之中，通常沒有深加貶抑譏刺的道理。

《儒林外史》第四十四回對蕭雲仙管治兵亂之後的邊鄙小城青楓城有詳細的記述：首先招聚流民、開墾田地、建設水利；待得百姓生活安足，便着手教育孩童。這其實是作者胸中一套的治民方案，通過蕭雲仙去指點實行。也就是說，作者認為這樣去管治長育百姓最好。蕭雲仙怎樣推行教育？他請到一位來自江南的讀書人作老師。這老師教學生讀書讀了兩年多，就教學生「做些破題、破承起講」。破題或破、承、起講都是寫八股文的術語；這等於說老師教學生寫八股文了。值得思索的是：作者倘使極端嫌厭八股文，按理便不會讓八股文出現在理想的治民育民方案之內。作者其實有許多不同的改寫方法的。比方讓孩子練習詩文，就是一種方法。然而作者最後保留了八股文的教學，這便容易引起讀者的疑問：作者對八股文嫌厭的深淺程度到底怎樣？

語體稟帖

　　章回小說的文字雖然是白話體，但是書中人物的書面語，不管是短柬長函，契約告示，一般都用文言體式，只有作者故意要求取特殊的俚俗效果時才例外。譬如《儒林外史》第二十二回董瑛訪牛浦不遇，留下便條：「渴欲一晤，以便識荊。奉訪尊寓不值，不勝悵悵。明早幸駕少留片刻，以便趨教。」這當然是文言。就是《水滸傳》二十二回武松在景陽岡下讀到樹上寫的兩行警告文字：「近因景陽岡大蟲傷人，但有過往客商，可於巳午未三個時辰結夥成隊過岡，請勿自誤。」雖然淺近，仍是文言句調。作者不把書面語一起改成白話，道理其實不難明白。可以想像：說書人向聽眾講述也好，故事中角色日常交談也好，用的一定是口語；那麼書中用語體記錄，不違離事實，自是無妨。可是古人在實際生活中畢竟不習慣用口語為文，只要執筆寫字，便自然折到流行的文言書面語形式去。不要說古人，我小時候見到家中僅僅唸了三幾年書的姑母，那怕寫個條子，記憶之中，從沒有過「的」「嗎」等語體字眼。這麼說，章回小說作者要是把書中人物的書面語言改為語體，反而不很切合生活的真實了。

　　正因這樣，我對某些標點本《儒林外史》（譬如

一九七六年香港中華書局版的）在第九回一段文字中所下的標點符號不無所疑。這段寫婁中堂兩個兒子命家人晉爵到縣裏營救被囚禁的楊執中。晉爵請託縣裏的書辦。書中這麼寫下去：

　　（書辦）隨即打個稟帖，説：「這楊貢生是婁府的人。兩位老爺發了帖，現有婁府家人具的保狀。況且婁府説：這項銀子，非贓非帑，何以便行監禁？此事乞老爺上裁。」

　　我懷疑的是：標點者把「這楊貢生」以下幾句語體作為稟帖上的原文，所以前後加引號；這到底對還是不對？書辦給縣太爺打稟帖，以下呈上，按理不適宜寫得太俚俗的。如果把引號內的文字看成作者間接引述的話；取消引號和「説」字下面的冒號，讓「説」字和下文直接連成句子；會不會好一些、恰當一些？

我看「范進中舉」

　　《儒林外史》第三回寫范進中舉一段，近代評論賞析的人最多，不過意見大抵相近甚或相同。那就是：這段情節淋漓盡致地揭露科舉制度的負面性質。我識見淺陋，看問題向來無法深入，這段文字儘管翻過好幾遍，卻總無法達到評論家達到的認識深度。評論家的意見我說不出是對是錯，可是引致他們獲得最後意見的推論過程，我隱約覺得說服力可能不挺強。不妨說，那樣的推論，不見得一定引出這樣的結論。

　　范進是個老實的讀書人，家境清貧，考過二十幾回秀才，老考不上。後來得到考官周進賞識，才中秀才進了學；接着時來運到，中上舉人，開始踏入仕宦的門檻。中舉消息傳來，他最初不相信；及後知是事實，不禁歡喜得瘋了，全靠岳丈打了他一個嘴巴，才轉醒過來。評論家就是根據這樣的事實作出判斷的。

　　可是仔細想來，這樣的事實，即使在我們現實生活中，還是經常可以看到。譬如一個立志要進入北京大學或清華大學等名牌學府學習的青年人，考了一兩回考不上，心情極度沮喪。第三回抱着「姑且再試」的心情報考，心裏其實不抱指望的，那曉得這回偏偏考上了。青年人高興

之餘，手舞足蹈，或者大喊大哭像發瘋，也不能說不是常情。如果我們不從青年人的激烈反應對現存入學試制度作出抨擊，那麼也就不必抨擊范進時代的科舉制度。從另一方面說，倘使有人拿青年人的反應推論出現行入學試制度腐朽不合理，我們會指責他說的理由不充分；那麼憑范進的反應推論出科舉制度腐朽不合理，理由便算充分嗎？

范進本來沒有經濟力量、沒有社會地位、沒有任何依靠憑藉，處身在社會靠近底層處。一旦中舉，即時脫離本來的階層，物質生活和社會地位得到大大的改善。所以這樣，還不是拜科舉制度所賜？不妨這麼看：在科舉制度的社會裏，沒有任何先天或先設的枷鎖，像種姓和階級成分之類，使人永遠不得翻身，不管怎樣掙扎。這有點像今天我們的社會，一個人出頭的機會經常存在。如此說來，科舉制度儘管有缺點，輕率謾罵及全盤否定，則又未免過火。

周進懂文章好壞嗎

《儒林外史》第三回寫范進中舉。文評家津津樂道范進聽到自己中舉後的反應以及他丈人在女婿中舉前後的不同嘴臉，跟着探挖文章反映的深刻社會意義。我也想在這一回中拈一節文字談談，不是人們津津樂道的一節，而是考范進的試官周進看卷子一節。

周進坐在考場監試。范進第一個交卷，他拿過卷子用心用意看了一遍，覺得不知所云，心裏不喜，丟過一邊。可是坐了一回，仍然沒有別人交卷，閒着無事，又拿過試卷從頭到尾看上一遍，這回覺得有些意思了。待得第三次看完，不禁歎息稱賞：「這樣文字，連我看一兩遍也不能解，直到三遍之後，纔曉得是天地間之至文，真乃一字一珠。」於是填了范進第一名，讓他進學。

周進到底是不是有能力看出范進的文字出類拔萃？目中所見，文評家都持否定的態度的。周進評文意見瞬息改變，只能見出「八股考試毫無準則，全憑試官的好惡」，小說這一段描寫其實「諷刺周進不懂文章好壞」（傅繼馥《儒林外史裏迂儒的喜劇形象》引）。《儒林外史》是諷刺小說早有定評，然則文評家對書中的一章一段，動輒拿「諷刺」去闡釋，倒是可以理解的。

　　不過我覺得看卷子一節只是寫實筆墨，不見得有文評家提及的深意。我認為作者筆下的周進是懂得文章——主要是八股文——的好壞的。作者從第二回起寫周進出身，不曾明示或暗示過他學問不好，文章不行。相反，作者寫他能欣賞王舉人硃卷後的兩大股；這兩大股正是王舉人得神人幫助寫成。他進貢院考試，七篇文字「做得花團錦簇一般」。作者寫這兩椿事，可以看成為第三回看范進文章作伏筆。童生交卷以後，他評論魏好古「文字也還清通」，稱許范進文字「火候已到」；凡此都是懂文章的人的口吻。

　　至於周進要看上三遍才能領略范進文字的佳妙，事情尋常得很，許多看文章的人都有近似或相同的經驗，倒是不必由此推出準則無定、好惡隨心一類的結論的。

三訪楊執中

　　《三國演義》中「三顧草廬」是著名的章節，選本常常錄入，文評家每每樂道。

　　我看《儒林外史》，裏面也有類似「三顧草廬」的構思情節，那是第八回至第十一回婁府兩位公子三次尋訪楊執中的過程。《儒林外史》這幾回文字好像不怎麼受選家或評家的青睞，跟《三國演義》的「三顧」不可同日而語；不過據個人看來，寫得還是跌宕有變化，很是不錯的。這不一定等於說這段文字跟《三國演義》的高下相近；即使不盡相近，仍然有它的可取之處。

　　這幾回回目全不露尋訪之意，似乎尋訪不是作者描述的重心所在；可是細讀以後，不妨承認作者其實真個以尋訪為主脈，並在這件事上下了一番謀篇的工夫。表面看來，文意盪開的時候不少，讀者會把握不牢，容易讓注意力轉到別的方向去，一時回收不及。這固然可以說賓主輕重之間不夠明顯，但也可以說正是作者的着力安排處，使得枝葉豐富，避免平蕪望盡。

　　婁府兩位公子最初從看祖墳的老家人口中聽到楊執中的姓名、獲悉他被囚在縣牢的時候，心中認定他是一位「讀書君子」。正因這樣，便遣人到縣裏保釋他。楊執中脫獄

之後，原要拜訪恩人道謝，卻因傳話人説得不清楚，不知道恩人姓氏，無法前往。

兩位婁公子專往好的方面想。楊執中不登門，越發認為他的品行學問高絕，跟一般人不同，於是興起相訪的念頭。兩人乘小船去，不料途中遇到劉守備的船借用了婁府的官銜燈籠，由此引出一番擾攘、一段相當長而有趣味的文字。擾攘過後，兩人到了楊家。這時楊執中已經出了門，兩人只好悵然離開。他們雖然把姓名地址對楊家的一名耳聾老嫗説了，但老嫗聽不明白。這是第一回尋訪不遇。

過了四五天，兩位婁公子再度乘船尋訪，一路無事，但楊執中仍舊不在家。這是第二回尋訪不遇，着墨較少。回程時寫兩人無意中從一個小孩子那裏看到楊執中手書的絕句，歎息楊執中襟懷沖淡。短短一段，作為餘波。

第三回尋訪沒有接着寫下去。兩位公子回程之際巧遇世交魯編修的官船，故事在這裏另開局面，轉出魯編修、牛布衣、陳和甫和蘧公孫跟婁府相互往還的諸般情事：主要有陳和甫扶乩請仙，蘧公孫入贅魯編修家時婚禮上種種熱鬧和意外，蘧公孫夫婦一個喜愛詩歌一個精熟制藝意趣不同的矛盾。每樁情事都作詳盡的刻畫，其中婚筵一段尤盡細緻生動之能事。

新局面佔去一回多的文字，歷時三四個月。婁府公子因為事務繁忙，根本把楊執中忘掉了。楊執中的端緒重新

拈起，是在婁府看祖墳的老家人正月間到府拜年的時候。婁公子由老家人聯想起楊執中，動念帶老家人同去作第三回的尋訪。

最後一回是訪到的了，不過作者不是簡單地寫出門抵步，入屋相見便算，而是細細地描述。書中先寫老家人顧慮到楊執中家境清貧，沒有東西招待主人；於是準備了雞、肉和酒，提前送到楊家，同時向楊執中說明送來食物和主人相訪的原由。

兩人等候了一段時間，婁府公子仍未出現。後來門聲響了，兩人趕緊開門；可是進來的不是客人而是楊執中的第二個兒子楊老六。楊老六喝得爛醉，入門只管說渾話，搶東西吃，惹老子生氣，着實胡鬧了一番。末後直至黃昏，婁家公子才來，主客會晤。

書中極寫婁府兩位公子熱切盼望會晤楊執中的心意，幾番尋訪，幾番失望，才能如願。如果說《三國演義》中的劉備不惜紆尊降貴，誠意「三顧」，從而顯示出諸葛亮的不尋常身分和才具，那末楊執中似乎也可以照此類推。不過事實是：楊執中根本不算一號人物。臥閒草堂本《儒林外史》回末的評者稱他做「活呆子」、「老阿呆」，該是一針見血之論。他打罵老嫗，管教兒子無方，連家都不能齊，其他經濟才具不足論，應該不言而喻。作者這樣寫，恐怕不無微意。婁府兩位公子對一個老阿呆欽仰歡賞，一

訪二訪，以至再三，其實一無意義。他們誠心越大，一種
滑稽諷刺之意，越發濃厚。

評論杜少卿

　　杜少卿是《儒林外史》作者吳敬梓的自我寫照，這是從清朝以來論者一致的見解。書中寫他生於一個書香仕宦的世家，境況豐裕；只是後來守不住家業，無法在鄉間存身，於是移居南京。他在南京另外結識了一批名士儒流，來往講論，過着清貧但是安然的生活。

　　杜少卿為人怎樣？認識他的人有不同的看法，三十四回薛鄉紳酒席上部分賓客有過一番爭論表白。否定他的人主要是翰林院侍讀高老先生。高老先生指斥他是「杜家第一個敗類」，因為他只拉着和尚道士跟工匠花子相與，十年內花掉先人遺產六七萬兩銀子，搬到南京後還經常攜妻子上酒館吃酒。肯定他的人主要是儒者遲衡山。遲衡山推崇他是「自古及今難得的一個奇人」。他不就朝廷的徵辟，見得高尚其志；高侍讀的其他責備只能替他「添了許多身分」。此外還有蕭柏泉、馬純上的雖非絕對、卻是基本上傾向高老先生的立場。蕭柏泉表示後生晚輩都該以高老先生之言為法，馬純上表示高老先生的話也有幾句説得對的。這麼看來，席上諸人持不同程度的否定態度的似乎比較多。

　　現代人基本上把杜少卿看成正面人物，這倒跟遲衡山

的觀點一致。觀點雖然一致了，彼此推論的過程不見得一樣。現代人認為杜少卿不就徵辟，既表示了對所處時代黑暗政治的不滿，也表現出對權勢的蔑視；攜妻子上酒館吃酒則見出不拘泥於遵守落後的禮教教條；這都是深具反抗精神的行為。反抗就是好。他跟和尚道士或者工匠花子相與，等於說不計較等級名分，親近平民大眾，自然可取得很。即使化費大量金錢，用意既然是幫助人，畢竟還是一種輕視錢財的超拔流俗態度。

遲衡山替杜少卿講好話，一方面固然因為他一向有諸般奇行。「奇」有特殊出眾、不墮凡庸的含意，值得欣賞。另一方面也因為他能捨棄官祿，節操高尚可敬。不過令遲衡山最懷好感的，恐怕還是不久之前杜少卿答允捐助三百兩銀子建泰伯祠，對正了遲衡山重視實際禮樂教化活動的心意。

高老先生對杜少卿前期生活的批評，主要指他敗壞家業、結交非類、不求上進，因此否定他的為人。現代論者對杜少卿的行為事實另有解釋，從而得出跟高老先生相反的看法。可以進一步的考慮是：書中的高老先生表明：他教誨子姪以杜少卿為戒，在每人書桌上貼一張紙條，上面寫着「不可學天長杜儀（即杜少卿）」。杜少卿成了正面人物以後，我們能不能認為他有取法的價值呢？

杜少卿前時在家鄉用錢如流水般周濟熟人，這不能算

作壞事。不過事情往往得從兩面看；正如他的老管家婁太爺指出的那樣，錢都給居心不良的人騙掉了。他的堂兄杜慎卿說他「最喜歡做大老官，聽見人向他說些苦，他就大捧出來給人家用」（三十一回），倒是中的之談；別人正是利用他這個弱點動歪念頭的。譬如張俊民既跟人想出鬼主意激杜少卿幫忙他的兒子冒籍應考，又要杜少卿支付不曉得是真是假的一百兩捐款，就是例子。這樣說來，他知人不明，錢都冤枉花去，幫助不一定該幫助的人，也就談不上慷慨仗義豪傑之士了。遲衡山推重他是「奇人」，也許包括考慮了這一時期的「平居豪舉」得出的結論。然而隨意揮霍不算奇行；果真這樣，遲衡山口中「奇人」一詞倒是過譽了。事實上杜少卿後來提起以往的生活，似乎不無內疚之感。四十四回余達惋惜他壞盡基業，他回答道：「那以前的事也追悔不來了。」馬純上說高老先生的話有幾句說得對的，杜少卿的回答看來多多少少能夠給高老先生的話作注腳，也多多少少給遲衡山的話澆冷水。如果連杜少卿本人對自己從前的生活方式和態度都不以為然，我們可偏要扭轉過來，這該怎麼說？

杜少卿不跟官場中人來往，閉門讀書不求仕祿，從某一個角度說，還算是清高之行。但先人遺業糊裏糊塗的花乾花淨，事情無論放在古代或現代都很難說得過去，不易得到別人的同情。正因這樣，馬純上的判語應該是持平之

論。杜少卿如果還算正面人物，那麼可供取法的地方只能在若干特定的範圍以內了。

匡超人回家

匡超人是《儒林外史》作者吳敬梓着力描述的角色之一。他的故事由十五回下半回寫到二十回快要結束處，足足五回多連成一片的完整文字。其他人物故事的連續篇幅好像都沒有這麼多，即使作者自擬的杜少卿也不例外。這匡超人是個讀過幾年書的青年人，因故流落異地，幸得馬純上資助他回家。他本來純厚孝養，卻因結交了一批不穩重的朋友，加上機緣不錯，踏進了仕途，人於是變了質，勢利傲慢起來。研究《儒林外史》的專家學者往往拿他分析批判，作為一個深受舊社會負面因素毒害的鮮明例證。

我沒有聯繫小說人物和社會現象一起分析的能力，也不想批判甚麼。我讀這幾回，感興趣的只是作者的寫作藝術技巧；個人覺得也許可以就此扯上幾句。譬如匡超人從外縣回家跟母親相見一段短短不到一千字的文字，便見細緻靈活和富於暗示性，值得細細尋味。

匡超人到家敲門，母親迎了出來。他「放下行李，整一整衣服，替娘作揖磕頭。他娘捏一捏他身上，見他穿着極厚的棉襖，方才放下心。」作者選取匡大娘捏棉襖的細微動作，雖似尋常，其實最能把母親擔憂兒子一向在外頭吃苦的心事深刻寫出。這令人想起書中另外一位母親——

楊老六的母親。楊老六喝醉了酒賭輸了錢，跌跌撞撞回家抓東西吃，給父親又罵又打，然而楊老六的娘還是「撕了一隻雞腿，盛了一大碗飯，泡上些湯，瞞着老子遞與他吃」（十一回）。慈母情懷，同樣透過細微動作真切呈露。

從欣賞的角度説，匡超人「整一整衣服」五個字還挺有意味。本來缺去這五個字，對意義文氣的完整通暢絕無影響。可是應該這樣看：端整衣冠跟着行禮原是古人實有的習慣動作，今天我們在古裝電影電視片中仍然看到演員這麼模仿，那麼作者如實寫出，正見文心的細微周到處。再説下面寫「棉襖」，先拿跟棉襖性質相近的物事作提墊；讀者有這麼一個印象以後，下文接觸到描述的主體，便覺得自然而不突兀了。

匡超人母子會面，他娘告訴他一年多以來常常因為惦掛他，晚上作各種各樣不愉快的夢。有一回夢中哭着，嚇醒了他爹太公。太公聽妻子把夢境説完，批評她心想癡了。那曉得就在當晚半夜太公便「得了病，半邊身子動不得」。細想之下，匡太公所以得病，恐怕就是因為妻子提到兒子，一時情緒激動感傷所致；然則他也是心想癡了。但是故事不曾言明，只説匡太公稍後「在房裏已聽見兒子回來了，登時那病就減輕鬆些」，從側面隱約透露原由。我們這裏看到，作者寫父母同樣惦掛兒子，手法卻大有分別。匡大娘向兒子絮絮訴説，直抒胸懷，這是明寫詳寫；匡太公不

講一句話，作者只對他的病情作一兩句客觀的記述，讓讀者去體會文意，這是暗寫略寫。行文靈活多變，也許作者下過了一番經營的苦心。

匡大娘夢中看見兒子頭戴紗帽做了官，旁人說：「這官不是你兒子，你兒子卻也做了官，卻是今生再也不到你跟前來了。」作者寫這個夢，讀者一時不會覺察出甚麼的，可是故事看下去，便會恍然其實對以後情節的發展大有暗示作用。這正是傳統小說常用的「灰蛇伏線」手法，使得任何一事一例都成為作品中有機體的一部分，做成一種緊湊的效果。書中寫匡超人日後果然上京做了官去。像這樣看似無關要緊而實際上極具關係的文字，還可以從匡太公臨終時對匡超人講的話看出。匡太公囑咐兒子日後不要看重功名，要注意德行；不要一肚子勢利見識，要在孝悌上用心；成親別貪高結貴，娶個窮家女子便好。這好像都是父親教誨兒子的套語，可是匡太公不願見的事日後匡超人一一幹了出來。匡超人當官之後，顧念地位身分，對曾經多次幫忙過自己而現時正坐牢吃官司的潘自業不加理會，還替自己找理由解釋。他嫌髮妻父親地位低微，不肯提說姓名。為了富貴，他不惜停妻再娶，做李給諫的女婿。一句話，全是缺德趨勢利的行為。

他娘還說夢見過他跌折了腿和臉上生了一個拈不掉的大疙瘩。如果不嫌附會，不妨試說那正是他日後失足和面目全非的暗示。

兩顆主人心

　　唐代有兩篇傳奇小說：《紅線》和《陶峴》，兩者同載在袁郊的《甘澤謠》一書。《紅線》的情節大概如下：潞州節度使薛嵩和魏博節度使田承嗣雖是兒女親家，田承嗣卻處心積慮要併吞潞州，薛嵩極是憂悶。薛嵩家有婢女名紅線，身具神術絕藝，薛嵩一向不知。及後紅線表示可以幫忙主人遏阻田承嗣的野心；她果然辦到了。薛嵩大是感激。但此際紅線卻要辭別，薛嵩挽留不住，只好讓她離開。故事到這裏結束。《陶峴》的情節大概如下：陶峴到南海探訪一位作郡守的親戚，親戚送他一柄古劍、一塊玉環和一個名叫摩訶的崑崙奴。摩訶善泳，陶峴經常把古劍玉環拋下水中，命摩訶潛水取回。一次摩訶又奉命潛水取寶，可是不成功，因為水底有龍守護，不能接近。然而陶峴不理，執意要取回寶物；摩訶不得已，只好再翻身入水，轉眼之間便被水底的龍撕死，「支體磔裂」，浮出水面。故事到這裏也告結束。

　　薛嵩和陶峴同屬主人的身分，對婢僕的態度可大不相同；一句話：前者流露出相當的善意，後者則絕無顧念之心。紅線承認在薛嵩家一向錦衣玉食，「寵待有加。」薛嵩向紅線詳述處境的危困，表明對她看重相信，起碼不會

輕視。紅線事後要離去，他極力挽留；見到紅線決意不迴，便「悉集賓客，夜宴中堂」，替紅線安排隆重而盛大的送別會，筵席之上悲不自勝。到了這時，可説他已不把紅線作下人看待了。反觀陶峴，平日命摩訶下水取寶，「以為戲笑」；又拿古劍、玉環和摩訶相提並論，作為「家之三寶」。在陶峴心目中，摩訶分量其實和死物（雖是寶物）相等，同供賞玩之用。最後他不理會安危，堅持摩訶入水，説道：「汝與環、劍，吾之三寶。今者既亡環、劍，汝將安用？必須為我力爭也。」在他看來，摩訶的生存意義只能跟二寶聯繫着。要是這樣，這名崑崙奴只能是二寶的附屬品，簡直連死物也不如了。這種視人如物、不顧對方生死、決絕無情的態度，使人寒心。

作者在一書內塑造出兩個心態截然相反的主人，但文字卻不曾透露褒貶之意。作者的立場到底怎樣？這倒是饒有興味的問題。

説「環肥」

「環肥」的「環」指唐玄宗妃子楊玉環即楊貴妃，這是大家都知道的。據說楊貴妃體態跟能作掌上舞的漢成帝皇后趙飛燕的瘦弱輕盈特點相反，後人便拿一個「肥」字作概括說明，也因此出現了「環肥燕瘦」這麼一句口頭話。常人說到「環肥」的「肥」，可能不僅僅意味肌體豐盈，也許還有超出必須甚至帶點胖嘟嘟樣子的含意。聯想到宋代樂史寫的《楊太真（即楊貴妃）外傳》中的記載，讀者或者會接受一點甚麼提示。記載是這樣的：唐玄宗有一回讀到《漢成帝內傳》中描寫皇后「身輕欲不勝風」，便拿來跟楊貴妃開玩笑，說妳怎麼吹都不怕的；作者解釋這是因為楊貴妃「微有肌也」的緣故。這麼看來，後人說「環肥」，倒也不是無根杜撰的了。

不過轉回來看看唐人對本朝妃子的描寫，似乎跟後人的概括說明不盡相同；我們得不出「環肥」的印象。陳鴻小說《長恨歌傳》載初見玄宗時十來歲的楊玉環「纖穠中度」；就是說肥瘦恰到好處。過一天她在華清池洗溫泉，出水以後「體弱力微，若不任羅綺」，大見柔弱之態。我們固然可以說這只是少女的體貌，她進宮以後養尊處優，加上年歲增長，難免「發福」起來了。這是個有道理的推

論，卻是個不合實情的推論，翻閱唐人其他資料當可明白。楊貴妃死時已是中年婦人了，白居易《長恨歌》載道士鴻都客奉玄宗之命四處尋覓貴妃的魂魄，後來在海外一座仙山找到了，她是眾「綽約」仙子當中的一個。另外中唐韋瓘寫的小說《周秦行紀》載牛僧孺夜間進入一座大殿，見到多名前代后妃的鬼魂，包括「纖腰修眸，容甚麗」的楊貴妃。「綽約」是「柔弱」「美貌」之意；腰肢既然纖細，人自然不會肥到那裏去。我這麼想：人死以後，魂魄無論成仙成鬼，該是保留剛死時的模樣的。鴻都客和牛僧孺見到的自是中年的楊貴妃，可是「綽約」「纖腰」依然。

「環肥」一詞是我在看《周秦行紀》時想起的，跟着拉雜記起其他看過的文字。別人看唐人小說後談文論學，我看唐人小說後評頭品足；說來慚愧。

《世說新語》一則記載

　　《世說新語‧排調》有一則記載：王渾有一回和妻子鍾氏同坐，幾歲大的兒子剛巧從面前走過。因為兒子好，王渾心裏欣慰，便對妻子說了。鍾氏聽罷笑道：「倘使讓我跟你弟弟配對，生出來的兒子還會好些的。」

　　《世說新語》一書多記魏晉人的言行軼事。學者都說魏晉是個思想大解放的時代，當時的人物言論行為往往不遵照傳統的儒家軌範，用今天的話頭說，就是「出位」。書中「出位」的事例很多，王渾妻子的回答大概要算其中之一。事情明顯得很，一個婦人當着丈夫面稱許小叔子和表示不辭匹配之意，即使拿今天的尺度看，話還是說得過分，何況出於千多年前的古人口中？說是大膽之言，絕不為過。

　　後人對王夫人這番話起碼有兩種反應。一種以清人李慈銘《越縵堂日記》的為代表：《世說新語》胡亂記載，王夫人絕不會這樣說的；因為「顯對其夫欲配其叔」，就是娼家淫婦也說不出口，生於高門大族和以禮法自持的王夫人哪會這般的口沒遮攔？一種以近人蕭艾《世說探幽》的為代表：首先肯定答話的真實性，進而指出可能是王夫人「內心深處真情實意的吐露」。特別強調的是：答話大

有直接反對三綱五常的味道，很值得欣賞。

　　兩種意見哪種對，不必深究。我想到的是：一些人想極力證明王夫人到底不曾違背名教，以免有玷清譽；一些人卻想把王夫人說成反名教的人物。不管怎樣，都是從大關係和深層意義上論析問題；這是學者特別是近代學者的至深癖好，我們儘可以理解。只是我有時又想：事情能不能看得簡單些，看成純粹是夫妻間一時戲謔之言，別無他意？我們都有這樣的經驗：夫妻間閒談諧笑，不可能句句合義合理，講話過了頭的情況有的是，卻也不見得就是潛意識的具體呈露。事實上《世說新語》的作者把這則文字編入《排調》篇內，已經給我們作出若干提示。如果真的這樣，那麼人們緊緊張張企圖論證答話跟王夫人全無關係，或者板起臉孔嘗試探求答話跟王夫人的內心關係，似乎都不是必要的了。

遠慮

　　臺灣東吳大學中文研究所教授潘重規先生上個月到香港來，中文大學新亞書院請他作學術演講；潘先生講《紅樓夢》，聽者很多。臺下聽講的中大中文系教員不少是潘先生任教中大時教過的學生，大家見他以八十六七的高齡站在臺上講話接近兩小時，精神始終飽滿，思路始終清晰，又是佩服，又是高興。

　　潘先生不屬紅學主流派，人們把他看成索隱派人物。近世以來，胡適先生的考證結果影響着紅學界的看法：一、《紅樓夢》作者為曹雪芹；二、全書為作者自敍傳；三、後四十回為高鶚續作。潘先生在三十多年前寫文章表示不同意。他認為曹雪芹不是作者而是整理者，作者是一位時代早於曹雪芹的清初民族志士；他還認為《紅樓夢》不是自敍傳而是一本隱含反清復明主旨的作品；至於高鶚，只限於對全書作「修輯」和「截長補短」的工作，絕不曾續寫後四十回。潘先生向聽者詳細說明自己探索《紅樓夢》的歷程和所以甘冒不韙跟胡適先生唱反調的原因。他補充說不管自己的意見得不得到普遍認同，不過既然切實地感到站得住腳，便堅持下去，求心之所安。學術上的看法暫且不論，潘先生不隨便屈從的態度、「雖千萬人吾往矣」

的氣概，卻是使人欽佩的。

　　高鶚續書之説，據潘先生意見，由於百二十回《紅樓夢稿》抄本的發現，證明不能成立。他最初論高鶚續書一事時，心裏原極盼望在八十回抄本之外再找到一百二十回抄本，這便解決問題，可是很覺渺茫；不料過得不久，一百二十回抄本真個被發現了。聽到這裏，我忽生奇想：如果那一天又找到一個曹雪芹之前的抄本，那麼潘先生有關《紅樓夢》作者的推論立時得到百分之百證實；只是這樣的抄本能不能找到？

　　我心情一時矛盾起來：一方面盼望真能找到這麼一冊最早期抄本，平息學術界爭論；一方面又盼望這樣的抄本最好不要出現，因為許多專家的論著都建立在胡適先生考證結果的基礎上，一旦全部崩坍，霎時學問、名氣、地位統統化為烏有，那多難過！該怎麼辦？

暗流湧出

　　《紅樓夢真相》是一本十一萬字左右的小書，劉鑠著，去年五月北京華藝出版社出版。書前有一九九一年十二月胡文彬寫的《序》，透露作者「新近……經過幾個寒暑的不懈努力」完成這本著作。正常估計，作者構思和動筆該是在一九九二年之前的幾年內進行。

　　我不是紅學家，《紅樓夢》研究中種種學術問題不會談；不過就像看其他雜書一樣，看完《紅樓夢真相》，反應還是有一點點的，儘管反應不見得跟《紅樓夢》拉上緊密的關係。

　　這本書有個特別的地方：作者在《後記》中表明立場，承認自己的書是「典型的索隱派作品」。也就是説，他要論證《紅樓夢》是一本反清小説，小説中許多人物、詩詞和情節都有政治影射的意義。這個到底是不是《紅樓夢》的真相，我不敢説；然而我大是驚訝：像這樣非主流的觀點居然也可以在大陸成書出版，不出問題！想起早些年作者要是這樣子表示意見，麻煩肯定有的是，苦頭肯定吃不完。從這個角度看，大陸當政者近年對學術思想的態度，果然比從前寬鬆了不少。

　　我孤陋寡聞，本以為索隱一派，大陸已經絕跡。讀了

胡文彬的序言後，才知道不是這回事。胡文彬指出有個時期表面似乎絕跡了，其實暗流仍在，改革開放以後又湧出地面來了。他舉出代表索隱派的一篇長文和一本書：許寶騤的《抉微索隱共話紅樓》和霍國玲、霍紀平的《紅樓解夢》。我看除此以外，索隱一派的作品還可能有別的；改天得向專研《紅樓夢》的師友請教。

　　《紅樓夢真相》承認《紅樓夢》是曹雪芹寫的，這便不免教人疑惑。從曹家跟清廷的關係看，曹雪芹怎麼會反清？作者的解釋是：曹雪芹畢竟是漢人，看到滿清入關後進行殘暴的民族壓迫，深感「漢民族被異族所征服，是華夏的亡國」，自然對滿人產生敵意。說實話，這是「想當然」的論斷，說服力不算強。一定要說《紅樓夢》是反清小說，那麼把作者定為年代早於曹雪芹的無名反清志士，像海外一些學者主張的那樣，似乎更順理成章，更合邏輯。

索隱派和紅樓夢作者

　　研究《紅樓夢》的索隱派學者最重要的主張：把小説看成民族意識濃厚、反對滿清政權的作品。誰也看出，小説這樣的主題立刻跟作者的身分發生矛盾。多數人公認的《紅樓夢》作者曹雪芹儘管是漢人，祖上多少代卻是給滿人當奴才的；一個這樣家世的人突然會背叛自己的家庭和階級，筆鋒轉過來直刺自己的主子，雖然流行曲有「世事無絕對」的歌詞，畢竟是極難想像的事。索隱派學者如果在承認曹雪芹作者的身分基礎上和主流派論戰，那便讓對手有可乘之機，受到質問時難於解辯。因為既然沒有其他具體資料表明曹雪芹有排滿的意識或行動，足以拿出來跟小説對證，那麼不管怎樣振振有詞，總屬架空立論，難以取信，對主流派絲毫不生搖撼的作用。

　　承認曹雪芹作者身分的觀點只能把索隱派中人弄得進退維谷。邏輯上的推論應該是：排滿主題如果成立，曹雪芹的作者銜頭應該取消。也可以這樣説：要讓排滿的主題站得住，曹雪芹的作者身分首先要解除。排滿主題的小説和身屬旗籍的作者，其勢不能並存。一些索隱派學者改寫曹雪芹的作者身分，自是必然之理。本來設法證明曹雪芹是個反清志士也能解決問題，可是這回事辦不到；要證明

曹雪芹不是原作者，倒還有資料可以拿來分辯論析。譬如深入探討程本的序言或者談書中的避諱之類，都算是可以入手之處。

語云：「不破不立。」前些日子人們喊這句口號喊得震天價響。這句話當然不是真理，不過站在維護索隱派的立場看，還是極有提示的意義的。「破」是破曹雪芹的作者身分，「立」是立學派的主張。從目前的情形看，説《紅樓夢》是「明代孤忠遺逸所作」也好，説書中女子代表漢人、男子代表滿人、寶玉是傳國璽也好；或者事乏佐證，或者會招人譏為附會穿鑿，要「立」起來不很容易，倒是曹雪芹作者身分這一關比較容易攻些。此關攻破，以後一切好辦。索隱派的學者如果不這樣考慮，反而棄易圖難，似乎不算明智。

索隱派新書《紅樓夢真相》仍舊贊成曹雪芹是作者，閱讀以後，引起上述一點點的想法。

漫談八股文及其他

一位同學準備寫一篇有關劉熙載《藝概》的論文，可是讀到書中《經義概》的部分時，準備工作進行下不去，主要是看不懂這部分的內容。她雖然知道裏面論及不少經義的作法技巧，不過由於對經義沒有認識，具體的意義抓不住。另一方面，古人寫的參考資料不好找；近人有關的著作本來最具指引作用，卻偏偏少得可憐，幫不了忙。她想多了解一些，便在我短暫回港期間裏，巴巴的跑來詢問。

我明白這位同學的苦惱，那是近世的文學史家給她帶來的困難。所謂經義，即俗稱的八股文。八股文是明清兩代開科取士、跟功名利祿有關的考試文體。這種文章有嚴格規定的內容範圍：要代聖賢立言；也有嚴格規定的形式：全文分股，用排偶。「股」跟我們今天的「段」約略類似。

近世文學史家反傳統反形式的意識十分強烈。傳統跟作品的儒家思想內容拉上關係，形式指駢偶聲韻藻飾之類。凡是推重儒術講求形式的作品，往往受到批評；不幸的是這兩方面八股文都百分之百具備了。何況八股文還是一種科舉文字，科舉文字離不了為文而造情，由考生「擠」出來的，談不上甚麼價值。

八股文就這樣受到徹底的否定了。後輩學者接受師長

前輩的看法，再也不加理會，然而心中照樣安然。因為像毒草害蟲般的東西，能不沾手能離開得遠遠最好，不值得惋惜。

不加理會表示大體上沒有人在這個範圍內研究寫文章，同時也沒有人在這個領域上從事文獻整理工作。那位同學覺得研究參考資料不足，不容易搞下去，道理就在這裏。我對文獻整理問題不無關心憂慮。八股文有關的資料本來不少，只是辛亥革命以後，人們任其湮滅，不去掇拾編理，到今天剩下來的已經有限得很。再過一些日子，能看到的恐怕只有四庫全書中的《欽定四書文》了。目前沒有人研究寫文章還不是大問題，只要資料仍在，人們觀點一旦改變，儘可以根據資料探索；就怕資料蕩然無存，有心人無從措手；它的廬山真面目最後誰也不識得。

我對八股文的認識也是淺薄之至，談不出甚麼；勉強要談，只能提出一點：看到學者們一體的理直氣壯，砍砍削削，必欲盡去而後快，心中不免狐疑做法是否絕對恰當。文章的思想內容暫時撇開不講，從藝術的角度說，劉熙載既然把經義和詩詞等並列，稱之為「藝」，可見他是承認經義有藝術成分的。他的意見如果不算錯，那麼我們在砍削之際，便得注意有沒有可以保留的東西了。

八股文在明清兩代流行了六百年，功令當然是主要的維繫力量之一。讀書人不管願意不願意，要想出仕，總要

學習研練。不過當中確也有不少人對這種文體的藝術特點表示欣賞的。別的不說，大受近代文學史家推崇為思想開明進步的明人李贄和袁宏道就是例子。周作人是近代的著名散文家，初期畢竟也是一個新人物，他的文集中有好些推許八股文的言論。從常理說，一種文體能夠在歷史階段中長時間存在，藝術上一定有其不可忽視的長處，光憑外力不一定扶得住。

其次還可以推想：八股文既是謀求利祿的工具，萬千士子考試時，一定想法子在那幾百字許可的範圍內極盡新變之能事，希望引起考官的注意和讚賞，加以拔擢。講求新變過程中，種種藝術技巧自然呈現；今天我們確實能讀到好些不隨流俗、技巧精妙高明的文章，很教人驚歎佩服。

一些評論者也許認為追逐技巧等於講求形式，已經是一椿罪過。要是這樣，當然無話可說。要是這樣，罪過的恐怕不只是八股文作者了，駢文、律賦、排律的作者也得包括在內，因為這些文體對技巧形式的講求跟八股文沒有兩樣。有一個時期人們喊出好些堂皇的口號，跟着指責這個，消除那個，似乎為歷史上曾經有過這類不充實不樸素的文體而憤慨。中國文學遺產雖然豐富，可是這麼指責消除，家當到頭來畢竟會大大的減少了。家當如果真個一無是處，拋棄掉不妨事；不過拋棄之前一定要看清楚想清楚，以免日後即使追悔，卻不容易拾取回來。

八股文與思維

八股文是近百十年來大受學術界抨擊及否定的文體，原因是這種文體妨礙了學習者的靈活思維。八股文作文命題限在《四書》，於是天下讀書人只在《四書》裏磨磨轉轉，別的書籍不看，知識面淺薄狹窄，胸襟識見容易不廣不高，不會多方面考慮問題。再說八股文格式僵固拘束，讀書人一輩子照規矩寫作，不敢（也不能）稍稍逾越，結果無形中給訓練成只會依樣畫葫蘆的人，心靈再也不能活潑潑地。

可是大陸學者鄧雲鄉教授不盡這樣看，鄧教授最近出版了一本書，名曰《清代八股文》，裏面寫出了他的「異端」見解。前兩個星期鄧教授應中文大學新亞書院的邀請，以「明裕訪問學人」的身分來港訪問。我平時對八股文也算稍稍留心，鄧教授來港，正是絕好的請教機會。一個星期下來，聽鄧教授多次說明解釋，結合他書中的論點，自覺在受教以外，益發明白他對八股文的整體看法了。

回到思維問題上，我這樣理解鄧教授的觀點：八股文命題作文的範圍狹窄是事實，可是這樣就「把作者的思維限制在一個極小的圈子中」，容易集中，不致漫無邊際去亂想，卻又全不管用。這便見出「訓練其限制思維能力的

集中性」的積極意義了。積極意義還可以從八股文的「破
題」進一步理解。所謂「破題」，指的是文章開首的兩句。
作法規定：這兩句一定是全文的要旨所在才行，下文全得
根據這兩句鋪展發揮。所以作者接到題目時，不管題目是
一句、一節或一章，總要先從題目中找出關鍵性的字眼和
意義，才好下筆。在這樣積年累月的訓練下，士子慣於多
方去找尋端緒，把握要領，一旦在實際生活中碰到複雜紛
紜的情事時，也就自然而然地左尋右索，以求關鍵的所在
了；這對解決問題顯然大有幫助的。

　　這兒我無意去判定八股文對思維方法有沒有積極作
用。然而這不要緊，就讓不同的意見並存，再行深入分析
探論便是；這已經是學術思想「活潑潑地」的具體表現了。
想到早被一棍子打死的八股文還有學者拿出來再講再辯，
驚異之中，不無興奮之情。

「打小人」和「百搭」

我們有時見到一些婦女，特別是一些看起來像古書嗤詆為「無知」的婦女，蹲在行人天橋下或者某個陰暗角落裏，手拿一隻脫下來的鞋子，一面口中唸唸有詞，一面不住撻打鋪在地上的剪作人形的紙人。她們唸唸的是甚麼，我沒有真正聽過；然而可以猜想，不外是「打死你某某某，你這搬是弄非的壞蛋」、「打死妳狐狸精某某某，打死妳」之類。拿鞋子的婦人深信經過這麼一番撻打，被指名道姓的人要蒙禍殃的。這叫做「打小人」，那是廣東民間流行的詛咒方式。這種習俗雖然迷信可笑，淵源倒是很古，我們儘可以由此聯想到史籍上記載的甚麼「巫蠱之禍」去。

紙人形狀不改，詛咒者說出不同的姓名，立時就是不同的人物，十分的方便。從變動不居這一點上說，紙人又像麻將牌中的「百搭」子。打外省牌的廣東人都知道，「百搭」可以當成任何一張牌使用。全副麻將有四個「百搭」牌，幸運之神要是眷顧，全給摸到了，那麼要想不胡大牌，還真不容易。

說來也許令人難以置信，有一個時期的文學批評似乎也可以拿「打小人」「打百搭牌」去比擬。我們看到那時的批評家對歷史上某些文論文體大加撻伐，嘴裏也像唸

唸有詞「打死你、打死你」。談文論藝之際，只要認為有需要提出負面因素作解釋，便把這些文論文體拈出咒罵一回，做成一種看來持之有故、言之成理的說明。至於是否真個有故成理，有時在盛氣嚴詞之下，不一定全使人滿意。

　　八股文就是這樣一種備受撻伐的文體。舉一個例：有的文學史提到明代前七子的出現，消除了由於八股文不良影響造成的文風，到了討論七子文字的僵化擬古時，又指出這是受到八股文的壞影響。同是李夢陽何景明等人，一時抗拒八股文，一時接納八股文；究竟怎麼一回事，很不好懂。我們也許只能這麼揣測：八股文是批評者手上的百搭牌，隨時可以配合需要變化使用，心中只要認定它是該打而又足以有助一己論證的東西便行。

周作人《論八股文》書後

　　這是周作人《看雲集》內錄入的文章，主要的意見是：大學裏應該開設八股文的課程。因為從作用說，八股文在中國文學史上起承先啟後的關鍵，掌握了它，便「通舊傳統之極致」和「知新的反動之起源」。再從藝術層面說，八股文這種文體具有「集合古今駢散的菁華，凡是從漢字的特別性質演出的一切微妙的游藝也都包括在內」的特點，使人有「觀止之歎」。既然這樣，置之不理，很不妥當。

　　作家的思想心態有時實在不容易捉摸理解。周作人從藝術和文學史的角度觀察之後，對八股文頗見推許之意，就是一個例子。即使在今天，人們對八股文依然深惡痛絕；清末民初的人身受其害，體會遠比近代人真切深刻，要把八股文踩到十八層地獄最底處，完全可以理解。何況周作人還是新文學隊伍中的一員健將，徹底鄙棄作為代表舊傳統作品之一的八股文，才是正理；誰料事情全不是那樣子，這便不免使人大感意外了。周作人跟明代作家李贄、袁宏道的情況有點相同。據近人分析，這兩人對傳統都不盡契合，很有點叛離味道；可是奇怪，兩人對八股文竟然很看重；這無疑也使人大感意外的。看來我們對每一位作家都

要從各方面細細的作一番分析研究，不宜採用簡單的機械的區別和評論準則才是。

周作人談八股文的意見是對是錯，我說不上；因為我對這種文體本身的結構和發展的歷史所知有限，不能隨便作論斷。我可以說的，只有文中提到的談文論藝的態度。據我看來，不失為老老實實的態度。周作人認為八股文即使是負面的東西，也得先行了解它的負面性質，這樣才會明白後來所以出現反對它的文學運動的原因。話說得平實有道理，沒有人可以反對。不過再一次使人大感意外的是：幾十年來雖然人人把「不調查研究就沒有發言權」這樣堂皇的口號掛在唇邊，不老實的態度偏偏觸目即是，不少談論者都以嚴肅的口吻說無根的浮詞。周作人是漢奸，想到漢奸的話居然還能老老實實，不覺慨然。

「孤明先發」
與「吾道不孤」

一位經常跑書店的同學來說：旺角一兩家書店最近來了幾本《八股文概說》的「水貨」，綠色封面，相當的厚。我趕忙出去準備買一冊，那曉得早已賣完。店員說過幾天也許有第二批來貨供應，我只好悵然離開。

八股文不是唐詩宋詞，不是戲曲小說，向屬無人問津的文體；現在居然有人垂顧，非豈異事？買書的人不管抱概覽或作研究參考的目的，這種文體總之有人注視，當是事實。從研究的層面說，我最近幾年似乎感受到一股微弱然而相當活潑的氣氛：海內外從事文學學術研究的人，特別是大陸的學者，已經開始擺脫原來好些無形的拘束，主動跳出限制的框框，舉頭四顧，然後向各塊幾十年來很少或者從來不曾注意到的園地分別邁步；八股文就是其中一塊新園地。這種文體雖然也該研究，可不是文學研究中的首要和重頭項目。即使這樣，一九九一年以來，連這回買不到的《八股文概說》計算在內，我知道大陸起碼出版過五種有關的專書：一、王凱符《八股文概論》，九一年北京中國和平出版社出版；二、清人劉熙載《藝概·經義概》

的注釋，九一年北京光明日報出版社出版；三、啟功《説八股》，九二年北京師範大學出版社出版；四、鄧雲鄉《清代八股文》，九四年北京中國人民大學出版社出版。我不常跑書店，專書難免會買漏了；至於好些單篇論文沒機會讀到，不在話下。

我對八股文稍稍有興趣，大概從八十年代初期開始，時間算是早一點。回想起來，那時人們對這種文體閉口不談；即使我有時勉強拉起這方面的話題，換來的全是簡短而冷淡的禮貌性回應。古人說同聲相應、同氣相求，如果同聲同氣的絕無其人，心中的寂寞可想。不過現在好了，大家對這種曾經決定明清兩代士子的前途、每個考科舉的人朝夕不敢稍離的文體逐漸重視，並且進行研究，那是十分可喜的現象。目下研究者隨意選取研究範圍，搞八股文的人相繼出現，風氣轉變，跟從前大不相同了。假使「孤明先發」而寂寞，「吾道不孤」而興奮，我寧願選擇後者。

人與書

錢賓四先生
《中國文學講演集》

　　錢先生的《中國文學講演集》，一九六三年三月人生
出版社出版，共一二五頁。手頭的一冊是這本書剛出版、
我啟程去歐洲讀書前購買的。新亞求學時期買的書，由於
後來家人搬遷好幾次及移民、而我又不在香港打點的緣
故，丟失了十之七八；錢先生這本書幸好不在丟失的書籍
當中。

　　據錢先生本書《自序》，書中收錄了跟文學有關的
演講記錄和若干平日讀書的筆記，大部分成於南來香港以
後。全書分十六個題目，先生說其間並沒有一貫的計畫和
結構。實則這是在不同的日子裏、在不同的場所中對不同
的聽眾作演講、事後把各篇講稿集合起來時必然的現象，
不足為異。從題目看，講論範圍有大有小、有古有今；前
者像《中國文化與中國文學》和《記唐代文人之潤筆》，

後者像《釋離騷》和《中國京劇中之文學意味》。《自序》
說「也終還有值得一讀處」；我認真閱讀各篇，受教很多。
前幾天跟在中文系教過《論語》的佘汝豐兄談起這本書，
他立時指出書中《中國文學中之散文小品》一文講《論語》
的文學價值一段。所謂「中心藏之，何日忘之」，汝豐兄
看來正是如此。

人們推尊錢先生的學術貢獻，大抵從歷史、思想和文
化的方向出發，這是正確的。當然我們同時也得明白：錢
先生學問淵博，儘管有所專注，卻又不限於他所專注部分。
記得唸新亞研究所時，每個月有月會，由三幾位同學分別
報告近期的讀書心得。報告的內容分屬文學、歷史或哲學
不等。錢先生最後作批評總結，不管哪一個範圍哪一種題
材，都有深刻允當教人佩服的評說。所以上星期新亞書院
隆重舉辦「錢賓四先生百齡紀念會學術研討會」，會上柳
存仁教授補提錢先生曾在《新亞學報》上發表過好些文學
論文，聽後絲毫不覺奇怪；錢先生在本書《自序》中同樣
寫過這一點。執筆之際身邊沒有《新亞學報》可供查閱，
起碼已記得《讀〈文選〉》、《雜論唐代古文運動》、《讀
柳宗元集》、《讀姚炫〈唐文粹〉》等幾篇了。我想假如
把錢先生散載各處的談文學的文字，連同本書輯錄一起，
一樣可以編成皇皇巨冊的。

一本文學史筆記

　　錢賓四先生雖然給一般人看成史學家，他在新亞書院當校長時可開過「中國文學史」的課程；我那時就是他班裏的學生。文學史儘管也是「史」，但不是人們心目中「史學」的「史」，教文學史畢竟是文學研究者的事情。

　　大概在大二上學期，學校請來教文學史的老師未能及時到埗，錢先生只好代講了。他教了半個學年，講課的筆記，無論是我上課時記錄的草稿或者課後整理過的抄本，今天還保留着，只是長久以來放在書架上不曾理會。最近因為注意到錢先生和文學研究，才拿下來再翻。面對筆記，先生平日和講課時的風範逐漸從心底浮現，仰止之情隨生。另一方面，看到筆記紙頁轉黃、表面塵封，又不禁悵感愧赧無已。

　　錢先生講的是唐代以前的文學史。我筆記本裏還有一兩頁唐代文學的介紹，然而肯定未算全面的介紹。也不曉得錢先生講到這裏學期便告結束呢，還是以下的我沒有記錄。從我的筆記本看，錢先生講的都是他自己的看法：可以跟別人的見解相同，也可以跟別人的見解不一樣；或者是別人詳盡他簡單撮述，別人簡單他詳盡發揮。我們程度不高，他可能不作過高的陳義的；即使這樣，獨特之處

還是經常遇到。當時最流行的是劉大杰的《中國文學發展（達）史》。錢先生當然不會像好些教文學史的人那樣，捧着劉大杰的書作枕中秘寶，照本宣科。

　　我想舉一個例，或者索性照抄《筆記》好了。關於唐代散文，《筆記》上這樣寫着：「唐代散文運動，雖然説是變古，其實是開新，散文是開新的詩體，融合了李杜的詩境而成的……。譬如『贈序』一體，本來是放在贈答餞別等詩之前的散文。形體雖然是散文，但必得加入一種詩的情調才行，所以像韓愈的《贈楊少尹序》，通首簡直是一篇詩。」我不敢説我百分之百把握住錢先生的意思記錄下來，若干成的意思應該是抓住的，因為像這樣的見解我説不出來——我倒希望能夠説出，這樣的見解也跟錢先生一些學術性文章的論點有相通之處。

　　柳存仁教授在最近的錢先生紀念會學術研討會上講錢先生從前在北京的教學，我慚愧是小腳色，否則也或者可以登臺講講二十多年前錢先生在香港教文學史的事了。

一本經學史筆記

往日老師講課的筆記，我保留着的，除了錢賓四先生的「中國文學史」外，還有牟潤孫先生的「中國經學史」。

就個人所知，一九四九年以來，香港的公私立大專院校，除了新亞書院，大抵還沒有那一家開過「經學史」這門課的；就是新亞書院，也只是由牟先生開了一年，我運氣不錯，恰好修讀了。事實如果真個這樣，「經學史」筆記倒是難得可貴。一些舊同學知道我有一份筆記，便要借來閱讀，或者慫恿我找個合適的刊物發表。關於後面一點，我也起過念頭，只是一則身旁瑣事好像很多，整天團團轉轉，昏頭昏腦，一下子便把這回事擱下；二則説老實話，也不知道稿件該投到那裏去，因為我心裏始終狐疑，經學這門東西過於古舊，刊物的編者會有興趣採用嗎？

近世學術界知識界對中國固有文化頗帶否定的傾向。經學作為儒學的重要組成部分和作為被看成跟鞏固王朝政權關係密切的學術，大受抨擊鄙棄，自屬必然。經學成為了落後甚至反動的象徵。在這種情勢下，經學基本上不能談，也很少人想談。

我相信這樣説近百十年間經學這門學問的處境，沒有虛構或過甚其詞。人們的思想邏輯是：否定的東西不值得

提起，提起會是罪過。這樣的思想邏輯我雖然期期以為不可，然而不能不承認確是客觀存在的事實。然則經學史筆記要找地方刊登，可能不是易事。

牟潤孫先生授課很有指引性和啟示性。他每次總挽着一個黑色大皮包進課室，皮包裏裝滿書；講課時翻這本翻那本，徵引原始資料，抄在黑板，然後據資料作解說、作分析、作評論，大家都覺得很明白、很實在、很受益。想起牟先生動聽的京片子、胖胖的身軀，以及手中粉筆快用完時隨手一扔、再換一支的動作，耳際眼前，依然清晰，可是三十多年晃眼過去了。

我當年覺得牟先生講魏晉南北朝一段的經學史尤其精彩，這也許因為我對這段時期經學發展情況本來毫無所知、牟先生一加講說、自己頓時接觸到一個前所未見的局面的緣故。

聽屈守元教授演講

四川師範大學中國古代文學研究所教授屈守元老先生來香港中文大學訪問兩星期。上星期三香港浸會大學中文系請他前來演講，講題是《〈文選〉傳本概述》。

屈教授從四個系統介紹《文選》傳世的版本，我聽後很受教益，在場聽講的幾十位同學想來也是一樣。題目雖說「概述」，內容實則深入；說是一位學者多年研究判析後的扼要說明，更為合適。我由此想到大陸已經出版的一系列「導讀」著作；屈教授也給這個系列寫了《〈文選〉導讀》一書。我從好幾位專家處聽到，同是「導讀」，《〈文選〉導讀》跟某些「導讀」本子不一樣，不光是在主題的表層說來說去。這事情其實好懂。心裏頭有深刻了解某椿事的人，要講心頭的知見還來不及，那裏還需要講浮泛支蔓的話？

屈教授講話結束前談到他從前入手研究時的一些歷程：他唸大學時，不少同學清早起來讀英文，他則聽老師的指導，用這段時間背誦《文選》的篇章，而且從「大賦」──像《三都》《兩京》之類──開始。屈教授補充說：到了今天，雖不能說《文選》中的篇章全能背誦，每篇文章還算熟悉了解的。我從前輩學人的謙退作風猜想，屈教

授極可能講客氣話，《文選》文章他其實全記得的。他似乎也在給我們後學指示：要研究某一項目，基本資料應該完全掌握熟悉。我們從這個方向想，那麼在敬佩屈教授之餘，自己也就不無所獲了。

古人——東方和西方一樣——讀書重背誦，這是眾所周知的事。李白年輕時，他父親囑咐他讀司馬相如《子虛賦》。韓愈在《張中丞傳後敍》記張巡背熟整部《漢書》，有人隨便抽取《漢書》的章節，讓他接續下去，「巡應口誦無疑」。背誦這回事，現在有些學者不加肯定。學者們有一番教育理論作解釋，我不能說甚麼。我想到的是：李白肚子裏如果連一篇文章都沒擱着，他能成為詩仙麼？眼前的屈教授，他背誦了《文選》，同時又是研究《文選》卓有成就的專家；背誦與學術成就，二者之間，也能找到某種關聯麼？

記程千帆先生

這回到南京開「魏晉南北朝文學國際學術研討會」，再一次有機會登門拜望程千帆老先生。程先生雖然已從南京大學中文系退休，卻仍舊受到學校和全系的尊重。大會籌備會邀請他為特別演講嘉賓，在開幕時作了一個以《關於魏晉南北朝文學研究的幾個問題》為題的精闢演講。

這回是我第二次正式拜望程老先生。第一次五六年前了，那時他在療養院。這次我到他家裏。五六年過去，他沒有甚麼改變，精神氣色似乎比從前還好些。程先生跟潘重規先生同出黃季剛先生門牆，他知道我上過潘先生的課，特別親切招呼，使我惶恐之餘，大是感激。

程先生表示，現在放下教學任務，可以有時間整理文稿了。他從櫃子裏拿出幾種已經出版的著作送給我，特別指着《校讎廣義·版本編》和《校讎廣義·目錄編》兩冊精裝本，說這是十多年前在南京大學指導研究生的講義，後來由幾位研究生整理記錄而成。程先生補充：要從事學術研究，校讎學的知識和訓練十分必要，有的同學最初不大明白，但很快便了解到這門學問的助力。回到賓館，我細讀二書《敍錄》，上面的話部分寫上了。程先生的話，有些「新派」學者可能聽不進去。耳朵不賣帳，那是無可

如何的事，然而吃虧的只能是聽者本人。

程先生告訴我：黃季剛先生日記的編錄工作完成了，正在想辦法出版。我告別以後，和莫礪鋒教授（莫教授是程先生早年的研究生）步回賓館。我問莫教授：整理季剛先生日記的具體工作是不是由他們幾位程門大弟子負責。我想程先生年事已高，具體事情何妨由後輩處理。那曉得莫教授說：「不，我們整理程先生的稿件，季剛先生日記，程先生自己整理。」我聽後如有所感，約略想到「敬師」一方面去。無獨有偶，前兩天我有機會陪同正在中文大學訪問的四川師範大學屈守元教授。屈老談話之間，同樣提及他前些日子整理自己老師著作的事。我想敬師不忘，確是前輩的高風；然則我聽了莫礪鋒教授的話以後引發的反應，倒是不能看成瞎猜瞎想了。

記陳蕾士先生

魏代嵇康有「目送飛鴻，手揮五絃」兩句詩，詠高士彈琴的瀟灑不群意態，向受後人欣賞稱許。若干年前我在古箏名家陳蕾士老先生家裏無意中提起嵇詩，那曉得陳先生說：「彈琴的人眼睛專注琴絃，目光不會俯仰游移的。這兩句不像寫彈琴，詩中的『五絃』可能指別種樂器。」

我一聽愕然。記憶之中，注家好像都把「五絃」解為古琴，更無別義。可是陳先生琴箏並臻絕妙，他根據彈奏的實際經驗下判斷，說服力很強。真的，跟他一起談話請教，往往就是這樣聽到許多不尋常的見解，收穫很大。

我全不解音樂，本來沒有資格跟像陳先生那樣譽滿一時的名手談樂的。幸虧我背過一點書，記得一些詠琴、詠箏或者詠甚麼樂器的詩文，有時隨口徵引，還附上幾句外行淺薄的說法，引得他發笑，也引起他糾謬的興致；於是有時言簡意賅，有時條分縷析給我指點。另一方面，我的仍在小學五六年級唸書的女兒蒙他不棄，收錄為關門弟子，每星期登門學箏。有這一層老師家長的關係，再加上我們本來同在中文大學任教，算得上有同事之誼；我猜老先生可能顧念及此，才降意聆聽我的話的。

他教女兒彈箏，純走傳統路子，不雜新法。我雖然不

懂音樂，卻也聽出現代箏樂和傳統箏樂有所不同。整體主觀感受是：新派有西化傾向，大膽創造種種新技法，大膽擱置部分舊技法。我不否認新法演奏另有動人的效果，然而像陳先生的一按一彈，竭力追求優美或肅穆的傳統高雅意境，再也不常甚至完全沒有碰上了。陳先生對中國音樂發展應該採取的路向似乎是有個人的看法的，不過音樂門外漢的我聽得不大懂，說不出來。我記得比較清楚的是有一回他提出這樣一個問題讓我思考：中國音樂交響樂化現在是相當的盛行了，世界上其他民族像阿拉伯人和印度人都有豐富的音樂傳統，不曉得他們也在走民族音樂和西洋音樂結合的道路沒有。如果沒有，那會是甚麼緣故？

陳先生退休回去馬來西亞幾年了。最近整理書籍，見到先生所著的《薇齋詩》，又一次想起遠方的長者。

《新三字經》

　　《新三字經》一冊，「新三字經編寫委員會」編寫，今年一月廣東教育出版社出版發行，共一二七二字，簡體橫排，另附插圖和注文，行文依照傳統方式：三字成句，偶句用韻。

　　書前有「編寫委員會」的《前言》，說明編寫目的，大概是這樣：面對當前改革開放熱潮，需要結合時代精神對青少年進行愛國主義、集體主義和社會主義教育，從而加強他們「自身思想道德修養」。黨政當局為此組織專家學者編寫這本有「思想性、教育性、知識性、可讀性」的青少年讀物，「以建設有中國特色的社會主義理論為指導，把中華民族傳統美德、社會主義道德規範和現代文明修養熔於一爐。」

　　我們知道：用「人之初，性本善」開頭的三字經是傳統教育中最著名的啟蒙教材之一。此書大概在南宋末編成，元明以來出現過好些增刪修改或模仿的本子，好像蕉軒氏著、王晉之和張諧之重訂的《廣三字經》、章太炎的《重訂三字經》和江瀚的《時務三字經》就是。可見改動《三字經》文字或採用《三字經》形式以配合一時的需要，原是向來如此；然則《新三字經》成書只是沿襲前軌，不

足為奇。

傳統的《三字經》既是啟蒙讀物，便等於今天的小學課本，編著重點自然同時放在舊時代認為重要而基本的各項知識的介紹。章太炎《重訂三字經·題辭》云：「其書先舉方名事類，次及經史諸子，所以啟導蒙稚者略備。」說得更具體一點，全書大概包括五部分內容：（一）教和學的重要性；（二）古代倫常關係；（三）基本名物如五行、五穀之類；（四）小學、四書和經子史等文化常識；（五）激勉兒童努力向上的歷史人物故事。《新三字經》沒有取代目前小學課本的用意，所以編著者不亟亟於盡可能多些介紹基本知識。前人撰寫的《三字經》當中，有一類以傳播當時的新思想為宗旨，上面提到的《時務三字經》是個例子。我這麼看：《新三字經》要弘揚時代精神，這便似乎跟《時務三字經》一類的路子有相通之處，倒不見得完全吻合《三字經》的編著精神。

《新三字經》把全文分成七個段落，就是七項類別之意；編者心中的方向可能這樣：（一）教和學的重要性；（二）父母子女與家庭；（三）學校學習和好學生；（四）社會處世和好公民；（五）著名歷史人物及近代偉人；（六）文化、文學和科技上的重要人物；（七）中國地理版圖。乍看類目，和舊《經》儘有相同或相近，然而細按具體內容，新舊二經差異之處畢竟更多。譬如同說歷史，舊《經》

簡介伏羲、神農以下歷代朝號帝王沿革，不多着議論，只作事實敍說；新《經》則舉出若干古代英主直臣和民族英雄，還有近代偉人，一一頌揚，切指他們的勳業建樹。近代人物中包括孫中山、毛澤東、鄧小平，寫三人的文字又比寫其他人的文字多三幾倍。又譬如經子典籍，舊《經》列出的不少，新《經》全部刪去，連《詩經》一名也不保留；卻增加了後世著名文學家、著名文學作品和近代有貢獻的科學家名字。

看罷《新三字經》，我有兩點反應：

一、全書分作七個主題，大致不錯，青少年對這七方面應該受到提示指點的。編者同時注意到實際情況和需要，就內容取捨和文字多少作適當的安排。譬如今天是個科技起重大作用的時代，孩子應該從小培養起重視科學的觀念，於是新《經》加進一段講科技的文字。又譬如目前大陸有些人包括公職人員比較缺少公德心、不知自愛和貪求枉法，新《經》便用上較長篇幅作正面勸誡和舉例子勸勉。

二、《三字經》由頭到尾貫串濃厚的儒家思想，自屬必然，新《經》刪削了許多。不過刪削許多不等於刪削淨盡。仔細閱讀新《經》，儒家思想似乎仍佔極重份量。《經》文「孝與悌，須繼承」，又「親有過，諫其改，情意切，語和藹」。前者令我們想到《論語》中的「孝悌也

者，其為仁之本與」；後者令我們想到「事父母幾諫」一類的話。此外注文中論「仁」，也肯定「即使在今天也有積極意義」。從另一方面看，作為全國指導思想的馬列主義未見明顯提及，《經》中沒有「馬列」「唯物」等字眼；也就是說，這類字眼沒有注進青少年的心窩裏去。

《新三字經》的新例子

　　《新三字經‧前言》開宗明義：編書為了要對青少年進行愛國主義、集體主義和社會主義教育。這三點用意舊《經》的編寫人肯定沒有；《新三字經》之所以「新」，這三點起碼得算進去。目標既新，選擇的例子自然跟舊作有差異。

　　愛國主義教育主要集中在新《經》最後講歷史、講文化、講地理版圖三段。歷史人物中既舉出秦皇、漢武、唐宗、清祖（康熙）等統一國土、開闢疆域的英主；又舉出岳飛、文天祥、戚繼光、鄭成功、林則徐、鄧世昌等驅除外敵、殺身成仁的民族英雄，以至近世自孫中山以下建設中華的革命家；通過說明像「戚家軍，倭膽寒」、「衝敵艦，鄧世昌」之類，希望直接激發青少年的愛國意識。下面兩段極言我國文化悠久偉大，河山壯麗廣袤，目的也是這樣。

　　集體主義意識主要在第四段講社會處世和好公民中流露，多引近人作榜樣；劉少奇著《論共產黨員的修養》，周恩來盡瘁為公，朱德跟士卒同甘共苦，雷鋒、焦裕祿捨己為人。古人之中，用管仲、鮑叔牙的友誼去說明「重道義，善擇交」，用司馬光的救人去說明「見危難，勇相幫」，用楊震的拒受賄金去說明「廉潔者，世同欽」。這裏面談

到人際關係、人和社會關係、領導者和一般人的正確作風。

　　沒有特定章節專講社會主義教育。編者的用意可能是：社會主義教育通過全《經》各部分的說明而整體呈現。也就是說，通過各個部分的具體闡說，最後構成整個的抽象認識。編者的用意如果這樣，倒也不能算錯。然而可以進一步考慮的是：除了寫近世名人的幾行文字，別處文字的「社會主義」氣味似乎不太濃。我們看新《經》中孫中山先生以上的古人，沒有一個不是從前「封建社會」——如果真有這麼一種社會的話——中受到肯定的人物。說他們是社會主義教育中的好榜樣固然可以，說他們是封建時代教育的好榜樣也行。如果這樣，新《經》中各部分湊合以後，不見得必然能夠鮮明地凸顯社會主義教育的特點的。

「李白在山東」
學術討論會

　　由八月十五日到十九日一連五天，我參加了中國李白研究會和山東省兗州市聯合舉辦的「『李白在山東』國際學術討論會」。會議原來定二十日結束，但抵後才曉得縮短一天。

　　「李白在山東」是個很好的討論範圍。李白離開安陸以後，把家人安置在山東一段很長的時間，山東可以說是他的第二故鄉。唐代人其實就有把他看成山東人的。杜甫詩：「近來海內為長句，汝與山東李白好。」元稹寫杜甫的《墓系銘序》，說是「山東人李白」。誠然唐人筆下的山東區域不等同今天的山東省，但今天的山東省是在唐代的山東區域之中的，所以今名古名不妨通用。

　　「李白在山東」所以是個很好的討論範圍，那是因為他居住和安家山東這一段長時間內，很多問題仍舊沒有弄清楚，值得探索。總的說來，這回會議澄清了一些學術上的疑點，這該是可貴的收穫。

　　我想舉一個例子：李白詩中幾次提到「沙丘」這個地名，好像「我來竟何事，高臥沙丘城。」又好像「我家

寄在沙丘旁」。沙丘的地點，歷代論者不一致，有的說在曲阜，有的說在兗州，是非難辨。然而在今年初，兗州城東泗河(即古人所謂「洙泗」的泗水)北岸出土了一塊殘缺的北齊時代石碑，中有一句：「大齊河清三年（公元五六四年）歲次實沉於沙丘東城之外。」這便確切說明了沙丘城即兗州，其他非兗州的說法便不見可靠了。

值得注意的是兗州地區學者提出的論文。他們清楚本地的地理環境和方位，又能大量運用附近區域的文獻材料像地方誌和銘刻之類，再結合李白集和自唐代以來有關李白的文字記載，作出了外地學者不容易做到的細密詳盡的學術考察和推論。譬如李白詩中出現的「東魯」、「魯中」、「石門」、「堯祠」等詞，他們往往能根據實際情況，一一指點解釋，我們再親身前往看一遍，便覺十分明白。

大會沒有要求一定要提交以「李白在山東」為主題的論文，不少學者寫其他方面。可是我認為：還是一些寫李白在山東的居處、活動和婚姻家庭的論文，對我的啟發和幫助最大。

踏過詩人的足跡

在山東兗州市開李白研討會的第三天，吃過晚飯，河南省社會科學院的葛景春先生過來說：「我們等會兒和王伯奇先生出去走走，你來嗎？」我答應了。

王伯奇先生這回提交了兩篇論文：《李白來山東，寄居在兗州》和《李白籍貫的探討及確立──兼論李白是山東兗州人》。嚴格說來，他算是一位「業餘」的李白研究者，因為他的正職是兗州市一間畜牧發展服務公司的總經理，跟葛景春先生他們為某一學術文化團體的成員不同；然而論文很有深度。他是不是兗州人我不曉得，不過他在兗州市工作，便屬這回會議中的兗州地區學者之一了。

王先生帶領我們，準備指點出經過他的仔細研究和實地考察、李白常年經常走過的道路。我們幾個人乘小巴到兗州市東區的汽車站前。這裏廣闊熱鬧街上和商店都亮起耀目的燈光；由於天氣酷熱，人們都出來消暑氣。王先生說李白和他的家人原本就住在這附近，具體地點已無從指出了。唐朝的時候，這兒已是兗州東城以外。李白詩所謂「我家寄在沙丘旁」，指的就是這附近。

我們橫過建設東路，進入一條寬不到二十尺的滿鋪沙土的路往南走，路面緩緩向上伸延，這便是九仙橋街了。

王先生認為這裏一帶稱南沙岡，就是李白詩中所稱的「南陵」。李白《南陵別兒童入京》詩寫兒女嬉笑牽衣和自己作別，當在這條路上。九仙橋街南端有九仙橋在府河（古代的薛公豐兗渠）上，過橋以後和古驛道相接，由此西至長安，東到曲阜等地。沿古驛道東向不到一華里便到泗河（古泗水）岸邊，石梁橫跨水面，那就是李白詩中的「石門」。「石門」西北百許步外有一條高聳的工廠煙囪，王先生說那是李白詩中「堯祠」的所在地。李白送別朋友，一般是由家裏乘馬出發，經南陵東到堯祠，飲宴之後，再送到泗水的岸邊石門才分手。

我跟大家慢慢的走，不時聆聽王先生的說明指點。想到腳下踏的可能是李白本人或坐騎踏過的泥土，懷古之意，悠然而生。

參觀濟寧市太白樓

　　參觀濟寧市太白樓是最近我參加的「『李白在山東』國際學術討論會」主辦單位事前安排的節目之一。山東濟寧市即唐代的任城，李白有一位叔父（不是親叔父）曾在這裏任官，他的《對雪奉餞任城六父秩滿歸京》詩可證。自古及今，不少學者認為李白家人到山東以後，就在任城定居。當然也有不同意此說，另外主張李白其實在唐代兗州治所瑕丘即今天的兗州市安家的；後者且成為這回研討會上備受強調的見解。

　　不管怎樣，李白在濟寧市活動過，應該無可置疑。他在這裏餞別叔父，他寫過《任城縣廳壁記》的文章，都是事實。他應該也在濟寧的酒樓喝過酒。唐末沈光寫《李翰林酒樓記》記載其事，還在李白喝酒的舖子寫了「太白酒樓」四字的匾額。自此以後，太白樓的名氣響亮起來，歷代屢次修葺或重建。太白酒樓現在稱作太白樓，已經不是原來的形構，也不是建在原來的基址之上，然而這對後人的懷古探勝之意，影響也許不大。

　　今天的太白樓是在明人移往城頭的遺址上重建的，作兩層重檐式樣，朱欄游廊環繞，相當的典雅流麗。登樓眺望，街道對面是一列仿古的建築群，遠處才是延展開去的

現代化市區。樓的游廊和院內有李白《任城縣壁記》和自金以來歷朝文士的贊詞詩賦以及乾隆皇帝《登太白樓》等刻石碑碣幾十塊,供訪者流連觀賞。樓中還有「壯觀」斗字方碑和《清平調三首》狂草橫軸,相傳為李白手書。儘管專家認為可靠性不大,然而這對訪客仍舊有巨大的吸引力。在未能絕對肯定贗品之前,誰肯放過看一眼可能會是謫仙人李白筆跡的機會?

太白樓的幾十塊碑碣大半嵌在牆上,清潔整齊,算是保存得不錯。認真說來,唐以後的碑石在濟寧人眼中應該不算甚麼,因為年代更為久遠的刻石有的是,要不是在李白大名的庇蔭下,並且一向又有像太白樓那樣有紀念性的建築物作存放之所,這等碑石隨便棄置在田野荒郊、讓大人孩子踐踏坐臥,大有可能。

我的話絕非奇談怪說,我自己便在空地上踩踏過一塊唐碑。

漢碑　唐碑

　　我們在濟寧市除了參觀太白樓，還參觀鐵塔和漢碑室。鐵塔在原名崇覺寺今稱鐵塔寺內，始建於北宋年間，通高近二十四公尺，十分壯觀。然而我對離此不遠的漢碑室更感興趣。我們南方遠人從來不曾見過漢碑，這一次親臨目睹，無疑是極難得的機會。

　　今天的濟寧地區是春秋時魯國的轄地。由春秋到東漢，這一帶高度發展：文化發達，經濟繁榮；遺存的文物很多。單說漢碑，數量便佔全國總數的五分三，接近四十塊。濟寧市漢碑室藏有十塊，算得是一個重要的收藏地點了。可是一進室內，心情不住下沉。這麼一個重要的收藏所竟然只是一間跟民居無大分別的狹長土房子。潮濕陰暗，跟它的重要性絲毫不相稱。我當時這麼想：除非天祐古物，否則在這樣的環境下，不出多少年，石碑會有損毀的。我站在「郭林宗碑」（即「郭有道碑」）前凝視，悵觸徬徨。從前在大一國文課上唸過這篇文章，還記得一些句子；今天面對碑石，上面字跡既漫漶，室內光線又微弱，竟然一個字也認不出來。

　　漢碑未能一一妥善保存處理，我相信這是因為濟寧地區古物太多，有關方面一時力有不及的緣故。倘使真的這

樣，那麼「普濟橋碑」更下一等的情況就不足訝異了。

　　兗州市東北區有一座建於隋文帝時的普樂寺，今稱興隆寺。寺內有一座高聳的隋塔名叫興隆塔，是兗州市的著名古蹟，也是兗州市的標誌，店舖產品往往拿來作名稱和商標。古塔近年來翻修過一次，外貌已大致完好，只是塔前空地臥放的幾塊石碑似乎還來不及豎立收藏。最初我目光一溜：石碑似乎盡是明清兩代的東西，沒有甚麼了不起，於是也學其他人那樣，從碑上踩過去。及後定睛一看，發現其中一塊下面小半已見殘缺的「普濟橋碑」碑文結尾處清清楚楚有「開元十一年撰」幾個字，原來是塊唐碑！這塊碑不幸和明清碑石混雜一起，同被棄置一旁。我踐踏千年以上的古物，雖說不知者不足怪責，心頭總覺罪過，總是不安；倘使及早留心，無論如何不會加足的。

李白 杜甫 兗州市

　　杜甫有一首《登兗州城樓》詩：「東郡趨庭日，南樓縱目初。浮雲連海岱，平野入青徐。孤嶂秦碑在，荒城魯殿餘。從來多古意，臨眺獨躊躇。」這是杜甫二十五六歲時到兗州治瑕丘（今兗州市）探望他的在那裏任官的父親，登上城南樓遠望有感的作品。唐代瑕丘南面城牆對着今天的府河，但今天的兗州市面積擴大，市區伸延到府河之南一帶，直達古泗水岸邊了。古城牆已拆毀，杜甫登臨之處只有一個小臺，算是留個痕跡。至於詩中描寫的浮雲平野諸般遠景，全給現代建築物擋住，無由得見。那一天我們乘車去鄒縣，車子東南行渡過古泗水橋之際，見眼前一片蒼鬱濃翠的原田，倒還跟杜甫詩中的描畫相近。

　　兗州市政府在城區西北另外建了一個「少陵公園」，面積不小。園內有湖，有杜甫紀念館，牌樓亭榭相當的雅致。園裏也有一座少陵臺，大概有代替公安局前原臺的用意。了解杜甫生平的人可能覺得新臺的方位不對，登臨四望，跟杜甫詩聯繫不上，難免真個「躊躇」起來。不過古蹟更改原址事屬尋常；今天濟寧市（古名任城）的太白樓在明人選擇的新址上重建，事實上不是李白飲酒的地方，就是一例。

　　杜甫在兗州市居住時間短，只是屬旅寓性質，可是市內有一座紀念公園。相比之下，兗州市當局對李白便不免有「薄待」之嫌了。按照兗州地區學者的論證，李白在兗州市定居落籍起碼十來年，說李白是山東人，更具體地說是山東兗州市人，並不為過。可是市內連一個規模小於少陵公園的紀念場所都沒有，原來的青蓮閣又早已殘破得不成樣子。「『李白在山東』國際學術討論會」閉幕典禮上，兗州市黨政要人群集，大會主席裴斐教授發言時把這番意思婉轉地說出來了。我深信要人們一定記在心裏。也許不到幾年，一個李白紀念館或者甚麼的出現了。

　　如果要在中國找一個有資格同時紀念李白杜甫的城市，兗州市無疑是其中之一。城東泗河石梁的一端，兩位詩人曾在這裏徘徊惜別；這就是理由了。

www.cosmosbooks.com.hk

書　　名　摘藝西東　希臘 中國

作　　者　鄺健行

封面題字　李潤桓

編　　校　楊健思

責任編輯　吳惠芬

美術編輯　郭志民

出　　版　天地圖書有限公司

　　　　　香港黃竹坑道46號新興工業大廈11樓（總寫字樓）

　　　　　電話：2528 3671　傳真：2865 2609

　　　　　香港灣仔莊士敦道30號地庫（門市部）

　　　　　電話：2865 0708　傳真：2861 1541

印　　刷　亨泰印刷有限公司

　　　　　柴灣利眾街德景工業大廈10字樓

　　　　　電話：2896 3687　傳真：2558 1902

發　　行　聯合新零售（香港）有限公司

　　　　　香港新界荃灣德士古道220-248號荃灣工業中心16樓

　　　　　電話：2150 2100　傳真：2407 3062

出版日期　2022年12月／初版